TUI T. SUTHERLAND

ASAS DE FOGO

A PROFECIA DOS DRAGÕES

INSIDE BOOKS

São Paulo
2023

Wings of Fire: The Dragonet Prophecy (2012)

Tradução	*Ariel Ayres*
Preparação	*Monique D'Orazio*
Revisão	*Guilherme Summa* *Silvia Yumi FK*
Projeto gráfico e diagramação	*Renato Klisman • @rkeditorial*
Arte, adaptação de capa e lettering	*Francine C. Silva*
Impressão	*COAN Gráfica*

Dados Internacionais de Catalogação na Publicação (CIP)
Angélica Ilacqua CRB-8/7057

S967a Sutherland, Tui T.
Asas de fogo : a profecia dos dragões / Tui T. Sutherland ; tradução de Ariel Ayres. -- São Paulo : Inside Books, 2023.
256p. (Asas de fogo, vol. 1)

ISBN 978-65-85086-12-7
Título original: *Wings of Fire: The Dragonet Prophecy*

1. Literatura infanto juvenil 2. Literatura fantástica
I. Título II. Ayres, Ariel III. Série

22-7152 CDD 028.5

Para Jonah,
meu pequeno asalonga

Palácio da
Rainha Glacial
Reino
de Gelo
Reino dos Céus
Sob a Montanha
Fortaleza
de Flama
Reino
de Areia
Gruta dos
Escorpiões
Montanha de Jade

Palácio da
Rainha Rubra
Rio Diamantino
Reino
dos Mares
Delta do
Diamantino
Reino de Barro
Toca dos
Sucateiros
Toca dos Sucateiros
Reino Tropical
W
E

UM GUIA ASANOITE PARA OS

DRAGÕES

DE PYRIA

ASAREIA

Descrição: escamas brancas da cor da areia do deserto ou ouro pálido; cauda farpada venenosa; línguas pretas bifurcadas.

Habilidades: podem sobreviver muito tempo sem água; envenenam inimigos com a ponta de suas caudas como escorpiões; se enterram para camuflar na areia do deserto; cospem fogo.

Rainha: desde a morte da rainha Oásis, a nação está dividida entre três rivais pelo trono: as irmãs Flama, Fervor e Fulgor.

Alianças: Flama luta ao lado dos asacéu e os asabarro; Fervor é aliada dos asamare; e Fulgor tem o apoio da maioria dos asareia, bem como uma aliança com os asagelo.

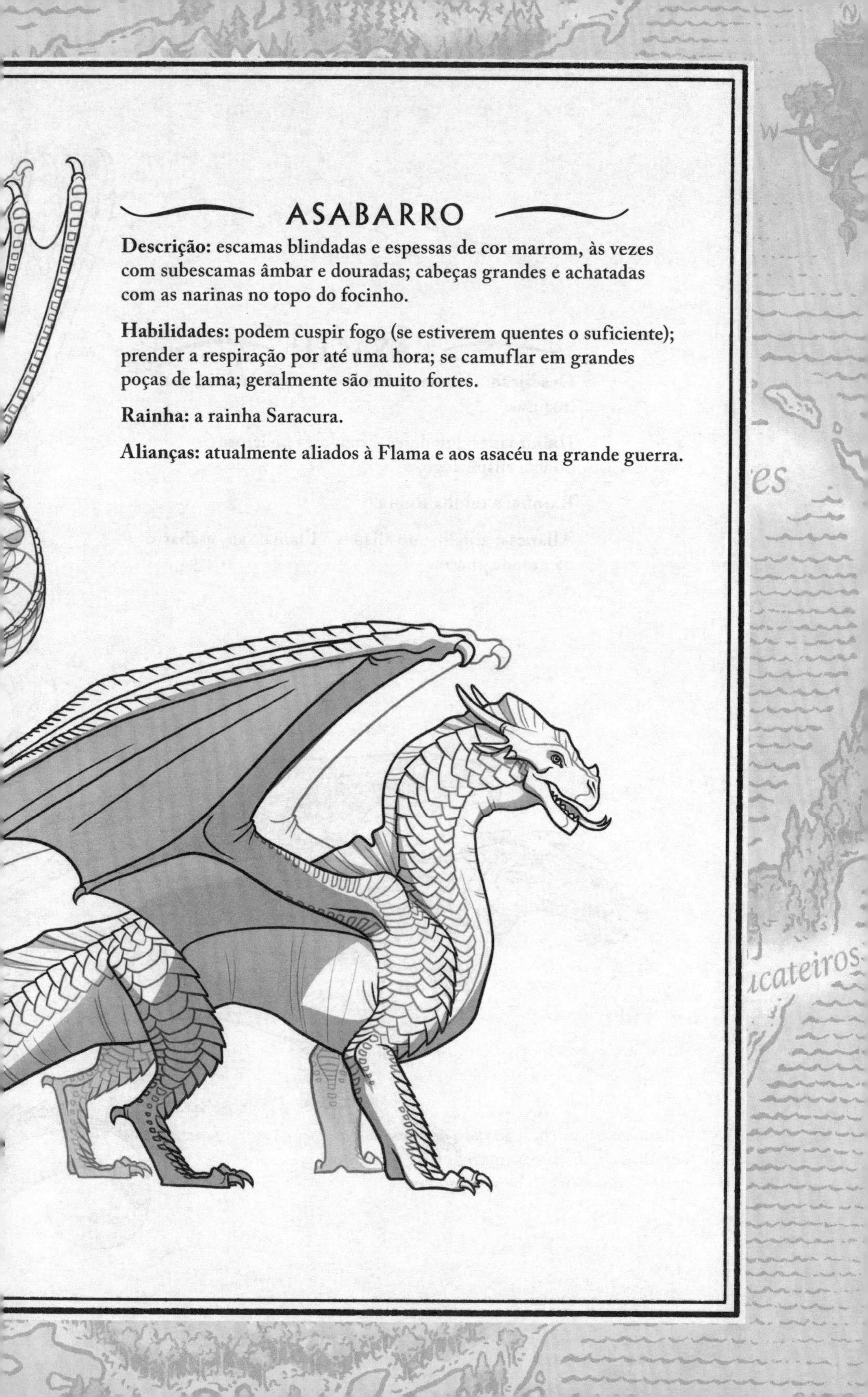

ASABARRO

Descrição: escamas blindadas e espessas de cor marrom, às vezes com subescamas âmbar e douradas; cabeças grandes e achatadas com as narinas no topo do focinho.

Habilidades: podem cuspir fogo (se estiverem quentes o suficiente); prender a respiração por até uma hora; se camuflar em grandes poças de lama; geralmente são muito fortes.

Rainha: a rainha Saracura.

Alianças: atualmente aliados à Flama e aos asacéu na grande guerra.

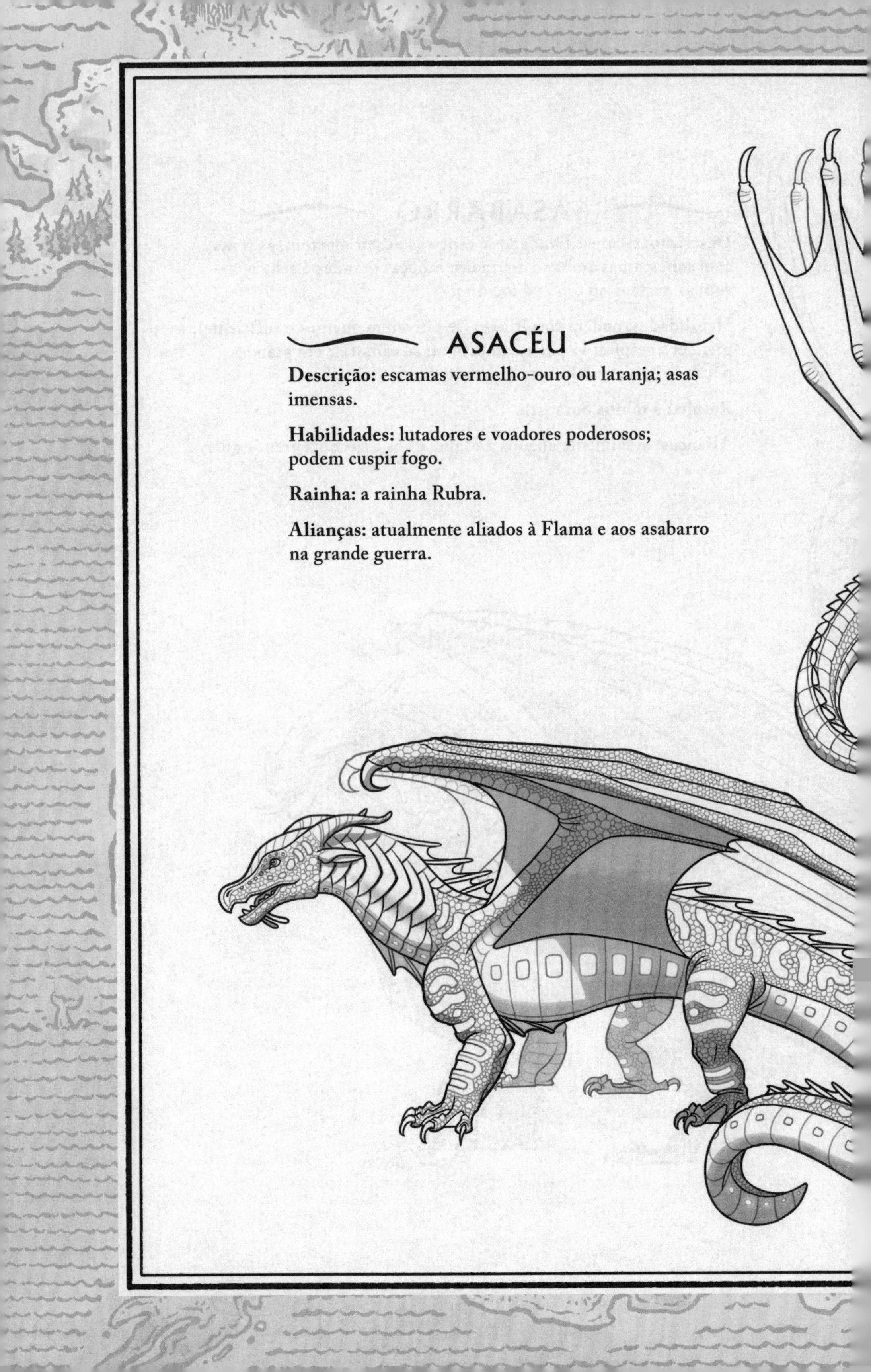

ASACÉU

Descrição: escamas vermelho-ouro ou laranja; asas imensas.

Habilidades: lutadores e voadores poderosos; podem cuspir fogo.

Rainha: a rainha Rubra.

Alianças: atualmente aliados à Flama e aos asabarro na grande guerra.

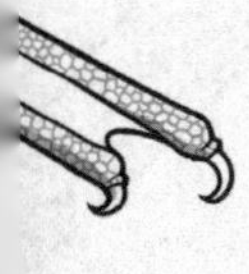

ASAMAR

Descrição: escamas azuis ou verdes ou verdes-águas; teias entre suas garras; guelras em seus pescoços; listras que brilham no escuro em suas caudas/focinhos/barrigas.

Habilidades: podem respirar embaixo d'água; enxergar no escuro; criar ondas enormes com apenas o balançar de suas poderosas caudas; excelentes nadadores.

Rainha: a rainha Coral.

Alianças: atualmente aliados à Fervor na grande guerra.

ASAGELO

Descrição: escamas prateadas como a lua ou azul-claras como o gelo; garras sulcadas para se agarrar no gelo; línguas azuis bifurcadas; caudas estreitas com uma ponta fina como um chicote.

Habilidades: podem suportar temperaturas abaixo de zero e luzes brilhantes; expirar um ar congelante e mortal.

Rainha: a rainha Glacial.

Alianças: atualmente aliados à Fulgor e à maioria dos asareia na grande guerra.

ASACHUVA

Descrição: as escamas mudam constantemente de cor, geralmente brilhantes como as aves do paraíso; caudas preênseis.

Habilidades: podem camuflar suas escamas para se misturar ao ambiente; não há registro sobre armas naturais conhecidas.

Rainha: a rainha Paradiso.

Alianças: atualmente não estão envolvidos na grande guerra.

ASANOITE

Descrição: escamas pretas-arroxeadas e prateadas espalhadas na parte inferior das suas asas, simulando um céu noturno, repleto de estrelas; línguas pretas bifurcadas.

Habilidades: podem cuspir fogo; desaparecer nas sombras; ler mentes; prever o futuro.

Rainha: este é um segredo bem guardado.

Alianças: misteriosas e poderosas demais para fazerem parte da guerra.

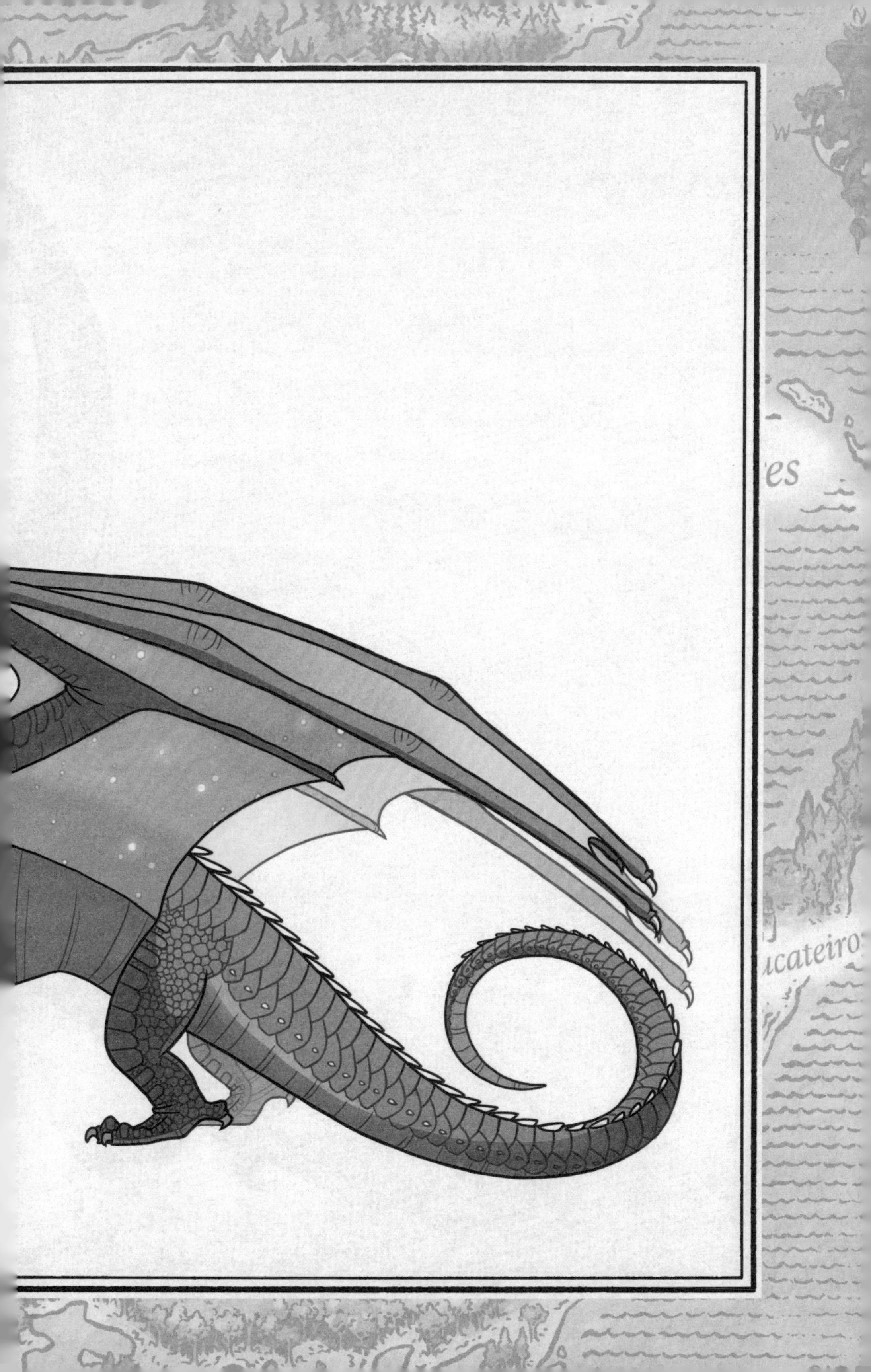

Reino de Gelo

Reino dos Céus

Sob a Montanha

Fortaleza de Flama

Reino de Areia

Gruta dos Escorpiões

Montanha de Jade

PRÓLOGO

Quando a guerra vinte anos durar…
Os dragonetes virão.
Quando lágrimas correrem e o sangue a terra banhar…
Os dragonetes virão.

Encontre o ovo de asamar do azul mais profundo.
Asas da noite virão de qualquer lugar do mundo.
No topo das montanhas, esteja atento.
O maior ovo lhe dará as asas do vento.
Para as asas da terra, procure em meio à lama
por um ovo da cor da chama.
E escondido das rainhas rivais,
o asareia aguarda pelos sinais.

Das três rainhas que vão inflamar, fulgurar e ferver,
duas morrem e uma deve aprender.
Ao curvar-se a um destino mais poderoso e presente,
o poder das asas de fogo chegará preeminente.

Cinco ovos para chocar na noite mais brilhante.
Cinco dragões vindos para findar a guerra cconstante.
A escuridão se elevará para trazer a luz cintilante.
Os dragonetes estão chegando…

UM DRAGÃO TENTAVA SE esconder em meio à tempestade. Relâmpagos faiscavam dentro das nuvens negras. Hvitur puxou sua carga frágil para perto durante o voo. Se conseguisse atravessar as montanhas, estaria a salvo. Escaparia do palácio dos dragões dos céus sem ser visto. E a caverna escondida estava logo ali...

Mas olhos de obsidiana já o observavam ao longe.

A dragoa na beira da montanha tinha escamas douradas que tremeluziam com o calor, como um horizonte desértico. Seus olhos negros se estreitaram, observando o brilho de asas prateadas em meio às nuvens.

Ela acenou com a cauda, e outros dois dragões invadiram o céu, mergulhando no coração da tempestade. Um grito cortante ecoou nas montanhas quando suas garras apanharam o dragão pálido de gelo.

— Amarrem a boca dele — ordenou a dragoa, quando seus soldados largaram Hvitur na elevação lisa e escorregadia em frente. Ele já sibilava, pronto para atacar. — Rápido!

Um dos soldados pegou uma corrente da pilha de carvão fumegante. Jogou-a ao redor do focinho do dragão de gelo, prendendo seus maxilares, liberando um odor de escamas queimadas. Hvitur deu um grito abafado.

— Tarde demais. — A língua bifurcada da dragoa cor de areia escorregou pela boca. — Você não vai nos congelar, dragão de gelo.

— Ele estava com isto, rainha Flama — disse um dos soldados, entregando-lhe um ovo de dragão.

Flama observou-o com olhos semicerrados, através da chuva.

— Isso não é um ovo de asagelo — sibilou. — Você o roubou do palácio dos asacéu.

O asagelo devolveu o olhar. Ao redor de seu focinho, onde as correntes em brasa tocavam escamas prateadas e gélidas, vapor assoviava.

— Você achou que ninguém notaria? — perguntou Flama. — Minha aliada asacéu não é burra. A rainha Rubra sabe de tudo que se passa no reino. Ela recebeu reportes de um ladrão asagelo à espreita por lá, e eu achei que se eu te encontrasse, um pouco de violência deixaria a minha visita menos entediante.

Flama segurou o ovo grande sob a luz do fogo e o virou sem pressa. Vermelho e dourado produziam um brilho líquido por baixo da superfície pálida e suave.

— Sim. Este é um ovo de asacéu a ponto de eclodir — observou Flama. — Por que minha irmã mandaria você roubar um dragonete asacéu? Fulgor odeia qualquer dragão mais jovem e mais bonito que ela. — Flama pensou por um momento, a chuva tamborilando na elevação ao redor deles. — A não ser... que a noite mais brilhante seja amanhã...

Sua cauda chicoteou tal qual a de um escorpião, o ferrão venenoso a poucos centímetros dos olhos de Hvitur.

— Você não está no exército de Fulgor, não é? Você é um desses *pacifistas* covardes.

— Os Garras da Paz? — perguntou um dos soldados. — Eles são reais?

Flama bufou.

— Um bando de vermes chorando por causa de um pouquinho de sangue. Desamarre ele. Esse asagelo não vai conseguir congelar ninguém até que suas escamas esfriem.

A enorme dragoa de areia se aproximou, ao que seus soldados arrancaram as correntes:

— Diga-me, dragão de gelo, realmente acredita na profecia daquele asanoite convencido?

— Já não morreram dragões o suficiente na sua guerra? — rosnou Hvitur, sentindo dor nas mandíbulas. — Pyria inteira sofreu nos últimos doze anos. A profecia diz...

— Eu não ligo. Nenhuma profecia decide o que acontece comigo — interrompeu Flama. — Não vou deixar um bando de palavras ou dragões bebê escolherem quando eu morro ou pra quem eu me curvo. Podemos ter paz quando minhas irmãs morrerem e *eu* for a rainha dos asareia.

Sua cauda venenosa se aproximou ainda mais do dragão prateado. Chuva salpicava as escamas de Hvitur. Ele a encarou.

— Os dragonetes estão vindo, queira você ou não, e vão escolher quem será a próxima rainha asareia.

— É mesmo? — Flama deu um passo para trás e girou o ovo com suas garras. Sua língua bifurcada apareceu em meio ao sorriso. — Então, asagelo. Este ovo faz parte de sua profecia patética?

Hvitur ficou imóvel.

Flama deu uma pancadinha na casca com uma de suas unhas.

— Licença? — chamou. — Tem um dragonete do destino aí? Pronto para sair e acabar com essa guerra horrorosa?

— Pare com isso — disse Hvitur, a voz sufocada.

— Diga-me — continuou Flama. — O que acontece com sua preciosa profecia... se um dos cinco dragonetes nunca nascer?

— Você não... — disse ele. — Ninguém machucaria um ovo de dragão. — Seus olhos azuis estavam desesperados, fixos nas garras da outra.

— Nenhuma "asa do vento" para ajudar a salvar o mundo — disse Flama. — Uma história tão, mas tão triste... — Jogou o ovo de uma garra da pata dianteira à outra. — O que quer dizer que devemos ter muito, muito cuidado com esse *terrivelmente* importante e minúsculo... ops!

Com um movimento teatral, Flama fingiu que o ovo lhe escapava das garras... e então deixou-o cair na escuridão rochosa abaixo.

— Não! — gritou Hvitur, empurrando os dois soldados e lançando-se pela beirada. Flama golpeou-o no pescoço com suas garras enormes antes que ele fosse atrás do ovo.

— E lá se vai o destino — sorriu ela. — E lá se vai seu grupinho patético.

— Você é uma monstra — arfou o asagelo, debatendo-se debaixo das patas dela. Sua voz falhou, em desespero. — Nunca vamos desistir. Os dragonetes... os dragonetes virão e acabarão com a guerra.

Flama abaixou-se, ficando na altura de sua orelha:

— Mesmo que isso aconteça... já vai ser tarde demais para você.

As garras da dragoa rasgaram as asas prateadas do asagelo, destruindo-as enquanto Hvitur urrava em agonia. Com um movimento rápido, ela golpeou-o com a cauda venenosa, atravessando seu crânio e arremessando o corpo prateado pela beirada do abismo.

Os gritos do dragão de gelo cessaram antes dos ecos de seu corpo ao colidir com as pedras abaixo.

A asareia virou seus olhos negros para os soldados.

— Perfeito — disse. — Essa deve ter sido a última vez que ouvimos falar dessa profecia estúpida. — Ela levou as garras até a chuva para lavar o sangue de dragão. — Vamos achar outra coisa para matar.

Os três dragões abriram as asas e se projetaram para as nuvens escuras.

Algum tempo depois, muito abaixo, uma dragoa enorme, da cor do pôr do sol, se arrastou por sobre as pedras até o corpo arrebentado do dragão de gelo. Ela empurrou a cauda prateada para o lado e tirou de debaixo dele um pedaço de casca de ovo, para só então voltar ao labirinto de cavernas sob os penhascos.

Paredes de pedra roçavam contra suas asas. Ela soprou uma pluma de fogo para iluminar o caminho pela passagem escura que se afundava ainda mais na montanha.

— Me comprometo com os Garras da Paz — sibilou uma voz nas sombras. — Quiri? É você?

— Esperamos as asas de fogo — respondeu a dragoa vermelha. Um asamar azul-esverdeado emergia de uma caverna lateral, e ela atirou a casca de ovo aos seus pés. — Não que vá ser de grande ajuda agora. Hvitur está morto.

O asamar olhou para o caco.

— Mas... o ovo de asacéu...

— Quebrado — disse ela. — Se foi. É o fim, Cascata.

— Não pode ser — disse ele. — Amanhã é a noite mais brilhante. As três luas estarão cheias pela primeira vez em um século. Os dragonetes da profecia *têm* que eclodir amanhã.

— Bem, um deles já está morto — disse Quiri, com raiva faiscando os olhos. — Eu deveria ter roubado o ovo de asacéu. Conheço o Reino dos Céus. Eles não teriam me pego novamente.

Cascata fez uma careta, coçando as guelras no pescoço:

— Asha também morreu.

— Asha? — Uma linha de fogo escapou do nariz de Quiri. — Como?

— Ela foi pega numa briga entre as forças de Fulgor e Fervor a caminho daqui. Ela até conseguiu chegar com o ovo vermelho de asabarro, mas morreu em seguida, por causa dos ferimentos.

— Então somos só eu, você e Duna para criar esses vermes — rosnou Quiri. — Tudo por causa de uma profecia que não poderá ser cumprida. Vamos quebrar esses ovos amaldiçoados de uma vez e resolver isso. Já vamos estar bem longe quando os Garras da Paz retornarem por causa dos dragonetes.

— Não! — sibilou Cascata. — Manter os dragonetes vivos pelos próximos oito anos é mais importante que qualquer coisa. Se você não quiser fazer parte disso…

— Ah, cale a boca — interrompeu Quiri. — Eu sou a dragoa mais forte dos Garras da Paz. Vocês precisam de mim. Não importa o que eu ache desses dragonetes nojentos. — Ela olhou para a casca no chão, enquanto esfregava as palmas pintadas de cicatrizes, e continuou: — Mesmo achando que pelo menos um deles seria um asacéu.

— Eu vou achar um quinto dragonete. — Cascata esbarrou nela, escamas contra a pedra.

— Não dá para voltar no Reino dos Céus, seu idiota — disse ela. — Eles vão aumentar a segurança na incubadora.

— Então eu acho um ovo em outro lugar — disse ele, sombrio. — Os asachuva nem contam seus ovos. Eu podia pegar um da floresta tropical sem ninguém notar.

— De todas as ideias horríveis que você teve… — disse Quiri, com um arrepio. — Os asachuva são criaturas asquerosas. Não se comparam aos asacéu.

— Temos que fazer alguma coisa — disse Cascata. Ele sibilou enquanto jogava a casca para longe com a cauda. — Em oito anos, os Garras da Paz virão procurar cinco dragonetes. A profecia diz que devem ser cinco, e nós vamos cumprir essa parte… não importa como.

PARTE UM

SOB A MONTANHA

Reino de Gelo

Reino dos Céus

Sob a Montanha

Fortaleza de Flama

Reino de Areia

Gruta dos Escorpiões

Montanha de Jade

Seis anos depois...

CAPÍTULO UM

LAMUR NÃO ACHAVA QUE ERA o dragão certo para um Destinão Heroico.

Ah, ele queria ser. Ele queria ser o grande salvador do mundo dracônico, bravo e glorioso. Queria fazer todas as coisas maravilhosas que esperavam dele. Queria olhar para o mundo, perceber o que estava quebrado e consertar.

Mas ele não era um herói de berço. Não tinha qualidades lendárias de forma nenhuma, gostava de dormir mais que de estudar e continuava perdendo galinhas nas cavernas durante os treinos de caça, porque prestava mais atenção aos amigos que às penas.

Lutando, *dava para o gasto*. Mas *dar para o gasto* não pararia a guerra e salvaria as nações dracônicas. Ele precisava ser extraordinário. Lamur era o maior dragonete, então deveria ser o assustador, o fortão. Os guardiões queriam que ele fosse *terrivelmente perigoso*.

Lamur se sentia tão perigoso quanto uma couve-flor.

— Lute! — uivou sua oponente, empurrando-o.

Lamur acertou a parede de pedras e cambaleou para voltar, tentando abrir suas asas cor de barro e se equilibrar. Garras vermelhas arranharam seu rosto e ele se esquivou.

— Anda! — exigiu a dragoa vermelha. — Pare de se conter. Você deve ser impiedoso. Libere a fera interior que existe em você!

— Eu tô tentando! — disse Lamur. — Talvez se a gente parasse e conversasse…

Ela avançou novamente:

— Desvie para a esquerda! Role para a direita! Use seu fogo!

Lamur tentou rolar por debaixo da asa de sua oponente para atacá-la, mas claro que ele foi para o lado errado. Uma das patas vermelhas o acertou, jogando-o no chão, e ele ganiu de dor.

— QUE ESQUERDA FOI ESSA, SEU INÚTIL? — rugiu Quiri em sua orelha. — Todos os asabarro são burros desse jeito? OU VOCÊ É SURDO?

Bem, se você continuar assim, eu vou ficar surdo já, já, pensou Lamur. A asacéu levantou a pata e ele pôde se afastar.

— Não sei nada sobre os outros asabarro — protestou ele, lambendo suas patas feridas. — É óbvio. Mas talvez a gente pudesse lutar sem toda essa *gritaria* e...

Ele se conteve, escutando o silvo conhecido que sempre vinha antes dos ataques de fogo de Quiri.

O asabarro pôs as asas sobre a cabeça, encolheu o pescoço e rolou para o labirinto de estalagmites que se concentravam em um dos cantos da caverna. Chamas explodiram contra as pedras ao redor dele, chamuscando a ponta de sua cauda.

— Covarde! — gritou a dragoa mais velha.

Ela quebrou uma das colunas de pedra, fazendo chover rochas negras. Lamur protegeu os olhos e sentiu um pisão em sua cauda.

— AI! — gritou. — Você disse que isso era trapaça!

Ele agarrou-se à estalagmite mais próxima e se empoleirou. De lá de cima, olhou para a asacéu enorme e vermelha.

— Sou sua professora — rosnou Quiri. — Nada do que *eu* faça é trapaça. Desça aqui e lute como um asacéu.

Mas eu NÃO sou um asacéu, Lamur pensou, retrucando. *Sou um asabarro! Não gosto de pôr fogo nas coisas nem de sair voando em círculos pra morder pescoços*. Os dentes ainda doíam da tentativa de morder as escamas de Quiri, duras feito diamante.

— Não posso lutar com algum dos outros? — perguntou. — Eu me saio melhor assim.

Os outros dragonetes eram do seu tamanho (mais ou menos), e eles não trapaceavam (bem, mais ou menos). Lamur *realmente* gostava de lutar com eles, apesar de que nunca conseguia vencer quando Quiri estava olhando. Ela o deixava nervoso.

— Ah, é? E qual oponente você gostaria de enfrentar? A asareia emotiva ou a asachuva preguiçosa? — perguntou Quiri. — Porque eu tenho certeza que você vai poder escolher no campo de batalha.

A cauda dela brilhava como brasa ao mover-se para frente e para trás.

— Glória não é preguiçosa — respondeu Lamur. — Ela só não nasceu pra lutar. Cascata disse que não tem muito com o que lutar na floresta tropical, porque os asachuva têm toda a comida de que precisam. Ele disse que é por isso que eles estão fora da guerra até agora, porque nenhuma das rainhas rivais querem os asachuva nos exércitos. Ele disse...

— FECHA ESSA MATRACA E DESÇA AQUI! — rugiu Quiri, levantando-se nas patas traseiras e abrindo as asas, aumentando três vezes seu tamanho.

Com um ganido assustado, Lamur tentou saltar para outra estalagmite, mas suas asas não responderam rápido o suficiente, fazendo-o acertar a lateral da coluna. Faíscas subiram ao tentar prender-se pelas garras, escorregando. Ele gritou de dor mais uma vez quando Quiri enfiou a cabeça por entre as colunas e agarrou sua cauda com os dentes, jogando-o para longe do esconderijo.

Garras vermelhas fecharam-se ao redor de seu pescoço enquanto ela sibilava em seu ouvido:

— Onde está aquele monstrinho violento que eu conheci quando você nasceu? *Aquele* é o dragão de que precisamos para a profecia.

— *Argh* — gemeu Lamur, tentando se soltar. Ele podia sentir as estranhas cicatrizes quentes das palmas de Quiri em suas escamas.

Era assim que os treinos de batalha com Quiri sempre terminavam: com ele inconsciente e, depois, ferido ou mancando por dias. *Bata de volta*, ele pensou. *Se irrite! Faça alguma coisa!* Mas mesmo sendo o maior dos dragonetes, faltava um ano para estarem totalmente crescidos, e Quiri se elevava sobre ele.

Lamur tentou invocar alguma fúria para ajudar, mas tudo o que passava por sua cabeça era: *Já, já a gente acaba e aí eu vou comer alguma coisa*. Sim... uma linha de raciocínio não muito heroica.

De repente, Quiri deixou escapar um rugido e o soltou. Fogo cortou o ar acima de sua cabeça, e ele acertou o chão com um baque.

A dragoa vermelha virou-se. Atrás dela, ofegante e com um olhar desafiador, estava a dragonete asamar, Tsunami. Uma escama vermelha e dourada pendia entre seus dentes afiados, o que ela cuspiu sem tirar o olhar de sua professora.

— Para de pegar no pé do Lamur — rosnou Tsunami. — Ou eu vou te morder de novo.

Suas escamas, do azul mais profundo, cintilavam como vidro de cobalto contra uma tocha acesa. As guelras no pescoço longo pulsavam como sempre acontecia quando estava irritada.

Quiri sentou-se nas patas traseiras e balançou a cauda para examinar a marca de mordida. Ela mostrou os dentes:

— Você não é um amor? Protegendo um dragão que tentou te matar no ovo.

— Sorte a nossa que vocês, dragões grandões, estavam lá pra *salvar* nossas *vidas* — disse Tsunami. — E a gente é tão grato, porque agora podemos ouvir isso *toda hora*.

Ela marchou e parou entre Lamur e Quiri.

Lamur estremeceu. Ele odiava ouvir aquela história, pois não a entendia. Ele nunca machucaria os outros dragonetes, então por que havia atacado seus ovos na incubadora? Ele realmente tinha uma fera mortal interior escondida em algum lugar?

Os outros guardiões, Cascata e Duna, diziam que ele tinha sido perfeitamente feroz no nascimento; tiveram de jogá-lo no rio para proteger os outros ovos. Quiri queria que ele encontrasse esse monstro e o utilizasse quando lutasse, mas ele temia que, se o fizesse, se odiaria, e todo mundo também. Pensar no que quase tinha feito aos seus amigos o fazia sentir como se lhe tirassem todo o fogo de dentro.

Particularmente, ele *não queria* ser uma máquina violenta de matar, mesmo que Quiri achasse que isso fosse uma evolução.

Mas talvez fosse a única maneira de fazer a profecia se cumprir. Talvez aquele monstro fosse seu destino.

— Certo — disse Quiri, dispensando-os. — Enfim, já terminamos aqui. Vou marcar mais uma falha no seu pergaminho, asabarro.

Ela fungou uma pequena chama no ar, virou-se e saiu da caverna.

Lamur deixou-se cair no chão quando a cauda vermelha desapareceu de vista. Foi como se cada uma de suas escamas pinicasse por causa das queimaduras.

— No seu treinamento de amanhã, ela vai ser tão malvada com você quanto hoje — ele disse a Tsunami.

— Ah, não — respondeu a dragonete asamar. — Eu nunca vi Quiri ser malvada antes! Isso vai ser tão inesperado e imprevisível!

— Ai — grunhiu Lamur. — Não me faz rir. Eu acho que quebrei minhas costelas.

— Suas costelas não estão quebradas — disse Tsunami, cutucando a lateral dele com o nariz. — Ossos de dragão são quase tão duros quanto diamantes. Você tá ótimo. Levanta e pula no rio.

— Não! — Lamur escondeu a cabeça debaixo das asas. — Muito frio!

— Pula no rio.

Essa era a solução de Tsunami para tudo. Tédio? Ossos doloridos? Escamas secas? Cérebro abarrotado de histórias da guerra? "Pula no rio!", ela gritava sempre que um dos cinco dragonetes reclamasse. Ela não ligava que fosse a única que conseguisse respirar debaixo da água. Ou que a maioria dos dragões das outras nações odiasse se molhar.

Lamur não se importava em se molhar, mas odiava ficar com frio, e o rio subterrâneo que corria pela caverna sempre estava gelado.

— Bora — ordenou Tsunami, arrastando-o até o rio pela cauda. — Você vai se sentir melhor.

— Não vou, não! — gritou Lamur, tentando agarrar-se ao chão. — Eu vou me sentir congelado! Para! Vai embora! Argh! — Seus protestos sumiram em uma nuvem de bolhas quando Tsunami o afundou nas águas gélidas.

Quando voltou à superfície, ele a viu boiando ao seu lado, afundando a cabeça e jogando água nas escamas, como um lindo peixe superdesenvolvido. Lamur se sentia como uma bolha de lama esquisita perto dela.

Ele foi para a parte rasa e deitou em uma pedra parcialmente submersa, descansando a cabeça no leito do rio. Ele não admitiria, mas Tsunami estava certa: as queimaduras e machucados realmente melhoravam na água. A correnteza ajudava a limpar a sujeira presa entre as escamas ressecadas.

Ainda sentia-se gelado, porém. Lamur se coçou na pedra debaixo de si. Por que não podia ter um *tiquinho* de lama ali?

— Quiri vai se arrepender algum dia, quando eu virar a rainha dos asamar — disse Tsunami, nadando para cima e para baixo.

— Eu achava que só as filhas de uma rainha podiam desafiá-la pelo trono — disse Lamur.

Tsunami nadava *tão* rápido. Ele queria ter membranas entre as garras também, ou guelras, ou uma cauda como a dela, tão poderosa que podia quase esvaziar o rio com uma passada.

— Bem, talvez a rainha asamar *seja* minha mãe e eu, uma princesa perdida — disse ela. — Como na história.

Tudo o que os dragonetes sabiam sobre o mundo de fora vinha de pergaminhos trazidos pelos Garras da Paz. O que eles mais gostavam era *A princesa perdida*: uma lenda sobre uma princesa dragonete asamar em fuga, cuja família havia revirado o oceano todo procurando-a. No fim, ela encontrou o caminho para casa, e seus pais a recepcionaram com asas abertas, banquetes e alegria.

Lamur sempre pulava as aventuras no meio da história. Só gostava dessa última parte, a mãe e o pai felizes. E o banquete. O banquete também parecia muito bom.

— Como será que meus pais são? — disse ele.

— Será que algum dos nossos pais está vivo?

Lamur não gostava de pensar sobre isso. Ele sabia que dragões morriam na guerra todos os dias. Quiri e Cascata traziam notícias de batalhas sangrentas, terras abrasadas e pilhas fumegantes de corpos de dragões. Apesar disso, precisava acreditar que seus pais ainda estavam a salvo.

— Você acha que eles sentem nossa falta?

— Com certeza. — Tsunami jogou água nele com a cauda. — Aposto que os meus ficaram loucos quando Cascata roubou meu ovo. Que nem na história.

— E os meus destruíram os pântanos — disse Lamur.

Todos imaginavam cenas do desespero dos pais, buscando por eles desde que eram pequenos dragonetes. Lamur gostava da ideia de ter alguém por aí procurando por ele... que alguém sentia sua falta e o queria de volta.

Tsunami ficou de barriga para cima, olhando fixamente para o teto de pedra com seus olhos verdes translúcidos.

— Bem, os Garras da Paz sabiam o que estavam fazendo — disse, amarga. — Ninguém nunca nos encontraria aqui embaixo.

Escutaram o rio gorgolejar e as tochas crepitarem por um momento.

— Não vamos ficar aqui pra sempre — disse Lamur, tentando fazê-la se sentir melhor. — Quer dizer, se os Garras da Paz querem que a gente pare a guerra, eles *têm que* nos deixar sair alguma hora. — Se coçou atrás da orelha, pensativo. — Estelar disse que só faltam dois anos — continuou. Mais dois anos de insultos e ataques. Só precisavam aguentar mais dois anos. — E aí vamos poder ir pra casa e comer quantas vacas quisermos.

— Bem, primeiro a gente salva o mundo — disse Tsunami. — E *aí* a gente vai pra casa.

— Certo — disse Lamur.

De que forma salvariam o mundo ainda estava um tanto nebuloso, mas todos pareciam achar que eles descobririam na hora certa.

Lamur se puxou para fora do rio, as asas pesadas de tão encharcadas. Arrastou-se até a parede e as estendeu em frente a uma das tochas, arqueando o pescoço e tentando se esquentar. Ondas fracas de calor flutuaram até suas escamas.

— A não ser... — começou Tsunami.

Lamur virou a cabeça e a olhou de volta:

— A não ser o quê?

— A não ser que a gente saia mais cedo — disse. Tsunami girou e saiu da água com um movimento gracioso.

— Sair? — repetiu Lamur, assombrado. — Como? Por nossa própria conta?

— E por que não? Se conseguirmos achar um jeito de sair... por que a gente tem que esperar mais dois anos? Eu tô pronta pra salvar o mundo agora, você não?

Lamur não tinha certeza de que ele estaria pronto para isso em algum momento na vida. Ele achava que os Garras da Paz diriam o que tinham que fazer. Só os três guardiões — Quiri, Cascata e Duna — sabiam onde os dragonetes estavam escondidos, mas havia uma rede inteira de Garras se preparando para a profecia.

— Não podemos parar a guerra sozinhos — disse ele. — A gente nem saberia por onde começar.

Tsunami bateu as asas, exasperada, molhando-o com gotas geladas.

— A gente pode, sim, parar a guerra sozinhos — disse. — Essa é a *ideia* da profecia.

— Talvez daqui a dois anos — disse Lamur. *Talvez até lá eu já tenha achado meu lado perigoso. Talvez até lá eu serei o lutador que Quiri quer que eu seja.*

— Talvez antes — disse ela, insistente. — Só... pensa nisso, tá?

Ele se remexeu, ansioso:

— Tá. Vou pensar.

Pelo menos daquele jeito ele podia parar a discussão.

Tsunami balançou a cabeça:

— Eu acho que ouvi o jantar! — O som distante dos mugidos consternados ecoou no túnel atrás deles. Ela o cutucou, animada. — Corrida até o salão! — disse Tsunami, virando-se e se lançando para longe sem esperar pela resposta.

As tochas na sala de batalha pareciam mais escuras, e a água gelada se acumulava debaixo das escamas de Lamur. Ele dobrou as asas e varreu a cauda pelos restos de pedra da coluna destroçada.

Tsunami era doida. Os cinco dragonetes não estavam prontos para parar a guerra. Eles não sabiam nem como sobreviver sozinhos. Talvez Tsunami fosse corajosa e forte como uma heroína deveria ser, mas Sol e Glória e Estelar... Lamur pensou em todas as coisas que poderiam machucá-los e desejou que pudesse lhes dar suas próprias escamas, garras e dentes para protegê-los.

Além do mais, não tinha como escapar das cavernas. Os Garras da Paz garantiriam isso.

Ainda assim, uma parte dele não conseguia deixar de imaginar como seria voltar para casa agora, em vez de esperar mais dois anos. Ele não conhecia nada além das cavernas, onde nascera, mas sempre imaginava o mundo exterior. Voltar aos pântanos, ao brejo, à nação asabarro que se parecia com ele e pensava como ele... Voltar a seus pais, quem quer que fossem...

E se conseguissem?

E se os dragonetes conseguissem escapar, e sobreviver, e salvar o mundo... do jeito deles?

CAPÍTULO DOIS

LAMUR EMPURROU OS OSSOS do jantar para o rio com sua cauda. As formas brancas boiaram na corrente e foram levadas.

Fogo tremeluzia nas bordas da caverna central. Acima deles, abria-se uma grande boca, as estalactites como dentes. O domo da caverna era grande o suficiente para acomodar seis dragões maduros com asas abertas. O rio subterrâneo fluía ao longo de uma parede, sussurrando e gorgolejando consigo mesmo, como se planejasse a própria fuga.

Lamur olhou para as duas pequenas cavernas de dormir que se abriam para o corredor — agora vazio — e se perguntou onde os outros dragonetes tinham ido enquanto ele se limpava.

— AHÁ! — gritou uma voz atrás dele.

Lamur saltou e jogou suas asas por sobre a cabeça.

— O que eu fiz? — ganiu. — Desculpa! Foi sem querer! Se foi por causa da vaca a mais, Duna disse que eu podia comer porque Cascata ia ficar fora até tarde, mas desculpa; eu posso ficar sem jantar amanhã!

Um focinho pequeno o cutucou nas costas, entre as asas.

— Relaxa, seu bocó — disse Sol. — Eu não estava ahá-zando você.

— Ah. — Lamur abaixou a crista e se virou para olhá-la, a dragonete menor e última a nascer. Uma cauda pálida de lagarto desaparecia boca adentro. Ela sorriu para ele.

— Esse foi meu grito de caça feroz — disse ela. — Você gostou? Foi assustador?

— Bem, com certeza foi surpreendente — disse ele. — Lagartos de novo? O que é que tem de errado com as vacas?

— Blergh. Muito pesadas — disse ela. — Você tá todo sério.

— Só pensando. — Ele estava feliz por Quiri e Duna não conseguirem ler mentes, como os dragões asanoite. Durante o jantar, ele não parou de pensar na ideia de fuga.

Lamur levantou uma de suas asas, e Sol se aninhou. Ele pôde sentir o calor das escamas douradas dela irradiando ao seu lado. Sol era muito pequena e da cor errada — um dourado mais castanho, em vez da cor de areia mais pálida como a maioria dos asareia —, mas pelo menos emitia calor como o resto da sua nação.

— Duna diz que a gente devia estudar por uma hora antes de dormir — disse ela. — Os outros já estão na caverna de estudos.

Duna, o dragão ferido que ensinava habilidades de sobrevivência, era um asareia, assim como Sol... mais ou menos. Havia alguma coisa não muito certa com a dragonete menorzinha. Não só suas escamas eram douradas demais, mas seus olhos eram de um verde-acinzentado, em vez de serem pretos. O pior de tudo era que sua cauda terminava em uma ponta comum, como na maioria das nações dracônicas, em vez de terminar em um ferrão venenoso, a arma mais perigosa dos asareia.

Como Quiri costumava dizer, Sol era completamente inofensiva... e de que servia uma dragoa inofensiva? Mas seu ovo se encaixava nas instruções da profecia, então ela era as "asas da terra" deles, gostassem os Garras da Paz ou não.

Claro, não havia nada que falasse sobre "asas da chuva" na profecia. Os dragonetes escutavam — muitas e muitas vezes — sobre como Glória tinha sido uma substituta de última hora do ovo de asacéu quebrado. Quiri e Duna a chamavam de erro e gritavam bastante com ela.

Ninguém sabia se a profecia poderia ser cumprida com uma asachuva, no lugar de uma asacéu. No entanto, até onde Lamur sabia sobre os asacéu, ele era muito grato por terem Glória em vez de outra dragoa rabugenta e cuspidora de fogo, como Quiri, sob a montanha.

Além do mais, se tinha alguém que podia pôr a profecia a perder era ele, não Glória.

— Vem — chamou Sol, cutucando-o com a cauda. Ele a seguiu através da caverna central.

Túneis de pedra retorcida se espalhavam em quatro direções: um para a arena de batalha, outro para a caverna dos guardiões, um para a sala de estudos, e um para o mundo externo. O último estava fechado por um pedregulho grande demais para qualquer um dos dragonetes conseguir mover.

Lamur tentou empurrar a pedra com o ombro ao passar por ali. Sempre tentava abrir a passagem quando os dragões maiores não estavam por perto. Algum dia ela se moveria quando o fizesse. Talvez não muito, mas até um pequeno movimento o faria sentir que estava chegando perto da maturidade. Ele se *sentia* grande. Constantemente esbarrava em coisas e as derrubava com a cauda ou as asas.

Hoje não, pensou, triste, quando a pedra não se moveu, *talvez amanhã*.

Seguiu Sol pelo túnel que levava à sala de estudo. Seus pés grandes e garras grossas martelavam e arranhavam o chão de pedra. Apesar de ter vivido sob a montanha por toda sua vida, ainda doía pisar diretamente na pedra. Ele sempre batia as garras, e elas sempre estavam doloridas ao fim do dia.

Tsunami andava de um lado para o outro na caverna de estudo, dando ordens. Sol e Lamur se sentaram ao lado da entrada, guardando suas asas. Um sopro de ar desceu pela abertura no teto alto — a única janela de acesso ao exterior nas cavernas. À noite, sem o toque distante da luz do sol, a sala ficava mais fria e vazia. Lamur se alongou e sentiu o cheiro da escuridão que se deitava do outro lado do buraco. Ele achou que tinha o aroma das estrelas.

Um mapa de Pyria pendia da parede entre as tochas. Tsunami e Estelar amavam olhar o mapa, tentando descobrir onde estava a caverna escondida, já que nenhum dos dragões maiores dizia. Estelar tinha quase certeza de que eles estavam em algum lugar abaixo das Garras das Montanhas Névoa. Os asacéu preferiam viver nos picos mais altos, então qualquer coisa podia acontecer na profundidade das cavernas que eles não notariam.

— Toda essa história é muito confusa — Sol murmurou para Lamur, balançando a cauda. — Por que os três lados só não param e conversam pra acabar a guerra?

— Isso seria ótimo — disse Lamur. — Aí poderíamos parar de estudar.

Sol deu risadinhas.

— Pare com isso — disse Tsunami, autoritária, batendo os pés no chão. — Nada de conversinha! Prestem atenção, porque eu tô distribuindo os papéis.

— Essa não é a maneira apropriada de estudar — apontou Estelar. Suas escamas negras de asanoite o faziam ficar quase invisível nas sombras entre as tochas. Ele agarrou alguns pergaminhos e os empilhou de maneira ordeira em triângulos. — Quem sabe eu não leio para vocês?

— Pelas luas, qualquer coisa menos isso — disse Glória, da saliência acima dele. — Quem sabe mais tarde? Quando estivermos *tentando* dormir.

Seu focinho longo e delicado, brilhando verde-esmeralda com desgosto, descansava sobre as patas frontais. Ondulações de azul-furta-cor cintilavam por suas escamas, e naquela noite sua cauda era um turbilhão de roxos vibrantes.

Se não fosse por Glória, Lamur pensou, nenhum deles saberia quantas cores existiam no mundo. Como será que era na floresta tropical, onde havia toda uma nação dracônica com aquela beleza?

— Quietos — repreendeu Tsunami. — Então, obviamente eu seria a melhor rainha, mas vamos deixar Sol desta vez, já que ela é uma asareia de verdade.

Ela correu e empurrou Sol para o centro da caverna.

— É, mais ou menos — murmurou Glória com uma lufada.

— Xiu. — Estelar deu-lhe um peteleco com a cauda.

Nenhum dos dragonetes falava sobre as razões de Sol não parecer uma asareia comum. O palpite de Lamur era de que o ovo dela tinha sido tirado muito cedo da areia. Talvez ovos de asareia precisassem do sol e do deserto para se manterem quentes até o nascimento, ou então sairiam incompletos e com uma aparência meio esquisita — apesar de que, pessoalmente, ele achava que Sol parecia ótima.

Tsunami bateu as garras no chão da caverna, pensativa, estudando seus amigos.

— Lamur, você quer ser o sucateiro?

— Isso não me parece justo — comentou Estelar. — Ele é o dobro do tamanho da Sol. Um sucateiro de verdade seria menor que ela, de acordo com esse pergaminho aqui. Ele diz que sucateiros não têm escamas, asas nem caudas. Eles andam em duas pernas, o que me parece bastante instável. Aposto que eles caem o tempo todo. Sabiam que eles gostam de tesouros quase tanto quanto os dragões? Os pergaminhos dizem que sucateiros são conhecidos por atacarem dragões solitários e roubarem…

— AI, PELOS CÉUS, A GENTE SABE! — gritou Glória. — Todos estávamos aqui para as palestras fascinantes sobre eles. Não me faça descer até aí e te dar umas mordidas, Estelar.

— Eu gostaria de conhecer um sucateiro de verdade! — disse Lamur. — Eu arrancaria a cabeça dele! E comeria! — Ele bateu as patas da frente na pedra do chão. — Eu tenho certeza de que eles são mais gostosos que aquelas bolas de penas que Quiri fica trazendo — continuou.

— Pobrezinho do Lamur esfomeado — provocou Sol.

— Quando estivermos livres, vamos encontrar um ninho de sucateiros e comê-los todos — prometeu Tsunami, acenando com uma asa na direção de Lamur.

— Quando estivermos livres? — Sol piscou surpresa para ela.

Ops. Tsunami e Lamur trocaram olhares. Sol era doce, confiava neles e era absolutamente terrível em guardar segredos.

— No caso, quando completarmos a profecia, é óbvio — disse Tsunami. — Lamur, você é o sucateiro. Aqui, esta pode ser sua garra.

Ela usou a cauda para arrancar um pedaço de uma estalagmite. Lascas de pedra voaram pela caverna, e os outros dragonetes tiveram de se abaixar.

Lamur pegou sua lança afiada de pedra com as garras e deu um sorriso cruel na direção de Sol.

— Não me machuque *de verdade* — disse ela, nervosa.

— Claro que ele não vai machucar — disse Tsunami. — A gente só tá atuando. E o resto de nós vão ser as princesas. Eu vou ser Flama, a Glória é Fervor e o Estelar vai ser Fulgor.

— Eu já fui uma princesa da última vez — disse Estelar. — Acho que não gosto muito dessa brincadeira. — Ele estendeu as asas, e as pequenas escamas prateadas, espalhadas por debaixo, cintilaram como estrelas no céu noturno.

— Não é uma brincadeira, é *história* — disse Tsunami. — E se tivéssemos outros amigos, poderíamos brincar de outro jeito. Mas são três princesas de areia, então você tem que ser uma; pare de reclamar.

Estelar encolheu os ombros e voltou para as sombras, como sempre fazia quando perdia uma discussão.

— Tá, bora logo com isso — disse Tsunami, subindo na elevação ao lado de Glória.

— Hm... — murmurou Sol. Ela olhou para Lamur com cuidado. — Tá bom. Aqui vou eu! Lá, lá, lá, rainha Oásis dos asareia. Eu sou *tão* importante e, hum, nobre e tal.

Tsunami suspirou. Glória e Estelar esconderam os sorrisos.

— Sou rainha há muitas e muitas eras — continuou Sol. Ela marchou pela caverna. — Ninguém ousa me desafiar pelo trono! Eu sou a rainha asareia mais forte que o mundo já viu!

— Não esqueça do tesouro — sibilou Tsunami, apontando para a pilha de pedras soltas.

— Ah, verdade — disse Sol. — Provavelmente é por causa do meu tesouro! Eu tenho um montão de tesouros porque eu sou uma rainha muito importante!

Ela varreu as pedras em sua direção e as juntou entre as patas.

— Alguém falou em *tesouro*? — rugiu Lamur, saltando de detrás de uma grande formação rochosa.

Sol ganiu, assustada.

— Não! — reclamou Tsunami. — Você não tem medo! Você é a rainha Oásis, a rainha grande e malvada dos dragões de areia.

— C-certo — disse Sol. — *Graur!* O que esse sucateiro minúsculo faz no Reino de Areia? Eu não tenho medo de sucateiros minúsculos! Eu vou sair e comê-lo em uma bocada só!

Glória começou a rir tão alto que teve de deitar-se e cobrir o rosto com as asas. Até Tsunami fazia caretas enquanto segurava as risadas.

Lamur balançou sua estalagmite de maneira circular.

— *Fsst, fsst, fsst!* — sibilou. — E outros sons esquisitos de sucateiro! Estou aqui para roubar o tesouro de uma dragoa magnífica!

— Não vai, não — disse Sol, eriçando-se.

Ela pateou o chão com força, abriu as asas e levantou a cauda, ameaçadora. Sem o ferrão venenoso que os outros asareia tinham, a cauda de Sol não era lá muito assustadora, mas ninguém comentou sobre isso.

— Iááááááááááá! — berrou Lamur, avançando com sua garra de pedra.

Sol saltou para o lado e eles andaram em círculos, com fintas e golpes. Essa era a parte favorita de Lamur. Quando Sol esquecia de agir como uma rainha e focava na batalha, era divertida de enfrentar. Seu tamanho pequeno tornava fácil para ela se esquivar e escorregar por baixo das defesas de Lamur.

Mas no fim a rainha Oásis tinha que perder, era assim que a história terminava. Lamur jogou Sol contra a parede da caverna e enfiou a garra falsa entre seu pescoço e asa, fingindo que acertara seu coração.

— Aaaaaaaaah! — uivou Sol. — Impossível! Uma rainha derrotada por um sucateiro desprezível! O reino vai ruir! Oh, meu tesouro… meu amado tesouro…

Ela desabou no chão e deixou suas asas descansarem sem vida ao seu lado.

— Ha-ha-ha! — disse Lamur. — E *fsst, fsst*! O tesouro é meu!

Ele juntou todas as pedras e desfilou para longe, balançando a cauda com orgulho.

— Nossa vez — disse Tsunami, pulando da elevação. Ela correu para Sol, juntou suas patas e deixou escapar um choro alto. — Ah, não! Nossa mãe morreu e o tesouro se foi. Mas o pior! Nenhuma de nós a matou! Então quem será a rainha agora?

— Eu estava a ponto de desafiá-la — chorou Glória. Ela bateu as asas, dramaticamente. — Eu teria lutado contra ela até a morte pelo trono. *Eu* deveria ser a rainha!

— Não, *eu* deveria ser a rainha! — insistiu Tsunami. — Eu sou a mais velha, a maior, e eu a teria desafiado primeiro!

As duas viraram-se para olhar Estelar, escondido nas sombras. O dragão negro pareceu querer ficar ainda mais invisível.

— Bora, Estelar — disse Tsunami. — Pare de ser preguiçoso que nem um…

Ela parou antes de dizer "asachuva". Os professores diziam coisas assim a toda hora: "Se você não estudar, vai virar um asachuva"; "O que aconteceu? Alguém botou um cérebro de asachuva aí?"; "Ainda não acordou? Vão achar que você virou um asachuva!" (Esse último era mais para Lamur).

Mas os dragonetes sabiam que Glória odiava, não importava o quanto ela fingisse que não se importava. E era bastante injusto. Glória era a única asachuva que conheciam, e ela estudava e treinava mais que qualquer outro.

— É… um dragão preguiçoso. — Tsunami terminou de maneira estranha, com uma olhada rápida para Glória. — Estelar, saia daí.

O asanoite se aproximou e olhou para Sol, que tinha os olhos fechados com firmeza.

— Oh, azar, oh, vida — disse ele. — Agora eu devo ser a rainha. Como a princesa mais nova, eu terei o reino mais longo. Isso seria ideal para os asareia. E…

Ele pausou para dar um suspiro longo e doloroso.

— E sou a mais bonita.

Sol riu e Tsunami a cutucou para que continuasse parada. Lamur juntou as pedras em uma pilha e sentou-se.

— Eu deveria matá-las agora — rosnou Glória.

— Você e que exército? — provocou Tsunami.

Glória estalou o pescoço e mostrou os dentes:

— Que boa ideia. Vou *montar* um exército, um exército de asareia, e aí você vai se arrepender.

— Você não é a única que pode fazer alianças — disse Tsunami. — Eu vou trazer os asacéu para meu lado. *E* os asabarro! Daí a gente vai ver quem ganha essa guerra!

Houve uma pausa. As duas olharam para Estelar novamente.

— Ah, é — disse ele. — Façam isso e eu vou me aliar com o exército dos asagelo. E, falando nisso, a maioria dos asareia me quer como sua rainha.

— Querem? — perguntou Sol, abrindo os olhos. — Quem disse?

— Fecha a matraca — disse Tsunami, batendo nela com uma garra. — Morto não fala.

— Tem vários pergaminhos recentes sobre isso — explicou Estelar, pomposo. — Fulgor é muito popular em sua nação.

— Então por que ela não pode ser rainha? — perguntou Sol. — Se é isso que eles querem?

— Porque Flama é maior e mais assustadora e poderia esmagá-la como um inseto se elas realmente lutassem, garra a garra — explicou Glória. — E Fervor, que sou eu, é mais inteligente que as duas juntas. Ela sabe que não conseguiria matar Flama em um duelo normal. Foi ideia dela envolver as outras nações e transformar a briga dos asareia pelo trono em uma guerra mundial. Ela provavelmente só está esperando as outras duas se matarem.

— E quem *a gente* quer que vire rainha? — perguntou Sol. — A gente que escolhe, né? Quando completarmos a profecia?

— Nenhuma delas — disse Estelar, sombrio. — Fulgor é tão esperta quanto uma capivara com sono; Fervor provavelmente já está tramando para virar a rainha de todas as nações; e se Flama ganhar, ela com certeza vai querer manter a guerra só por diversão. Todas são bem ruins. Acho que teremos que ver o que os Garras da Paz vão decidir.

— Eles não têm que *decidir* nada — disse Glória, eriçando-se. O colar de penas ao redor de seu pescoço brilhou laranja. — Eles só *acham* que mandam em nós.

— Ainda assim podemos ouvi-los — defendeu Estelar. — Eles só querem o que é melhor para nós e para Pyria.

— É fácil pra você falar — vociferou Glória. — Você não foi roubado de sua casa. Os asanoite estavam bem dispostos a entregar seu ovo, não foi?

Estelar se encolheu como se ela o tivesse queimado.

— Chato! — gritou Lamur de sua pilha de pedras. — Parem de brigar! Venham me enfrentar pelo tesouro!

— Ninguém sabe o que o sucateiro fez com o tesouro dos dragões de areia — disse Estelar com a voz de "aluno favorito", afastando-se de Glória. — Além de outras coisas, ele roubou o Dragão de Lazulita, o cetro de ouro asareia, e o Olho de Ônix, que esteve com os asareia por centenas de anos.

Lamur bateu o pé. As palestrinhas de Estelar sempre lhe davam coceira.

— Eu só quero lutar com alguém! — disse. Preferencialmente com alguém que não estivesse tentando provocar nele uma fúria violenta.

E como se a tivessem evocado pelo pensamento, Quiri de repente surgiu na entrada da caverna.

— O QUE está acontecendo aqui? — Sua voz retumbante fez os cinco dragonetes saltarem.

Sol escorregou ao tentar pôr-se de pé, e Estelar correu para segurá-la.

A asacéu enorme adentrou a caverna, olhando-os de cima.

— Isso não me parece um estudo — sibilou.

— D-d-d-esculpa — gaguejou Sol.

— Não. — Tsunami disparou um olhar para a asareia. — Nós *estávamos* estudando. Estávamos interpretando a morte da rainha de areia que começou toda essa guerra.

— Você quer dizer *brincando* — rosnou Quiri. — Vocês estão crescidos demais para joguinhos.

— Quando fomos *novos* o suficiente? — murmurou Glória.

— Não era um joguinho — disse Tsunami. — Era um jeito diferente de aprender história. O que tem de errado com isso?

— E agora estamos retrucando — disse Quiri, presunçosa, como sempre fazia quando Tsunami se envolvia em problemas. — Isso quer dizer sem dormir no rio esta noite.

Tsunami franziu o cenho, carrancuda. Quiri deu uma batidinha na pilha de pergaminhos na entrada com a unha:

— O resto de vocês, aprendam com os erros da asamar e estudem do jeito correto.

— Não é justo — reclamou Lamur quando Quiri virou-se para ir embora, apesar do coração acelerado. — Estávamos juntos, todos nós deveríamos ser punidos.

Glória balançou a cabeça em sua direção, mas ao seu lado Sol concordou.

Quiri o olhou de cima a baixo:

— Eu sei quem era a diretora do teatrinho. Você corta a cabeça, e o problema vai embora.

— Você vai cortar a cabeça da Tsunami? — guinchou Sol.

— É uma metáfora, cabeça-de-vento — suspirou Glória.

— Sem discussão — disse Quiri. — Agora vão para a cama.

Ela virou-se e varreu o chão da caverna com a cauda, derrubando a pilha de pergaminhos de Estelar ao ir embora.

Lamur encostou o focinho no ombro azul-escuro de Tsunami e disse:

— Desculpa. A gente tentou.

— Eu sei, obrigada — disse Tsunami, encostando a asa na dele. — Ei, Sol, você se importa de levar esses pergaminhos para nossa caverna de dormir?

A dragoa dourada e pequena brilhou:

— Claro! Não me importo nem um pouco!

Ela correu para a entrada, juntou os pergaminhos com as patas dianteiras e desapareceu.

— Não vou aguentar muito tempo — disse Tsunami quando Sol foi embora. — A gente precisa ir embora, e logo.

Lamur olhou para Glória e Estelar, que não pareceram surpresos, e perguntou:

— Você falou com eles?

— Claro — disse Tsunami. — Eu precisava deles pra pensar em um plano de fuga.

Lamur não conseguiu deixar de pensar que ela não havia lhe pedido ajuda para plano nenhum. Até os dragões que gostavam dele o achavam inútil.

— Não sei se estamos prontos — disse Estelar, vincando a testa. — Tem muita coisa que não aprendemos ainda...

— Isso é o que os guardiões querem que pensemos! — As escamas azuis de Tsunami tremeram quando eriçou-se da cabeça à cauda. — Mas nunca saberemos até sairmos destas cavernas horríveis e vermos o mundo com nossos próprios olhos.

— E quanto à profecia? — perguntou Lamur. — Não deveríamos esperar mais dois anos?

— Não vejo por quê — disse Glória. — Eu concordo com a Tsunami. Destino é destino, né? Então o que quer que a gente faça, deve ser a coisa certa. Não precisamos de um monte de dragões velhos nos dizendo como salvar o mundo. *Eles* não estão na profecia.

— E quando vamos contar pra Sol? — perguntou Estelar, olhando para a entrada escura da caverna.

— Não até o último segundo — disse Tsunami, grave. — Você sabe que ela não consegue guardar segredo. Estelar, *prometa* que você não vai falar nada.

— Não vou, não vou — disse ele. — Ela não vai gostar, tá? Ela acha que tudo é lindo aqui.

— Claro que sim — disse Tsunami. — Ela não se importa que sejamos tratados como brinquedos quebrados, mesmo que a gente seja a chave para a paz e tal.

— Ela se importa — defendeu Estelar. — Só não fica chorando por isso.

— Ai — disse Glória.

Tsunami tornou o olhar para Estelar, as guelras pulsando.

— Fala na minha cara.

— Eu *estou* falando na sua cara — disse ele. — Ou falei pro lado errado? É fácil confundir os dois.

Ele se escondeu atrás de Lamur, antes que Tsunami pudesse arreganhar os dentes.

— Já chega. Parem de trocar tapa que nem mini Quiris — disse Lamur, se colocando entre Tsunami e Estelar. — Ninguém tá feliz aqui. A Sol lida com essa situação de jeito diferente, é isso. Mas lembrem do que decidimos: nós cinco ficamos juntos ou tudo fica pior, certo?

Estelar arqueou as asas para frente, resmungando.

— O Lamur tá certo — disse Glória. — A última coisa que queremos é virar Quiri, Cascata ou Duna.

Tsunami sibilou por um momento, depois se ajeitou, dizendo:

— Tá, eu sei. Eu tô tentando, mas este lugar me mata.

Lamur se arrepiou com uma expressão feroz no rosto. Ele não ia querer ser o dragão no caminho dela.

— Assim que tivermos um plano, a gente vai embora — disse Tsunami, trocando olhares com todos. — Vamos ver se eles vão impor um destino para nós quando não nos encontrarem mais.

CAPÍTULO TRÊS

HOUVE UM ESTRONDO NA caverna central. Lamur escutou o pedregulho da entrada sendo jogado de volta para o lugar, e então um retumbar de passos pesados. Pelo som, percebeu que se tratava de Cascata.

— Aconteceu alguma coisa — disse Tsunami. Ela correu para a porta, as orelhas crispando, um arrepio percorrendo a espinha. — Bora, a gente tem que ir pra escutar.

Estelar abriu as asas lentamente, como se tentasse parecer maduro demais para ter pressa.

— Tenho certeza de que vamos saber o que houve de manhã — afirmou.

— Eu não quero esperar tanto. — Tsunami deu um giro e acertou sua barriga com a cauda, fazendo-o dar um passo para trás com um resmungo. — Para de ser um faisquinha! Vamos!

Ela correu para o lado de fora.

Lamur estremeceu quando os músculos doloridos começaram a trabalhar. Ele seguiu Tsunami e Glória para fora da caverna central. As escamas de Glória já replicavam a parede manchada em tons de preto e cinza das cavernas. Era quase impossível enxergá-la.

Estelar correu para conseguir acompanhá-la, e os dois foram para o túnel que dava para a caverna dos dragões maiores. Eles desapareceram quase que imediatamente nas sombras. Escondidos por conta de suas cores, eles poderiam se aproximar o máximo possível para escutar.

Porém, Lamur e Tsunami tinham uma chance ainda melhor de ouvir tudo se conseguissem se apressar. Tsunami já se lançava pela caverna em direção ao rio.

— E Sol? — chamou Lamur, falando baixinho. Ele podia ouvir a pequena asareia se remexendo em sua caverna de dormir, afastando pergaminhos.

— A gente vai pensar em alguma coisa — sussurrou Tsunami.

Lamur se sentiu mal por Sol ser a única a não saber de seus planos de espionagem, mas tinham aprendido a lição anos antes. Sol não *tinha* que contar a Duna sobre a pilha de pedras que os dragonetes estavam coletando para construir uma torre até a porta do céu, quando eram pequenos demais para voar. Tsunami era quem tinha dado a ideia; eles só queriam colocar a cabeça para fora e olhar em volta. Mas um dia Sol tinha esquecido de ser discreta perto de Duna e, no outro, todas as pedras que tinham pegado haviam sumido do esconderijo. Tinha sido o último dia do plano — e o último dia em que haviam contado alguma coisa para ela.

Tsunami desapareceu dentro do rio, praticamente sem som algum. As manchas verdes debaixo das escamas azul-escuras brilharam quando ela começou a subir o rio com longas braçadas. Lamur afundou em seguida, desejando que também pudesse enxergar no escuro. Pelo menos ela havia lembrado de ativar a faixa brilhante de sua cauda, para que ele a seguisse.

Os asabarro não conseguiam respirar debaixo d'água como os asamar, mas conseguiam segurar a respiração por mais de uma hora. Então sempre que os dragonetes queriam espionar os guardiões, Lamur e Tsunami podiam usar o rio.

Ele alcançou a asamar quando ela se espremia pelo vão submerso nas paredes da caverna. Aquilo sempre deixava Lamur nervoso, se apertar em um espaço tão pequeno. Ele desejou não ter comido aquela vaca a mais no jantar.

Suas garras arranharam as pedras e se agarraram nas rachaduras para que ele pudesse se impulsionar. Houve um momento breve, mas horrendo, quando seus flancos se prenderam. Será que ele se afogaria ali? Teria a profecia sido arruinada por causa de uma vaca a mais?

Então, em uma saraivada de bolhas, ele se soltou e disparou atrás de Tsunami.

A faixa na cauda dela se apagou quando entraram silenciosamente na caverna dos guardiões. O rio continuava acompanhando a parede ali.

Os três dragões mais velhos quase nunca davam atenção a ele, exceto por Cascata, que vez ou outra dormia na parte rasa. Mas nunca pensariam que um par pequenininho de orelhas de dragonete estariam para fora da água, ouvindo-os.

Lamur se moveu e parou perto da entrada, enquanto Tsunami nadava à frente para a outra extremidade da sala. Daquele jeito, pelo menos um deles conseguiria ouvir, não importava onde os guardiões estivessem conversando.

Naquela noite, no entanto, Lamur tinha bastante certeza de que todo mundo conseguiria ouvir tudo, incluindo Glória e Estelar na passagem do lado de fora. Do jeito que Quiri gritava, era possível que até os asacéu no topo da montanha pudessem ouvi-la.

— Vindo *aqui*? Sem aviso? Depois de seis anos, ele se interessa do nada? — Um jato de fogo explodiu de suas narinas e acertou a coluna de pedras mais próxima.

— Talvez ele só queira garantir que eles estão prontos para acabar com a guerra — sugeriu Cascata.

Duna bufou.

— Esses dragonetes? Bem, ele ficará bastante desapontado. — Ele relaxou em uma pedra plana, estendendo o toco da pata dianteira e asa mutilada em direção ao fogo. O grande dragão asareia nunca discutia suas cicatrizes ou como havia perdido a pata, mas os dragonetes conseguiam supor pela raiva na voz dele sempre que ele falava sobre a guerra.

Aquilo também explicava sua lealdade para com os Garras da Paz. E o fato de que não conseguia voar era a provável razão pela qual fora escolhido para o trabalho de babá de dragonetes subterrâneos. Como Tsunami já apontara, ele claramente não fora escolhido por sua natureza acolhedora e calorosa.

— Demos nosso melhor — disse Cascata. — Foi a profecia que escolheu esses dragonetes, não nós.

— E ele sabe o que aconteceu? — perguntou Quiri. — Ele sabe sobre o ovo quebrado e a asachuva? Ou da asareia defeituosa?

Lamur estremeceu. Pobre Sol. Ele boiou para mais perto, mantendo seu corpanzil marrom abaixo da superfície da água escura. Através das ondulações, podia ver as formas borradas dos dragões maiores juntos ao redor do fogo.

Cascata bateu as asas e disse:

— Eu não sei o que ele sabe ou por que se importa. A mensagem só dizia "Porvir está vindo", e eu preciso encontrá-lo e trazê-lo aqui amanhã.

Porvir. Aquilo soou familiar. Lamur vasculhou as lembranças. Ele sabia que devia reconhecer aquele nome. Um dragão das aulas de história? Um dos líderes das nações? Não, não podia ser; todas as nações eram governadas por rainhas.

— Não estou preocupado com a Sol — disse Duna. — Nós seguimos as instruções da profecia naquele caso. Não é culpa nossa que ela é do jeito que é. Mas a asachuva... ele não vai gostar disso.

Um rosnado ressoou na garganta de Quiri.

— Eu também não gosto disso. Nunca gostei.

— Glória não é de todo mau — argumentou Cascata. — Ela é mais esperta do que quer que saibamos.

— Você a superestima porque a culpa é sua — disse Duna. — Ela é preguiçosa e inútil como o resto da nação dela.

— E ela não é uma asacéu — disse Quiri. — Nós tínhamos que ter uma asacéu.

Lamur desejou que Glória não tivesse que ouvir tudo aquilo. Os guardiões nunca haviam escondido como se sentiam com relação a ela, e ela nunca agira como se fosse se importar. Mas ele queria poder dizer que a achava tão importante e inteligente quanto qualquer asacéu.

— Bom, eu nunca achei que Porvir iria querer vê-los! — disse Cascata. — Depois que ele deixou o ovo de Estelar, eu achei que nunca mais fôssemos vê-lo. Os asanoite não têm nada a ver com a guerra.

Então ele é um asanoite. O que quer dizer superpoderoso, misterioso e cheio de si. Isso era tudo de que Lamur conseguia se lembrar dos asanoite. Ele se viu, na verdade, querendo uma palestrinha de Estelar. A maravilhosidade dos asanoite era o assunto favorito do dragonete negro.

— Os Garras disseram o que ele quer? — perguntou Quiri.

— Então, é a profecia dele — disse Cascata. — Eu acho que ele quer garantir que ela seja cumprida.

Porvir. Lamur sentiu um sobressalto lhe percorrer o corpo, como das vezes que Duna o acertava com as farpas de sua cauda por não prestar atenção.

Porvir era o dragão asanoite que tinha revelado a profecia sobre os dragonetes havia dez anos. Eles tinham aprendido sobre Porvir em história, mas esse era um de vários fatos de que Lamur nunca conseguia lembrar.

Quem entregara a profecia nunca parecia tão importante quanto quem *estava* na profecia: no caso, ele próprio e os outros quatro dragonetes.

Mas talvez Porvir fosse mais importante do que Lamur se dava conta. Afinal, ele estava vindo para vê-los. Talvez os levasse para o mundo externo para cumprir com a profecia? Talvez eles não precisassem fugir, no fim das contas.

Talvez tudo estivesse para mudar.

CAPÍTULO QUATRO

LAMUR NUNCA HAVIA ACREDITADO nas lendas sobre os asanoite. Dragões ocultos que podiam ler mentes? Um reino escondido que ninguém podia achar? Uma rainha misteriosa, o poder de ver o futuro, a forma como apareciam das sombras para entregar profecias que moldavam o mundo... tudo soava como contos de fada, assim como um mundo dominado pelos sucateiros em vez dos dragões.

Além do mais, Lamur conhecia Estelar, e Estelar era muitas coisas: chato, prolixo, inteligente, muito sério, mas não tinha poderes mágicos e nunca, nunca era assustador.

Porém, no dia seguinte, quando um dragão tão escuro quanto a noite, tão alto que seria capaz de arrastar a cabeça no teto, surgiu das sombras do túnel de entrada, Lamur sentiu todos os rumores dos asanoite acertando-lhe a cabeça como uma parede de pedras em colapso.

Porvir era ainda maior que Quiri, e cinco vezes mais aterrorizante. Ele abriu as asas de morcego irregulares e olhou os dragonetes de cima, alinhados em sua frente. Ele tinha escamas prateadas em formato de estrela na parte inferior de suas asas, tal qual Estelar, mas nele elas pareciam cintilar a uma grande distância, com um brilho gelado. Seus olhos escuros davam a mesma sensação: gelados e distantes, mas penetrantes.

Ele parecia ser capaz de lhes arrancar a cabeça com apenas uma mordida. Também parecia odiar os cinco dragonetes, o que Lamur não esperava. Eles já eram uma decepção?

Talvez Porvir já estivesse lendo suas mentes e soubesse como eles estavam confusos com relação à profecia. Ou talvez ele estivesse vendo o futuro e suas visões fossem todas de falhas, falhas, falhas. Talvez Porvir pudesse sentir a fera interior de Lamur e soubesse que ele era muito fraco para deixá-la sair, e isso condenaria a profecia.

Lamur conseguia sentir Sol tremer ao seu lado. Ela mantinha as garras plantadas e a cabeça erguida, mas os tremores a alcançavam a partir das pontas das asas da dragoa. Ele se sentia igual, petrificado, como se suas escamas estivessem sendo removidas uma a uma enquanto o asanoite gigante os inspecionava.

Do seu outro lado, Estelar estava ainda mais imóvel do que Lamur já tinha visto, o que o fez perceber como seu amigo também estava assustado. Estelar sempre congelava quando estava com medo. Era como se ele esperasse que, por não se mover, fosse desaparecer das vistas, e o perigo fosse embora.

Lamur não conseguia ver Glória — ele não conseguia tirar os olhos de Porvir —, mas soube quando Porvir a viu. O dragão negro gigantesco descansou os olhos na dragonete asachuva por uma pequena eternidade. Seu focinho estremeceu com um serpeio de desgosto. Uma língua bifurcada passeou por sobre seus dentes.

Lamur quis que suas asas fossem tão grandes quanto a caverna. Quis poder abri-las e esconder seus amigos de Porvir. Desejou que suas garras fossem tão grandes quanto as estalagmites e tão afiadas quanto as lascas de rocha. Ansiou por ser grande o suficiente para ser corajoso, e corajoso o suficiente para ser grande. Ele nunca tinha desejado tanto alguma coisa quanto proteger seus amigos daquele dragão enorme, sibilante, petulante e terrivelmente perigoso.

Ele quis muito, muito, que Porvir não estivesse lendo sua mente naquele momento. *Pense em vacas pense em vacas pense em vacas deliciosas e gordinhas...*

Porvir tornou a cabeça para Quiri. Ele levantou uma garra longa e a apontou em direção a Glória.

— O quê. É. AQUILO? — disse ele, a voz carregada com tanto veneno que mataria vinte dragões no meio de um voo.

Estelar deu um passo para trás e Lamur viu Glória. Ela estava sentada em suas patas traseiras, com a cauda longa enrolada ao seu redor. Traços de violeta e dourado corriam em volta de suas escamas, espiralando ao redor de poças de azul-lagoa. Apenas os tons de chamas ao redor de suas orelhas emplumadas indicavam que ela estava incomodada, mas Lamur os reconheceu e soube que ela lutava para manter o semblante sereno. Ela devolveu calmamente o olhar de Porvir, o rosto tão impassível quanto as paredes de pedra.

— Houve um acidente — disse Quiri, na defensiva. Lamur nunca a ouvira de outra forma, a não ser enraivecida. — Nós perdemos o ovo de asacéu, então tivemos de encontrar outro em…

— Dos asachuva? — interrompeu Porvir, mordaz.

— Foi ideia dele! — gritou Quiri, apontando Cascata com a cauda. — *Ele* trouxe esse ovo pra cá!

— Pelos menos temos cinco dragonetes — disse Cascata. — É o que importa.

Porvir apontou o longo focinho negro para Glória. Então trocou olhares com Sol, que deixou escapar um ganido baixo, afundando um pouco mais no chão.

— Quatro e meio, na verdade — grunhiu. — Você deveria ser a asareia? Você não come? O que há de errado com você?

Houve uma longa e terrível pausa, em que Sol tremeu, tentando dar alguma resposta.

— Ela come — respondeu Tsunami. — Ela come muito bem. Tanto quanto qualquer um.

— Não é culpa dela ser pequena — disse Estelar, para a surpresa de Lamur.

— Ela é uma ótima lutadora — disse Lamur. — Assim como Glória.

— Calem-se — disse Porvir, e o silêncio caiu sobre o salão no mesmo momento. Seu olhar duro e ameaçador parou em Lamur.

PENSE EM VACAS PENSE EM VACAS PENSE EM VACAS…

O asanoite alto se virou para os três guardiões.

— Tem algo muito errado aqui — disse.

— Tem, sim! — gritou Tsunami, novamente. — Tem e eu posso lhe dizer o quê. Somos tratados como prisioneiros! Nunca estivemos fora das cavernas, nem uma única vez. Tudo o que sabemos do mundo que precisamos salvar é o que está nos pergaminhos. Supostamente somos os dragonetes mais importantes do mundo, mas esses três nos tratam como lagartixas burras!

Lamur não conseguia acreditar. Ela não tinha medo de Porvir como o resto deles?

— Tsunami, amarre sua língua — alertou Duna.

— Eu não vou — devolveu, e disse a Porvir: — Por favor, nos tire daqui. Nos leve com você.

Por favor, NÃO, Lamur pensou, *quer dizer, pense em vacas, pense em vacas...* Agora que tinha visto o asanoite, ele preferia permanecer preso ali a colocar o destino deles nas garras de Porvir.

— Sua salamandra ingrata! — rugiu Quiri.

Sem aviso, Porvir se lançou contra Tsunami. Seus dentes piscaram, brancos como um relâmpago, apontando em direção ao pescoço da asamar. *Realmente é como se a noite caísse sobre você*, Lamur pensou, e viu que também se movia. Ele se jogou contra as costas duras do asanoite, antes de notar o que fazia.

Suas garras afundaram nos pequenos espaços entre as escamas negras, buscando por um apoio. Sua cauda debateu-se, ao tentar se equilibrar. Ele sentiu a ponta afiada chocar-se contra as asas de Porvir. Debaixo dele, viu Tsunami rolar para longe do ataque e virar-se para lutar de volta. Suas garras azuis arranharam o nariz e a barriga de Porvir.

Lamur tentou freneticamente se lembrar de seu treinamento de batalha. Ele se achatou nas costas enormes do dragão, ignorando a dor das pontas da espinha do asanoite contra sua barriga. Esticou o pescoço para frente e mordeu tão forte quanto conseguiu.

AI. Sua mandíbula explodiu em dor, e ele recuou. Naquela escuridão de escamas, era impossível achar um ponto fraco.

Porvir saltou para longe de Tsunami e chacoalhou o corpo de forma violenta. Lamur perdeu o apoio e caiu no chão com um baque doloroso, entrando pela metade no rio.

Enquanto cambaleava de volta, tentando ficar em pé, viu Tsunami e Porvir se encarando em posições de batalha. Porvir fez um ruído de dor com a garganta. Ele deu um passo para trás e balançou a cauda violentamente.

Presa na cauda de Porvir, com os dentes firmes no ponto fraco perto da ponta em flecha, estava Sol. Lamur *queria* ter se lembrado daquele lugar que todo dragão tinha, não importava de que nação viesse.

— Rá! — Porvir grunhiu. — Isso é uma surpresa.

Ele arrancou Sol com suas garras dianteiras, como se fosse um carrapato minúsculo. Ela se contorceu enquanto ele a deixava no chão.

— Aquela vai servir — disse Porvir aos guardiões, apontando para Tsunami. Nenhum dos dragões maiores moveu uma escama enquanto ele os atacava.

Nem Glória.

Nem Estelar.

Lamur se colocou ao lado de seu amigo Estelar, que fazia uma excelente imitação de estalagmite. Estelar abaixou a cabeça para fugir dos olhos de Lamur.

— E aquele vai servir. — Porvir assentiu para Lamur. Quiri bufou.

O asanoite o tinha *aprovado*? Lamur estava confuso. Não foi como se seu ataque tivesse servido de alguma coisa. Em uma batalha real teria sido inútil. Até quando defendia sua amiga, ele não conseguia se irritar o suficiente para libertar a fera interior. Porvir não conseguia ouvir todo mundo pensando em como Lamur iria decepcioná-los?

— Essa... — Porvir estudou Sol, desde sua cauda inofensiva até suas escamas douradas incomuns e olhos verdes. — Veremos.

— Seguimos a profecia — insistiu Duna. — Ela não estava em um ninho, eu a encontrei sozinha, enterrada no deserto. Exatamente como a profecia disse.

Os guardiões nunca falavam sobre onde encontravam os ovos dos dragonetes. Sol olhou esperançosa para Duna, mas ele calou-se sob os olhos negros de Porvir.

— E quanto a você — disse Porvir a Estelar. — Presumirei que usou seus poderes de asanoite para descobrir que eu não ia ferir a asamar. É possível até que tenha tido uma visão da minha visita hoje. Sem dúvida você já sabe que eu te levarei para a próxima caverna para uma conversa particular.

Lamur estremeceu. Uma "conversa particular" com Porvir parecia tão divertida quanto ter suas orelhas cozidas. Pela curva que o pescoço de Estelar fez, Lamur supôs que o pequeno dragão negro também se sentia assim. Ele não teve inveja alguma ao ver os dois asanoite desaparecendo na sala de estudos. Porvir parou no arco de entrada e olhou para os guardiões.

— Conversaremos sobre *ela* mais tarde.

Ele não olhou para Glória, mas todos o fizeram. Ela sacudiu as orelhas e levantou o queixo um pouco mais ao som dos passos de Porvir, que desaparecia no túnel.

O que isso quer dizer?, Lamur pensou, preocupado. O que havia para conversar?

— Asamar idiota — gritou Quiri e acertou o focinho de Tsunami. — Reclamando para o primeiro dragão que conhece! Tentando nos acusar! Choramingando por causa da vida, depois de tudo que fizemos por vocês!

— Se você também odeia isso, por que não nos deixa ir embora? — devolveu Tsunami.

— Estamos mantendo vocês seguros — interrompeu Cascata. Sua voz era mais gentil que a de Quiri, mas, pela forma como a cauda azul-esverdeada dele se contorcia no chão, Lamur conseguia perceber que ele estava irritado. — Isso tudo é para o seguinte: os Garras da Paz precisam que vocês vivam o suficiente para cumprir a profecia. Se vocês saírem, não têm ideia de quantos dragões amariam pôr as garras em vocês cinco.

— Ou o que eles fariam com vocês se conseguissem — grunhiu Duna.

— Nosso trabalho é manter vocês vivos — disse Quiri. — E só. A profecia vai cuidar do resto.

— Ótimo. — disse Tsunami. — Bom, foi uma vida horrível. Muito obrigada.

Quiri fez o som sibilante de "tem bomba vindo por aí". Lamur pegou a cauda de Tsunami e a puxou para o rio.

— Somos muito gratos — disse Sol, pulando em frente a Quiri. Ela levantou-se em suas patas traseiras, não chegando nem à metade da dragoa vermelha. Suas orelhas douradas estremeceram. — Preferiríamos muito mais ficar vivos que não vivos! Somos muito gratos por vocês nos deixarem desse jeito, muito mesmo.

— Andem — disse Cascata. Ele empurrou Quiri e Duna em direção à caverna. — Precisamos conversar.

— *Agora* ele tem alguma coisa para dizer — resmungou Quiri, ao que os três escalavam as estalagmites quebradas.

Bufando, Tsunami se jogou no rio e deixou-se afundar com uma leva de bolhas furiosas. Lá no fundo, se enrolou com as garras acima da cabeça.

De repente, a caverna ficou silenciosa. Sol e Lamur trocaram olhares e, então, encararam Glória.

A asachuva estava no mesmo lugar, com a cauda enrolada perfeitamente ao redor dos pés. Ela bocejou. Lamur queria ser tão calmo. Era como se nada a incomodasse.

— Você tá bem? — perguntou Lamur. Ele deu a volta e sentou em frente a ela, estudando sua expressão.

Sol se aproximou, cuidadosa, e afagou as asas violeta com as suas próprias, menores e douradas.

— É claro — disse Glória. — Quer dizer, a gente já sabia que isso ia acontecer. Não é como se os guardiões tivessem passado todo esse tempo dizendo como eu sou maravilhosa.

— Mas você é — disse Lamur.

Glória tornou a cabeça em sua direção.

— Maravilhosa — insistiu ele. — Eles só não...

— Eles veem uma asachuva — disse ela, dando de ombros. — Eu não tô nem aí. É culpa deles terem me trazido.

— Por que você não lutou com Porvir quando começamos? — perguntou Sol. — Talvez ele tivesse visto como você é feroz e corajosa.

— Por que perder meu tempo? — disse Glória. — Obviamente que era um teste, e eu já falhei.

Um círculo de escamas azul-celeste pulsou em suas costas, então a cor começou a se espalhar por todas as outras escamas, comendo o roxo e o dourado.

— Eu não ligo para o que a profecia diz ou o que Porvir acha — disse Lamur, determinado. — Você é nossa quinta dragonete. Não queremos ninguém além de você.

Glória o olhou com pesar.

— Você é um fofo. — Ela bocejou novamente. — Eu vou dar um cochilo.

— Agora? — perguntou Sol, alarmada. — Você acha que é uma boa ideia?

Glória dormia todos os dias após o almoço, normalmente por algumas horas, mas Lamur achava que ela ficaria acordada enquanto Porvir estivesse por perto. *Ele mesmo* não gostaria que aquele dragão negro enorme o encontrasse dormindo. O asabarro olhou em direção ao túnel que dava na sala de estudos, se perguntando, inquieto, até onde a telepatia do asanoite alcançava, e se ele podia ler a mente de Lamur através das paredes.

— Tô cansada — rebateu Glória. — E eles acham que eu sou preguiçosa, mesmo. Nada que eu fizer vai mudar isso.

Lamur sabia que Glória não era preguiçosa. Ela se esforçava tanto quanto qualquer um no treino de batalha, e para aprender a história das guerras dracônicas, mesmo que nenhum dos dragões maiores percebessem. Ela só precisava cochilar no meio de todos os dias, provavelmente por uma razão asachuva. Apesar de que nunca parecia ajudar: Glória sempre parecia tão irritadiça e cansada quanto antes.

— Me acordem se alguma coisa legal acontecer — disse ela. — Mas que seja legal de verdade, não o legal nível Sol.

Glória acenou com o focinho em direção à asareia, que guinchou em protesto.

— Eu não acho que *tudo* é legal — disse, batendo as asas. — Vocês é que não acham *nada* legal.

— Pense assim — disse Glória. — Hora de sair das cavernas e completar a profecia: legal. Você achou outro caranguejo branco esquisito no rio: não legal. Tá bom?

Ela cutucou Sol de novo, desenrolou a cauda, agora totalmente azul, e escorregou para dentro de sua caverna de dormir.

Sol piscou para Lamur.

— Eu sei — disse ele. — Aquele último caranguejo era *muito* esquisito.

— Era, não era? — perguntou ela.

— Eu não me importaria se você tivesse *me* acordado pra ver. — Ele completou, com carinho.

— Que bom — disse ela. — Eu sei. É por isso que você vai poder comer metade dele, não os outros.

Ela foi até sua estalagmite favorita e começou a escalá-la, prendendo as garras nos buracos que pontilhavam a forma bulbosa.

Lamur subiu nas pedras ao lado dela.

— Ei, Sol — chamou ele. — O que você acharia de fugir?

Ela parou e o olhou com os olhos verdes em choque.

— Fugir, tipo, das cavernas? Sem os guardiões? Não, não, a gente não pode. Precisamos fazer o que a profecia diz.

— Precisamos? — perguntou ele. — Quer dizer, precisamos.

Ela quase perdeu o equilíbrio na estalagmite, surpresa.

— Mas e se os guardiões não entenderem a profecia tanto assim? Talvez a gente precise sair e parar a guerra do nosso jeito.

Sol acomodou-se no topo da estalagmite e envolveu-se na cauda, se apoiando nas patas traseiras.

— Eu não acho que é uma boa ideia, Lamur. Se a gente seguir a profecia, vai ficar tudo bem. — Suas garras rasparam na ponta da estalactite mais baixa, mas ela era ainda muito pequena para conseguir alcançá-la. Sentou-se com um suspiro frustrado.

Lamur fitou o brilho azul suave vindo da caverna de Glória. *Siga a profecia*. Mas ele não conseguia parar de pensar que uma profecia real incluiria Glória.

E se a profecia estivesse errada?

CAPÍTULO CINCO

JÁ PARECIA FAZER TEMPO demais quando Estelar finalmente voltou para o salão principal, com Porvir acompanhando-o de perto. Lamur não sabia dizer se Estelar tinha dito a verdade a Porvir — que ele não tinha visões ou lia mentes. Ele era normal, como o resto dos dragonetes. Mas quem seria corajoso o suficiente para dizer isso a Porvir?

O asanoite gigantesco dirigiu-se à caverna dos guardiões sem dizer uma palavra a Sol ou Lamur. Estelar os mirou, e então foi embora para sua caverna de dormir.

Lamur correu atrás dele.

— O que houve? — perguntou. — O que ele disse pra você?

— Não posso falar disso — respondeu Estelar, rígido.

Ele sentou-se no meio da caverna, as asas em um formato levemente torto atrás, e começou a procurar algo nos pergaminhos no chão.

— Tá aqui — disse Lamur, pegando um pergaminho volumoso que havia rolado para baixo da elevação onde dormia.

Estelar o agarrou com a unha, colocou-o debaixo da asa e o levou consigo para sua saliência. Envolveu-se com a cauda por sobre seu nariz e começou a ler.

— Caramba — disse Lamur. — Tão ruim assim?

Fábulas dos Asanoite era o pergaminho favorito de Estelar, e ele sempre o lia quando se chateava ou brigava com algum dos outros dragonetes.

A ponta da cauda de Estelar se contraiu.

— Eu tenho muito o que aprender — disse.

— Mas você já sabe de tudo! — disse Lamur. — Eu acho que você é o dragonete mais inteligente de toda Pyria. Ele não viu isso quando leu sua mente?

Estelar não respondeu.

— Eu achava que ele gostava de você — disse Lamur. — Com certeza ele disse alguma coisa sobre você ser um dragão nobre e poderoso, por ser um asanoite.

Um suspiro longo e cansado escapou do focinho de Estelar.

— É — confirmou. — Foi bem isso que ele disse, na verdade.

— Oh — disse Lamur. — Isso é bom, né? Ele falou quando você vai ganhar seus poderes?

Estelar mexeu no pergaminho, impaciente, rasgando um dos cantos com as garras. Lamur nunca o vira tão chateado a ponto de danificar um pergaminho sem perceber. Ele queria saber o que dizer, mas não conseguia pensar em nada útil sobre os asanoite.

— Pelo menos você não é um asachuva — tentou. — Porvir falou alguma coisa sobre Glória?

Estelar franziu o cenho em sua direção por sobre a beirada da pedra.

— Não muito. Ele disse "não se preocupe com a asachuva, eu vou lidar com isso".

Lamur sentiu um vento gelado emanar do chão de pedra e se espalhar por suas escamas.

— O que isso quer dizer? O que ele vai fazer com ela?

— Como eu saberia? — Estelar tornou a enfiar o nariz no pergaminho. — Talvez ele a mande de volta para casa. Eu acho que ela é a mais sortuda de todos nós.

O medo que pulsava no fundo da cabeça de Lamur discordava. Ele não conseguia conceber a visão dos guardiões soltando Glória, não depois de todos esses anos de segredo.

— Temos de espioná-los — disse ele, levantando-se em um salto. — Precisamos descobrir o que estão planejando.

Ele se deteve no meio do caminho para fora da caverna e bateu o pé, frustrado.

— Caramba, a gente não pode. Porvir vai saber.

— Certo — disse Estelar. — Ele vai ouvir você pensando seus pensamentos grandões, barulhentos e preocupados.

— Você não sabe se meus pensamentos são barulhentos e preocupados — disse Lamur. — Talvez sejam quietos e serenos.

Estelar bufou, divertido. O primeiro som feliz desde que Porvir havia aparecido. Mesmo apesar da preocupação, Lamur estava satisfeito.

— O que vocês estão fazendo? — A voz de Sol ecoou pelo corredor principal, ansiosa e aguda. — Isso é pra quê?

Os baques altos de passos de dragões alcançaram seus ouvidos, acompanhados de um tilintar sombrio.

— Parem! Esperem! Vocês não precisam fazer isso!

Houve uma enorme pancada na água.

Lamur correu para a caverna grande com Estelar seguindo-o. Ele parou, de repente, horrorizado. Quiri e Duna estavam parados nas margens do rio, segurando uma longa corrente de ferro entre as patas. Atrás deles, Porvir segurava Sol com a cauda, ao mesmo tempo em que a dragoa dourada minúscula tentava se soltar.

Cascata emergiu das águas, arrastando uma bola de escamas azuis, raivosa e sibilante, até a margem. Quiri e Duna enrolaram a corrente ao redor do pescoço de Tsunami, e envolveram uma de suas pernas. Os três guardiões a carregaram até uma das colunas de pedra que se erguia do piso até o teto alto. Duna enrolou a coluna duas vezes com a corrente, prendendo Tsunami e deixando quase espaço nenhum para que se movesse em qualquer direção.

Quiri agarrou as duas pontas da corrente e as atingiu com uma coluna de fogo. O metal derreteu e virou uma massa borbulhante, fundindo-se.

Tsunami estava presa.

Aconteceu tudo tão rápido que Lamur não teve tempo para entender, muito menos para impedir, antes que fosse tarde demais. Ele deixou escapar um grito de desespero e se lançou na direção deles.

— Larguem ela! — Ele agarrou a corrente e a soltou ao mesmo tempo, sibilando de dor por causa do calor insuportável.

— Vocês vão se arrepender disso! — gritou Tsunami. Ela puxou a corrente em sua perna, mas isso fez com que a volta no pescoço a apertasse ainda mais. Com um silvo, a dragoa parou de se debater. — Quando nos libertarmos; quando minha família souber disso; quando o mundo descobrir como vocês trataram os dragonetes do destino…

— Todos esses sonhos de uma família maravilhosa — provocou Quiri. — Eles não ligam para você. Quando for a hora de cumprir a profecia, vocês estarão vivos e os Garras da Paz terão vocês, e é só isso que importa. Talvez um tempo longe do rio te ensine a ser mais grata pelo que tem.

— Por que vocês estão fazendo isso? — choramingou Sol. — Tsunami é boa! Ela é maravilhosa! Se alguém pode salvar o mundo, é ela.

— Na verdade, pequena asareia — ressoou Porvir —, o dragonete que vocês deveriam seguir é Estelar.

Ele acenou com a cabeça para Estelar, ainda grudado no mesmo lugar perto da caverna de dormir. Estelar abaixou a cabeça.

— Os asanoite são líderes de nascença. Ele é um jovem dragão excepcional. Se fizerem o que ele disser, vão ficar bem.

Lamur fitou Estelar e viu Glória parada no arco de sua própria caverna de dormir, brilhando um azul-pálido. Porvir estreitou os olhos em sua direção, então virou-se para o pedregulho que bloqueava a saída.

— Eu voltarei amanhã — disse para os guardiões. — Para garantir que tudo foi... resolvido.

— Compreendemos — disse Quiri.

Juntos, ela e Duna tiraram a pedra do caminho. Porvir se apertou pelo vão e desapareceu nas sombras sem olhar para trás.

— Isso é para seu próprio bem — disse Cascata, parando em frente a Tsunami. Ela o ameaçou com as garras e ele deu um passo para trás. — Só queremos deixar vocês seguros. Talvez não seja o melhor jeito, mas...

— Mas dragonetes não sabem o que é melhor para eles — disse Duna, quando o pedregulho voltou a seu lugar. — Vocês precisam de nós, gostem ou não.

— Todos vocês foram terríveis hoje — disse Quiri. — Sem jantar para nenhum de vocês. Vão para a cama e eu não quero ouvir um pio de ninguém até a manhã.

— Mesmo? O que mais vocês vão fazer? — desafiou Tsunami. — E se eu estiver a fim de cantar a noite toda?

Ela começou a uivar, desafinada:

— *Oh, os dragonetes estão vindo! Estão vindo para nos salvar! Estão vindo para lutar, pois sabem que vão ganhar! Os dragonetes! Ahá!*

— A culpa é sua — Duna rosnou para Cascata. — Eu disse que não era para você ensinar-lhes essa música de bar horrenda.

— OH, OS DRAGONETES ESTÃO VINDO! — rugiu Tsunami, ainda mais alto.

— Temos mais correntes! — gritou Quiri em seu ouvido. — Podemos amarrar seu focinho também, se você quiser que eu te *force* a ficar quieta.

Tsunami parou, mirando-a com rebeldia, então puxou o ar mais uma vez e abriu a boca.

— Ou podemos amarrar um de seus amigos — sugeriu Quiri. — Talvez Lamur fosse gostar de passar a noite pendurado em uma estalactite para te fazer companhia.

Lamur trocou o peso nas patas, desconfortável, perguntando-se se haveria algum lugar onde pudesse se esconder, antes que Quiri conseguisse pegá-lo.

Tsunami fechou a boca com força e deitou com a cabeça para longe dos outros dragões. Suas guelras se debateram furiosamente, mas ela permaneceu em silêncio.

— Assim é melhor — disse Quiri.

Ela marchou com passos pesados em direção a seu túnel, as escamas vermelhas resplandecendo com o reflexo do fogo. Cascata a seguiu com a cauda molhada, deixando uma trilha escura atrás deles.

Sol bateu na cauda de Duna antes que ele pudesse segui-los.

— Por favor, não deixem ela assim — disse. — Eu sei que vocês não são tão maus assim.

Duna balançou a cabeça.

— Estamos fazendo o que precisamos fazer. — Ele foi atrás dos outros.

Assim que eles se foram, Lamur tentou quebrar as correntes de Tsunami de novo. Eram muito fortes.

— Lamur, pare — sussurrou Tsunami. — Você sabe o que tem que fazer. Vai, rápido!

Lamur se arrepiou, pensando na água fria, mas ela estava certa. Pela primeira vez, espionar os guardiões era muito importante.

Ele correu para o rio e mergulhou. Através da água, ele conseguia escutar o eco abafado dos guinchos ansiosos de Sol conforme nadava contra a corrente, subindo o rio em direção à parede de pedra. Sem as escamas que brilhavam no escuro de Tsunami para guiá-lo, demorou mais que o normal para que ele encontrasse o vão que o levaria à outra caverna. Por fim, sentiu o espaço vazio abaixo de suas garras, então Lamur se abaixou e se apertou para passar.

Seu coração martelava no peito enquanto ele surgia na caverna dos guardiões. Devagar, avançou para a superfície e pôs as orelhas para fora da água.

Aquele não era o confronto barulhento que haviam escutado na noite anterior. Dessa vez, os três dragões mais velhos estavam reunidos ao redor do fogo, sussurrando. Suas vozes mal eram ouvidas na caverna; estavam em silêncio como se soubessem que os dragonetes poderiam se esgueirar pelo túnel para ouvi-los, mas nenhum deles fitou o rio enquanto Lamur se aproximava.

— Que horas amanhã? — perguntou Cascata.

Quiri se aproximou do fogo, deixando suas escamas em um vermelho ainda mais brilhante.

— Ele vai voltar ao meio-dia. Precisa ser feito antes. — Ela cutucou as asas, arrancando as escamas soltas. Sua cauda estava enroscada em si mesma ao seu lado. — Ele não quer vê-la novamente.

Lamur apertou os punhos abaixo da água. Eles tinham que estar falando de Glória.

— Bem, eu não vou fazer isso — disse Cascata.

Duna disparou um olhar fulminante contra ele.

— Ninguém pensou que você fosse.

— Mesmo que seja culpa sua — disse Quiri.

— Eu ainda acho que precisamos dos cinco — retrucou Cascata. — O que ele vai fazer quanto a isso?

— Ele vai arranjar um asacéu — respondeu Quiri. — De verdade, dessa vez. Sem substituições coloridas.

Todos ficaram em silêncio por um momento, observando o fogo.

— Então, quando e como — disse Duna, com sua voz militar. — Afogar seria mais fácil.

Ele olhou para Cascata.

— Eu entrei para os Garras da Paz para *parar* de matar dragões — disse Cascata. — Eu não vou discutir com Porvir, mas eu não vou fazer isso.

— Tem que ser eu — disse Quiri em uma voz engasgada, tensa. — Ela é só uma asachuva, mas ela ainda poderia escapar de vocês.

Ela acenou para a pata faltante de Duna e para a cicatriz longa que corria sua asa mutilada.

— Mas você vai conseguir? — perguntou Cascata. — Não é parecido com… Quer dizer, sabemos o que houve…

— Aquilo foi diferente — rosnou Quiri. — Glória é só uma asachuva. Eu não ligo para ela. Eu nem gosto dela.

Ela cuspiu uma bola de fogo contra a fogueira, elevando-a.

— Se você tem certeza... — disse Cascata.

— Farei hoje, enquanto ela dorme — disse Quiri. — Eu posso entrar e quebrar seu pescoço antes que os outros saibam o que eu estou fazendo, especialmente com a chefona acorrentada. Tsunami é a única que poderia me parar.

Tremores de horror percorreram o corpo de Lamur, tão violentamente que ele temeu ser notado pelos dragões maiores. Ele começou a se afastar suavemente, mas congelou ao ouvir seu nome.

— E Lamur? — perguntou Duna. — Ele pode tentar.

— Com certeza ele vai tentar — disse Cascata. — Burro como uma pedra, mas ele ama os outros quatro.

— Não é natural, essa lealdade em um dragão — disse Duna. — Especialmente com dragões de fora de sua nação.

— Eu consigo lidar com ele — disse Quiri. — Mesmo que ele finalmente se enraiveça do jeito que eu quero, não tem nada que ele possa fazer contra mim.

Lamur tinha ouvido o suficiente. Ele afundou e nadou em direção ao vão na parede.

O que vamos fazer? O que a gente consegue fazer? O que eu consigo fazer?

Não temos tempo.

Como eu salvo ela?

CAPÍTULO SEIS

— NÃO É VERDADE — disse Sol. — Eles não fariam isso.

— Eles definitivamente fariam — afirmou Tsunami. — Eles fariam qualquer coisa se achassem que é o melhor pra profecia.

Todos os dragonetes olharam para Glória, cujas escamas se pintaram de um verde-pálido. Até sua usual expressão desinteressada havia desaparecido. Ela andou ao redor da coluna de pedra de Tsunami, movendo a cauda.

— Mas nós não vamos permitir — disse Lamur. Ele ainda respirava pesado e pingava água gelada no chão de pedra. — Né, Tsunami? Vamos pará-los.

— Vocês não precisam se envolver — disse Glória. — Esse problema é meu, não de vocês.

— Como vocês vão pará-los? — Tsunami perguntou para Lamur, ignorando-a. — Nem mesmo todos vocês juntos conseguem enfrentar Quiri, especialmente com Duna ajudando-a. E eu não posso fazer nada.

Ela mostrou os dentes e estalou os anéis de metal que a envolviam, deixando a volta em seu pescoço perigosamente apertada.

— Então a gente foge — disse Lamur. — Que nem você queria. Nós arrancamos você daí e fugimos, esta noite. Agora.

— Fugir? — ganiu Sol.

— É sério — disse Glória. Faixas vermelhas cintilaram ao redor da plumagem em suas orelhas, como raios. — Vocês não precisam fazer nada. Sou eu que não me encaixo. Eu… eu luto com ela ou… ou eu penso em alguma coisa.

— É *claro* que precisamos fazer alguma coisa — disse Lamur, sério.

— Se escapar fosse assim tão fácil, já teríamos conseguido — apontou Estelar. Ele deu a volta em Glória, apoiou-se nas patas traseiras e deu tapinhas no pedregulho que bloqueava a entrada. — Essa é a única saída. E está conectada a um mecanismo que só os dragões maiores conseguem mover.

— Sério? — perguntou Lamur.

Estelar meneou a cabeça.

— Você sabe que Duna nunca vai embora por que não consegue voar, não sabe? Ele tem uma pedra que se encaixa neste espaço aqui. — Ele tocou em um espaço sulcado na parede de pedra. — Ele a coloca aqui para destravar alguma coisa que lhes permite empurrar a pedra de dentro da caverna. Mas quando Quiri ou Cascata vêm de fora, devem usar alguma alavanca ou botão para abrir do outro lado.

— Oh. — Lamur se sentiu idiota por ter tentado tanto mover a pedra durante todos aqueles anos. Ele nunca sequer tinha notado que Duna destravava algo antes de movê-la. Também nunca tinha pensado duas vezes sobre a pedra de formato estranho que sempre estava no pescoço do dragão.

— Conseguimos roubar a pedra de Duna? — sugeriu Sol.

— Ideia terrível — disse Glória, no mesmo momento.

— Eles nos pegariam, com certeza — disse Estelar para Sol, de maneira mais suave. — Especialmente esta noite, quando estão em alerta por causa de Porvir.

— E que tal a porta… — Sol tentou perguntar.

— Tem algum jeito de mover o pedregulho sem essa chave? — Tsunami a interrompeu.

Estelar balançou a cabeça.

— Só por fora. É impossível daqui. Acredite em mim, eu tentei.

— Talvez a porta…

— E não poderíamos forçá-la? — Lamur perguntou a Estelar. — Todos nós empurramos a pedra com muita força.

Estelar balançou a cabeça de novo, enquanto Glória dizia:

— Vocês são uns fofos, galera, mas não se metam em confusão por minha causa. Porvir gosta do resto de vocês. Deixem que eu cuido disso.

— Para com isso — reclamou Tsunami. — Se fazer de vítima não vai ajudar em nada.

— Eu não tô me *fazendo de vítima*. Só tô tentando impedir que vocês se matem sem razão — Glória se eriçou.

— Além de você — argumentou Tsunami. — Está tudo bem se *você* se matar sem razão.

— Não importa — disse Glória. — Eu nem tô na profecia, então quem liga pro que vai acontecer comigo?

— Eu juro que eu mesma vou te matar — rugiu Tsunami.

— Glória, ela está tentando dizer que *nós* nos importamos — interveio Lamur. — Do jeito carinhoso dela de sempre.

— Galera, e a porta do céu? — indagou Sol, apressada, falando na pausa breve que houve na conversa. — Na sala de estudos? Não conseguimos voar e passar por lá?

— Ah, Sol, não seja ridícula — disse Tsunami.

— É muito pequena — explicou Estelar. — Nunca caberíamos, especialmente o Lamur.

— Mas talvez eu conseguisse — disse Sol. — Eu podia passar por ela, dar a volta e abrir o pedregulho do lado de fora, tipo o que Estelar disse. Né? E eu poderia soltar vocês todos?

Lamur fez carinho em sua asa e enroscou sua cauda na dela. Sol não tinha nem considerado a possibilidade de fugir antes daquela noite, e ainda assim se voluntariava para a parte mais perigosa do plano sem hesitar.

— Não vai funcionar — disse Estelar. — Desculpa, Sol. Eu já voei pra abertura quando ninguém estava por perto.

— Eu também — disse Tsunami.

— Eu também — disse Glória.

Lamur se sentiu lento. Ele já sentara abaixo da porta do céu várias vezes, observando as estrelas, as nuvens ou a chuva que caía do alto, mas nunca tinha voado até lá ou tentado sair. Aparentemente, os outros dragonetes haviam pensado em fugir muito mais que ele.

— O buraco é menor do que você imagina — disse Estelar para Sol. — Eu mal consigo passar minha cabeça. Não é uma saída.

— Os guardiões não a deixariam ali se fosse — disse Glória. Ela parou ao lado de Tsunami, ondas de um verde-escuro pulsando de suas orelhas até a cauda. — Eles são muito cuidadosos. Não tem jeito de escapar.

— *Tem* que ter — disse Lamur, desesperado.

Ele podia sentir o tempo deslizando para longe. Quiri podia descer para matar Glória a qualquer momento. Ela tinha dito que esperaria até que ela estivesse adormecida, mas facilmente poderia mudar os planos. Ela não se importaria que todos vissem.

Lamur conseguia notar que Tsunami estava com alguma ideia. Ela cravava os olhos nele, como se quisesse dizer algo, e então se impedia.

— E se tentássemos conversar com eles? — perguntou Sol, hesitante. — Talvez pudéssemos convencê-los a só deixá-la ir.

Glória bufou. Ninguém mais respondeu. Sol suspirou, pressionando as asas contra os lados do corpo.

— Você tá com alguma ideia — disse Lamur para Tsunami. — Dá pra ver. Você tá pensando nessa fuga há muito tempo.

Ela pôs as garras nas correntes, sibilando, e disse:

— É muito perigoso. Tinha que ser eu.

Ele notou quando Tsunami olhou de soslaio e seguiu a direção até o rio. *O rio.*

Eles só haviam nadado rio acima, até a caverna dos guardiões. Ao descer, o rio corria da caverna principal ao longo do túnel até a arena de batalha e aí… Lamur não tinha ideia para onde ele ia. O teto da caverna ia mais e mais fundo até o rio desaparecer. Aonde quer que fosse, deveria ir bem longe da superfície. Lamur nunca tinha explorado os lugares debaixo d'água na arena de batalha; ele nunca se perguntara para onde o rio ia.

Mas é claro que Tsunami pensara sobre isso.

— Você sabe para onde o rio vai? — perguntou.

— Não… quer dizer, eu vi a passagem na parede, mas é ainda menor que a da caverna dos guardiões — disse ela. — Eu nunca o atravessei por medo de não conseguir voltar, mas o rio tem que dar em algum lugar.

— Podemos ir embora por ali? — perguntou Lamur.

— Não todo mundo — respondeu ela. — Só eu.

— E eu — insistiu ele.

Ela balançou a cabeça.

— Lamur, você não consegue. Não temos a menor ideia do que tem do outro lado. Você só pode segurar sua respiração por uma hora. Você poderia ficar preso, sem ar, e se afogar. E você não consegue ver no escuro que nem eu. Você nadaria às cegas, pra ninguém sabe onde. Tem que ser um asamar. Tem que ser eu.

— E mesmo que você saísse — disse Estelar —, como nos encontraria de novo? Você não saberia onde estaria. Como saberia como voltar pra caverna?

— A porta do céu — disse Lamur, tendo uma ideia, finalmente. — Vocês podiam fazer uma fogueira na sala de estudo, e eu seguiria a fumaça até vocês. Eu saberia que a entrada é perto e quando eu a encontrasse, poderia soltar todos vocês.

Os olhos de Glória brilharam.

— Eu sei quais pergaminhos eu gostaria de queimar — disse ela.

Lamur sorriu por causa da expressão assombrada no rosto de Estelar.

— É, eu também — disse ele. — Jogue *As Similitudes dos Asabarro e Lesmas* lá e pensem em mim.

— Parem de gracinha com isso — choramingou Tsunami. — Lamur, você não pode ir e ponto final. É quase certeza que você vai morrer.

— Mas *com certeza* Glória vai morrer se eu não for — disse ele. — Né? Não tem outro jeito.

Tsunami rosnou e se debateu, jogando o corpo contra as correntes. Os elos pesados pressionaram as escamas em seu pescoço e ela parou com a respiração entrecortada.

— Espera, você não vai conseguir ver a fumaça até o raiar do dia — disse Sol, preocupada. — A Quiri não vai atrás da Glória antes disso?

As esperanças de Lamur caíram como uma pedra em seu estômago. Ele não tinha pensado nisso. Ele talvez não voltasse a tempo. Seria tudo inútil.

Então Glória sorriu, e suas escamas tomaram uma tonalidade cálida, rosada.

— Eu sei o que vou fazer — disse ela. — Método Estelar.

— Seja um chatão e espere que ninguém note você? — disse Tsunami, sarcástica.

— Ei! — protestou Estelar.

— Exato — disse Glória.

Ela se agachou e, lentamente, como se a pedra estivesse comendo-a viva, cinza e marrons e pretos subiram suas escamas. Todas as suas cores lindas foram desaparecendo. As sombras e falhas atrás dela foram perfeitamente reproduzidas, como se os dragonetes estivessem enxergando através dela. Ela fechou os olhos e desapareceu.

— Uau — disse Sol, a voz fraca. — Quer dizer, eu sabia que você conseguia, mas... eu nunca...

— Os guardiões não sabem que eu consigo fazer isso. — Todos pularam quando a voz de Glória veio do topo de uma estalagmite. — Acho que foi uma boa nunca termos estudado os asachuva antes. Eu vou achar um canto e me esconder. Você nem precisa tentar o rio, Lamur. Eu poderia só ficar assim.

— Por quanto tempo? — perguntou Estelar. — Até você morrer de fome ou um deles te encontrar por acidente?

— Tsunami tá certa — disse Lamur. — Precisamos sair daqui o quanto antes.

Sol lançou um olhar tristonho em direção a Tsunami.

— Por que não me disseram antes? — perguntou, mas ninguém respondeu.

— Tá bom — disse Glória com um suspiro. Seus olhos verdes apareceram novamente no meio da caverna. Ela olhava diretamente para Lamur. — Faça o que você quiser, contanto que não esteja fazendo apenas por mim. Eu vou ficar fora do caminho até Lamur voltar.

Lamur sentiu como se a cor rosada estivesse subindo as suas escamas. Glória confiava nele. Ela acreditava que ele era capaz.

Ele conseguiria salvá-la. Ele conseguiria salvar todos eles.

Só precisava sobreviver ao rio antes.

CAPÍTULO SETE

— EU ODEIO ISSO — disse Tsunami, sem força. — Eu odeio isso pra caramba.

Ela bateu as asas contra as correntes que a prendiam.

— Eu também não amo — disse a voz de Glória.

— Shhh — reclamou Estelar, da margem do rio.

Lamur ainda estava no raso, tremendo enquanto as águas geladas lavavam suas garras. Ele queria poder levar um pouco de fogo com ele para baixo da água. Queria saber onde estava se metendo. Gostaria muito, muito mesmo, de não precisar ir sozinho.

Mas precisava fazer aquilo. Ele fitou o canto da caverna onde Glória havia desaparecido.

— É mesmo o único jeito? — perguntou Sol, espalhando água com a cauda. — Eu acho que podemos ter outras ideias com um pouquinho mais de tempo.

— Não temos mais tempo — disse Lamur.

— Siga a correnteza — Estelar instruiu Lamur. — Se o rio seguir para o mundo externo, a correnteza vai te levar pra lá.

Se, Lamur pensou.

— Pare e descanse, quando você encontrar um lugar para respirar — continuou Estelar. — Se não encontrar um lugar onde o rio encontra a superfície, nada de pânico ou você vai ficar sem ar mais rápido.

Lamur já sentia que entrava em pânico. Quando pensou em nadar em águas escuras, sem a menor ideia se respiraria novamente, todo o seu corpo congelava de pavor.

Ele sentiu o contato de asas perto das suas e virou-se. O rio contornava a silhueta de Glória ao seu lado.

— Vá se esconder — sussurrou ele.

— Obrigada, Lamur — disse ela, a voz baixa. — Eu nunca vou admitir que disse isso, mas... eu quero que você saiba que nunca teria aguentado os últimos seis anos se não fossem por vocês quatro.

— Mesma coisa aqui — disse Lamur. Crescer sob a montanha sem Glória, Sol, Tsunami e Estelar teria sido uma vida miserável demais.

— Eu também — disse Estelar.

Sol meneou com a cabeça. Ela envolveu a cauda de Glória com a sua própria e tocou uma das patas de Lamur. Estelar pegou a outra.

— Boa sorte — desejou Glória. Ela saiu do rio e se dissolveu nas sombras novamente.

— Tenha muito, muito cuidado, Lamur — disse Tsunami. As correntes estavam apertadas ao redor de suas pernas e pescoço conforme ela se inclinava em direção a eles. — Volte se você precisar. Não insista se for muito perigoso.

— Não ouse morrer — disse Sol, abraçando-o ao redor do pescoço e batendo as asas nas dele.

— Vocês se cuidem também — disse Lamur. Ele respirou profundamente, então de novo. — Eu vou abrir aquele pedregulho antes de vocês notarem.

Ele não podia mais demorar. Acenou com a cabeça para os amigos e mergulhou no rio.

Nadar ajudou-o a se esquentar um pouco, mas suas escamas pareciam ter sido cobertas por uma crosta de gelo quando chegou no túnel que levava à arena de batalha. Nadou até a parede mais afastada, onde a pedra se inclinava para a água. Ele boiou por um momento, sentindo a correnteza carregá-lo, então respirou e mergulhou.

Por conta da luz das tochas na arena de batalha, ele pôde ver a parte da parede que era mais escura que o resto. Tsunami estava certa; era definitivamente menor que o vão que levava à caverna dos guardiões. Bem, era mais fino, porém mais largo, quase como uma boca de dragão rosnando, completa com afloramentos afiados de rocha parecidos com dentes. Ele não conseguia ver nada além de escuridão do outro lado.

Lamur colocou um antebraço dentro do buraco, mas não sentiu nada além de vazio. Águas escuras passavam velozes por ele.

Ele disparou para a superfície e deu a inspiração mais longa e mais profunda de sua vida, esperando não ser a última. Água se fechou por sobre sua cabeça em um jeito terrível e silencioso. Ele tentaria não pensar naquilo.

Com alguns impulsos rápidos, voltou ao buraco e segurou na rocha com as duas mãos para se manter firme. Dobrou as asas o mais perto possível de seu corpo e atravessou o buraco primeiro com a cabeça. Seus ombros seguiram o movimento, então suas asas, que se arrastaram dolorosamente contra os dentes de pedra. Suas garras frontais encontraram um lugar em que puderam se prender, e ele se puxou para frente.

Lamur sentiu os ombros se libertarem ao mesmo tempo em que seu quadril ficou preso. As patas traseiras buscaram por um ponto de apoio. Ele tentou se apertar contra a pedra, se esmagando de lado. Se contorceu o tanto que conseguiu, lembrando das instruções de Estelar. *Sem pânico. Sem pânico. Sem...*

Ele se soltou tão subitamente que girou para frente, ficando de cabeça para baixo, e teve de se balançar para voltar a como estava antes. Ao fazê-lo, sentiu pedras tocarem nas pontas de suas asas dos dois lados. Com muito cuidado, deixou-se ir pela escuridão.

Rochas o pressionavam ao seu redor. O rio era estreito ali, e a correnteza, forte. Ela o impelia para frente até mesmo quando Lamur não estava tentando nadar. Já não tinha ideia de que distância tinha percorrido. Tudo era escuridão.

Ele tentou nadar em busca da superfície do rio, mas sua cabeça acertou o teto rochoso com um baque. Não havia ar ali dentro, apenas um canal estreito preenchido pelo rio. Ele nem tinha certeza se havia espaço para virar-se se quisesse voltar.

Mas eu não quero voltar. Eu não posso voltar.

Lamur se forçou a nadar, impulsionando-se com suas patas traseiras, batendo as asas o máximo que conseguia naquele espaço apertado, e passou as garras frontais à frente, para ter certeza que não iria se jogar de cara contra uma parede. Água gorgolejava em suas orelhas como se risse de seu esforço. As batidas de seu coração pareciam mais altas do que nunca.

Ele não sabia por quanto tempo havia nadado no canal escuro, retorcido, mas, depois de um tempo, seu peito começou a doer. Ele, na verdade, nunca tinha tentado segurar a respiração por uma hora inteira. Os dragonetes sabiam que ele conseguiria apenas porque foi o que tinham lido em alguns pergaminhos. E se precisasse de prática? E se apenas os asabarro maduros conseguissem? E se seus pulmões ainda fossem muito pequenos?

E se ele se afogasse ali embaixo, sozinho, e seus amigos nunca descobrissem o que tinha acontecido com ele, e Quiri matasse Glória, e ele realmente fosse o dragão mais inútil em Pyria?

Não vou entrar em pânico.

Lamur tentou subir para a superfície pela milionésima vez, travando a mandíbula teimosamente. Ainda havia apenas uma pedra sólida acima dele, mas parecia que a rocha estava se curvando para cima. Estava? Ele subiu as asas, encostando-as na pedra e nadou mais rápido.

O canal definitivamente estava se alargando. Já não sentia as paredes dos dois lados. De repente, a rocha acima desapareceu. A força da correnteza diminuiu. Parecia que tinha entrado em uma piscina larga. Lamur bateu as asas, subindo e subindo na água escura, sua cauda batendo e o impulsionando para frente. Ele estava ainda mais fundo que imaginara, muito longe da superfície.

Mas... aquilo eram estrelas acima dele? Quase respirou água de animação. Ele poderia já ter chegado ao lado de fora? Algo além da água brilhava acima de sua cabeça. Conseguia ver pequenos pontos de luz, exatamente como o céu noturno através da porta do céu.

Sua cabeça emergiu do lado de fora. Lamur esgoelou-se de alegria ao respirar e respirar, grato pelo ar como nunca havia se sentido antes.

Mas sua voz retornou a ele, refletindo-se nas paredes da caverna. Esse ar não cheirava como o céu, e ele não podia ouvir nada além da quietude da pedra e dos ecos distantes de seu próprio grito.

Ele boiou na superfície da piscina. A correnteza ainda se movia vagarosamente em algum lugar abaixo de suas patas. Tudo era escuridão ao seu redor, a não ser aqueles pontinhos de luz curvando-se acima. E dos dois lados, formando paredes distantes ao redor da piscina.

Vagalumes.

Ele ainda estava sob a montanha, em uma caverna com milhares de vaga-lumes.

Os pequenos insetos misteriosos pulsavam com uma luz esverdeada. Gavinhas brilhantes pendiam de vários deles, como uma cortina cintilante de estrelas bem acima de Lamur, e ao redor, refletidas na piscina. Por causa de suas luzes fracas, ele conseguia ver com certa dificuldade os arcos distantes das paredes da caverna.

Lamur estava desapontado por não ter chegado ao lado de fora, mas pelo menos estava respirando. Seguiu o conselho de Estelar, descansando o máximo que ousava. Estava tão frio na água que ele não conseguia sentir a ponta de sua cauda ou o canto mais externo de suas asas. Ele tentou soltar um jorro de fogo no ar, mas seu peito estava muito congelado para conseguir produzir mais que uma pequena faísca. Mal podia suportar voltar para baixo da água.

Mas enfim ele respirou novamente e mergulhou.

Por um momento terrível, ele achou que tivesse perdido a correnteza. Não tinha ideia de onde poderia entrar. Não tinha ideia se o rio saía daquela caverna. E se aquela piscina silenciosa, larga, fosse o final? Conseguiria voltar para seus amigos, lutando contra aquela correnteza forte o caminho inteiro?

Então percebeu que quando boiava, algo o carregava. Era mais fraca, mas a correnteza ainda estava lá. Afastou as asas e estendeu a cauda, deixando-se levar como uma folha até ter certeza de para que direção estava indo. Então voltou para a superfície e nadou naquela direção, determinado a deixar a cabeça acima da água o máximo que conseguisse.

Do outro lado da caverna, na luz fraca dos vaga-lumes, encontrou uma passagem onde o rio deixava a piscina. O teto ainda estava bem distante: ele conseguiria nadar e respirar por um pouco mais de tempo.

Lamur bateu as asas para se impulsionar pela água. O lugar era pacífico e estranho ao mesmo tempo, com todos aqueles vaga-lumes estelares brilhando acima, como um milhão de olhos flamejantes o observando. Mas era melhor aquilo do que pedra sólida, escuridão completa e falta de ar.

Depois de um tempo, a correnteza se intensificou. As asas de Lamur batiam em pedras que saíam da água, e os vaga-lumes tornavam-se mais escassos. A escuridão pressionava novamente, como Quiri esmagando-o durante os treinos de batalha.

E foi quando ouviu o rugido.

As orelhas de Lamur se eriçaram. Eram dragões? Em um primeiro momento, achou que se tratava de Quiri, rugindo com violência ao descobrir que havia perdido Glória e Lamur. Mas ele sabia que estava distante demais para conseguir ouvir algo assim.

Foi quando começou a se preocupar. O que Quiri *faria* quando descobrisse que Glória e Lamur haviam desaparecido? Ela puniria os outros, especialmente Tsunami, presa com correntes e incapaz de lutar de volta?

Ele estava tão distraído, preocupado com seus amigos, que levou algum tempo para notar que o rugido estava mais alto e, assim como a correnteza, mais forte. De repente, acertou uma pedra que saía do rio. Debatendo-se de dor, Lamur girou na água, procurando algum lugar para se segurar.

Ele foi arremessado contra outra rocha, quicou e bateu em mais uma. O rio se movia tão rápido que o dragonete não conseguia parar. Estava sendo arrastado para o turbilhão estrondoso a uma velocidade considerável.

Com um baque inesperado, acertou um esporão de pedra e se prendeu nele com todas as garras. A água corria por ele, segurando sua cauda e suas asas como dedos congelantes e desesperados. Lamur lutou para conseguir sair do rio com toda sua força. Finalmente levantou-se, ofegante, em uma pedra nua.

Arrastou sua cauda ao redor com cuidado, tentando sentir o tamanho da pedra na qual se encontrava. Era grande — ia mais longe do que conseguia alcançar. Ele avançou até ter certeza de que estava em pé na margem do rio. Um declive ao seu lado saía da água.

Ele podia sentir um pequeno fio de água descendo o declive, se juntando ao rio perto de suas patas. Lamur deixou a cabeça cair, tentando pensar. Agora que estava fora da água, o frio era penetrante. Envolvia-se e se remexia ao redor de seus ossos.

Ele tossiu, tentando evocar algum fogo, mas era inútil. Alguns dragões sempre carregavam chamas dentro deles — um asacéu ou asanoite podia cuspir fogo a qualquer momento. Os asamar ou asagelo nunca conseguiriam soprar chamas. Mas outros, como os asabarro, precisavam das condições corretas. Calor, principalmente.

Lembrando de todas as suas falhas referentes a soltar fogo, Lamur podia ouvir a voz desdenhosa de Quiri sibilando sobre como ele era uma decepção. *Não hoje*, pensou. *Vou resolver isso.*

Ele podia supor o que era o rugido, apesar de nunca ter visto uma queda d'água. E com certeza preferia não experimentá-la pela primeira vez em uma escuridão tão profunda. Mesmo que pudesse voar por cima, sem visão ele tinha certeza que acertaria alguma coisa e se machucaria.

Mas ele não podia sair do rio — podia?

Lamur colocou uma garra no fio de água e se surpreendeu ao notar que estava um pouco mais quente que o rio. De onde vinha? De cima... com certeza que "de cima" significaria mais perto da superfície e do mundo externo. Ele respirou, esperando sentir o cheiro do exterior, mas o único odor distante que sentiu foi de ovos podres.

Travou a mandíbula. Aquela corrente de água tinha que dar em algum lugar. Algum lugar que não fosse sobre uma queda d'água. Lamur afastou as asas para sentir as paredes da caverna e seguiu o córrego, deslizando aqui ou ali na pedra escorregadia.

Logo, sentiu uma elevação em sua frente. Ele a escalou e acabou em uma piscina mais funda. O cheiro de ovo podre era muito mais forte ali. Ele tentou avançar, mas a água segurou suas pernas. De repente, sentiu uma dor pinicar suas escamas mais macias da barriga. Com um silvo, pulou para subir novamente na elevação.

Suas asas prenderam-se em algo grudento acima, e ele sentiu a mesma picada se espalhando por seus tendões. Puxou as asas para mais perto do corpo, rapidamente, mas a sensação grudenta veio junto e se prendeu a suas escamas como sanguessugas enormes. Ele teve uma sensação parecida com a do veneno da cauda de Duna o apunhalando em centenas de lugares, dissolvendo sua pele de dentro para fora.

Lamur deixou escapar um grito angustiado e tentou voltar pelo declive até o rio, mas deixou de sentir o córrego abaixo de suas garras. Ele tropeçava, sem visão, na pedra nua. Desesperado para fugir da dor, jogou-se em direção ao som da queda d'água.

Sua cabeça acertou algo duro que o derrubou no chão da caverna.

Enquanto perdia a consciência, seu último pensamento foi, *eu falhei com eles*.

CAPÍTULO OITO

UMA CASCATA DE ÁGUA congelante caiu sobre a cabeça de Lamur. Ele acordou com um engasgo enquanto o resto de seu corpo era arremessado no rio. Garras fortes agarraram seus ombros e o enfiaram debaixo d'água.

Ele se debateu, horrorizado, e a correnteza quase o carregou. O outro dragão puxou sua cabeça para fora mais uma vez e gritou:

— Para de resistir! Eu tô salvando você!

Lamur parou e se deixou ser afundado novamente. Ele sentiu o veneno grudento ser lavado de suas escamas, apesar da dor ainda permanecer. À medida que seu pânico diminuía, a mente voltou a funcionar. Ele emergiu novamente.

— Tsunami! — gritou. Tentou envolvê-la com suas asas, debatendo-se e espalhando água na escuridão.

As garras da asamar se afundaram na espinha de Lamur.

— É sério, Lamur, para de se mexer! — Ela empurrou a cauda dele de volta para a água com a sua própria. — Eu não sei o que é esse negócio branco, mas tem um cheiro horroroso, e eu acho que tá tentando dissolver suas escamas. Você fique dentro da água até que suma.

Ela moveu as patas dele para a pedra e o ajudou a se segurar contra a correnteza feroz enquanto derramava mais água em sua cabeça. Ele apertou os olhos, tentando enxergá-la, ou até uma sombra escura que pudesse ser ela, mas estava muito escuro. Ele se apegou à sensação das escamas frias e molhadas contra as suas. Ela realmente estava lá.

— Como você fugiu? — perguntou ele, batendo os dentes. Eles precisavam gritar para serem ouvidos perto dos rugidos da queda d'água.

— Fogo — disse Tsunami. — Eu percebi que, se as chamas de Quiri podiam grudar as correntes, talvez mais fogo pudesse quebrá-las. Ela sabia que eu não conseguiria e, como sempre, ela achou que nós não iríamos nos ajudar, porque isso não está na "natureza dracônica", ou sei lá o quê. Sol e Estelar tiveram que se unir pra produzir chamas quentes o suficiente, mas eles cuspiram em um dos elos até que derreteu. Aí eu te segui, o mais rápido que consegui.

Lamur descansou a cabeça na pedra ao lado das patas da dragoa. Era como se as rachaduras entre as escamas cantassem óperas de dor muito agudas.

— Então — disse ele. — Como você pode ver, tudo está indo muito bem. Eu estava quase salvando o dia.

— Você teria conseguido — disse Tsunami. — Eu tenho certeza de que você teria acordado logo e se jogado no rio por conta própria.

Ela encostou uma de suas asas à dele, suavemente.

Lamur não tinha tanta certeza assim. Mas ele não colocaria "chorão" na lista de coisas erradas que tinha.

— Você viu os vaga-lumes? — perguntou, em vez disso. — Legal, né?

— Ah, eu faço melhor que isso.

Um momento passou, e então Tsunami brilhou desde sua barriga água-marinha até a faixa ao longo de sua cauda. Ela também ativou as espirais em seu focinho.

Vagamente, a caverna tomou forma ao redor deles. Lamur nunca tinha ficado tão feliz de ver algo em sua vida.

— Obrigado — disse. — É meio injusto, né? Vocês conseguem ver no escuro. O resto de nós é que *precisa* de escamas brilhantes.

Tsunami abaixou a cabeça, um tanto encabulada.

— Então, elas não são feitas para nos ajudar a ver — disse.

Lamur esticou as pernas e a cauda debaixo da água. A gosma nas suas escamas tinha ido embora, mas a sensação de algo pinicando continuava, lutando contra a dormência gélida causada pelo rio.

— Sério? — perguntou, tentando tirar o foco da dor. — Então por que vocês brilham?

— É... tipo...

Ele nunca tinha visto Tsunami gaguejar com nada. Agora ele estava bastante curioso.

— Diga — insistiu, jogando água nela.

— Você sabe que tá fazendo aquele negócio de novo — disse ela. — Quando você quer falar de alguma coisa idiota, só pra não lidar com algo mais sério.

— Nada disso! — protestou Lamur. — Eu só estava pensando em voz alta. *Você* é quem está fugindo da pergunta!

— Tá! Tá certo! — Ela fez uma careta. — Brilhar no escuro é pra atrair outros asamar. É assim que a gente escolhe parceiros, tipo isso.

Ela enfiou a cabeça dele na água de novo, e ele voltou cuspindo.

— Agora você se arrependeu de sua pergunta? — questionou ela.

Ele estava arrependido, um pouco. A ideia de Tsunami deixá-los por outro asamar com escamas legais e brilhantes fez Lamur se sentir desconfortável e esquisito.

— Então, não podemos subir — disse ele. — O que a gente faz sobre a queda d'água?

Ele esperava que ela não perguntasse se suas escamas ainda doíam. Ele só precisava suportar até a dor ir embora.

Ela sorriu, sombria.

— A gente mergulha! — disse ela. — Não deve ser tão alto.

— E não deve ter um monte de pedras afiadas no fundo! — contestou ele. — Eu gostaria de ver no que estamos pulando antes, por gentileza.

— Tá, tá, vamos dar uma olhada — disse ela, soltando-o e pulando na água.

A correnteza a arrastou, e ele teve de soltar a pedra para segui-la rapidamente, antes que a luz de suas escamas desaparecesse.

— Tsunami! — chamou ele.

Não havia possibilidade dela conseguir ouvi-lo sob o rugido da cachoeira. Um pedregulho submerso o atingiu na barriga, o que o fez engolir uma boa parte do rio. Engasgando e tossindo, ele bateu os braços em direção ao brilho embaçado à frente.

De repente, o brilho desapareceu, e ele foi arremessado na escuridão novamente.

— TSUNAMI! — rugiu.

No espaço entre as batidas do seu coração, Lamur sentiu o ar escancarando-se em um vão à sua frente. Seus instintos apitaram e ele se debateu com as patas e a cauda. Uma de suas garras frontais agarrou um esporão irregular de pedra enquanto o resto de seu corpo flutuava no espaço.

Ele estava pendurado acima da queda d'água.

Lamur afundou as unhas na rocha e se segurou por sua vida, apertando os olhos, mesmo que a escuridão fosse muito intensa. Sua pele crivada de veneno urrou em agonia ao se estender por debaixo das escamas. Ele não conseguia pensar na distância que Tsunami poderia estar agora dele. Conseguia ver o corpo quebrado, em algum lugar muito abaixo de si...

Alguma coisa bateu em seu pé.

— Cuidado, Lamur! — a voz de Tsunami provocou. — É muito perigoso! Você pode machucar uma unha!

Lamur abriu os olhos.

A cachoeira acabava perto dele, em uma espuma a uma distância curta abaixo de suas patas traseiras. Tsunami brincava e dava cambalhotas no lago, jogando ondas em sua direção com a cauda.

— Segure-se firme! — exclamou ela. — O que quer que aconteça, não solte!

— Ha-ha-ha — disse ele. O asabarro checou a água abaixo com a cauda, procurando por pedras, e então deixou-se cair. A queda d'água acertou-o, gentil, na cabeça quando ele emergiu.

— Você sabia que a queda era pequena — disse ele, em tom acusatório.

— Talvez — ela respondeu com um sorriso. — Tá bom, sim. Eu tinha acabado de chegar na beirada quando ouvi você gritar e voltei.

— Que bom que não faz meu tipo sofrer e morrer em silêncio — disse Lamur. Mas ele não conseguiu deixar de se perguntar... *o que teria acontecido se eu não tivesse gritado? E se não tivéssemos nos encontrado?*

— Bora, o rio segue esse caminho — disse Tsunami.

Seus pés com membranas disparavam pela água, dando-lhe impulso para que ficasse muito à frente de Lamur. Ele a seguiu através do lago, entrando em outro túnel estreito, com bancos rochosos dos dois lados.

— Mas... — Ele encolheu a cabeça. Suas orelhas se eriçaram. — Eu acho... não tem como esse som ter sido só isso. Tem mais à nossa frente?

Havia sons estranhos naquelas cavernas. Ele não conseguia dizer se estava ouvindo o rugido da cachoeira aumentado, ou se havia algo mais.

Tsunami subitamente abriu as asas e parou, fitando o teto.

— Você viu isso? — perguntou.

Ele apertou os olhos na escuridão. As escamas luminosas dela não lançavam luz a uma distância muito grande; ele nem conseguia ver as estalactites que provavelmente estavam lá em cima.

— Não.

— Foi um morcego! — Tsunami acertou o rio com a cauda, afundando Lamur debaixo de uma onda.

Ele emergiu, procurando por ar.

— Um morcego? Por que estamos nos afogando por causa de um morcego?

Uma vez um morcego acabou entrando pela porta do céu. Ele bateu asas de forma até patética pela caverna de estudos, até que Sol implorou para Duna pegá-lo e soltá-lo. Lamur estava meio convencido que na verdade Duna o havia comido, mas pelo menos o tinha feito em um lugar onde Sol não podia ver.

— Porque ele deve ter vindo de algum lugar — disse ela. — Morcegos saem para caçar. Então, se morcegos podem entrar e sair daqui, eu aposto que a gente também pode. Devemos estar perto.

— Morcegos são bem menores — observou Lamur, mas Tsunami já tinha voltado a nadar.

Ele alongou suas asas debaixo da água, preocupado. A dor não ia embora. Parecia-se com pequenos dentes afiados, mordendo-o por todo o corpo, debaixo de suas escamas.

— Olha — gritou Tsunami, lá da frente. — Tô vendo luz!

Lamur bateu as asas com rapidez, tentando alcançá-la. Ajudava o fato de que a correnteza voltava a aumentar a velocidade.

Mas então... o rugido também aumentava de volume.

Ele deu a volta em uma curva do rio e viu um círculo de luz prateada brilhar na distância. A silhueta escura da cabeça de Tsunami se dirigia naquela direção.

Lamur não conseguia acreditar nos próprios olhos. Era a luz da lua, do jeito que via atravessar a porta do céu. Realmente havia uma saída, e eles a haviam encontrado.

A velocidade aumentava, fazendo com que ele mal precisasse usar as pernas para nadar, conforme o rio o levava em direção à luz. Por que ele ia tão rápido? Havia outra cachoeira à frente?

Um guincho penetrante ecoou na caverna, e Tsunami desapareceu.

Por favor, que seja outra piada; por favor, que seja outra piada, Lamur rezou, nadando tão rápido quanto era possível. A entrada iluminada se avolumou diante dele e então, de repente, ele disparou para o espaço vazio.

O rio corria para fora da caverna e direto para um abismo profundo.

As asas de Lamur se abriram e, com um impacto, ele estabilizou-se antes de cair.

Ele estava voando!

CAPÍTULO NOVE

LAMUR VOARA ANTES. ALGUNS VOOS curtos pelas cavernas, desviando de estalactites e batendo asas em círculos, mas nada, nada se comparava com aquilo.

Tudo era tão *grande*.

O céu estava em todos os lugares, ele só… ia e ia e ia, nada conseguia preenchê-lo. Era noite, mas a luz das três luas era deslumbrante depois de uma vida inteira de cavernas e tochas crepitantes. Picos de montanhas escarpadas abocanhavam partes do céu por todos os lados. Ao longe, ele pareceu ter um vislumbre do mar.

E as estrelas!

Lamur pensava que conhecia as estrelas por todas as vezes que olhara através da porta do céu. Ele nunca saberia quantas existiam, ou como se pareciam como uma rede prateada lançada através da escuridão.

Ele sentia como se pudesse continuar voando para cima e para sempre, o caminho inteiro até as luas. Ele se perguntou se algum dragão já havia tentado isso antes.

Isso é o que estamos perdendo. Todo esse tempo…

Nem a dor que rasgava o espaço entre suas escamas era capaz de afastar sua alegria.

— Você acredita nisso? — perguntou, rodando no ar. — Tsunami! Isso não é incrível?

Não houve resposta.

Lamur bateu a cauda, parando seus giros, e planou, seus olhos passeando pelo céu. Ele não conseguia ver Tsunami em lugar algum. Ela não teria voado por aí sem ele... teria?

Talvez tivesse visto o mar ao longe. Talvez tivesse visto sua casa e não tivesse conseguido resistir. Lamur sabia que ela não abandonaria seus amigos, mas ele também sabia como ela estava desesperada para voltar para a água.

Ele olhou para baixo, em direção ao horizonte, e a viu, bem abaixo dele, tentando voar em uma espiral descendente.

Tinha alguma coisa errada.

Parecia que só uma de suas asas estava funcionando.

Lamur se lançou em um mergulho e foi na direção da asamar. Ele fechou as asas próximo ao seu corpo, lutando contra o pavor enquanto se aproximava. O vento assoviava em seus ouvidos — vento! Ele tinha imaginado tudo errado. Era como uma coisa viva: agarrando sua cauda para tirar seu equilíbrio, acertando seus olhos para cegá-lo, batendo em suas asas para atrasá-lo. Parecia cravar garras de gelo em sua pele, cortando por baixo de suas escamas com crueldade.

A queda d'água e o abismo passaram por ele na velocidade da luz. Ele estava caindo rápido demais? O chão se arremessava em sua direção, sombras e luz noturna misturadas em formas nunca vistas e que ele não conseguia entender. Ele não tinha ideia se estava longe, ou de quando chegaria. Nunca tivera que lidar com distâncias como aquelas antes.

Seria capaz de parar? Machucaria quando o fizesse?

Mas ele podia ver Tsunami abaixo dele, ainda lutando, então sabia que ela ainda não atingira o fundo. Isso aumentou sua coragem.

Ele caiu, e caiu, e caiu, e ela se aproximou, e se aproximou, até que...

Lamur passou por ela e instantaneamente abriu as asas. Seu corpo foi jogado para cima, como se tivesse acertado uma parede, e um momento depois foi atingido novamente, dessa vez por uma asamar pesada pousando nele, vinda de cima.

Ele vacilou, quase perdendo Tsunami, mas se seguraram firme com as patas. Com as garras da asamar presas firmemente ao redor de seu pescoço, Lamur lutou para permanecer no alto, batendo as asas em arcos amplos. Ele não era forte o suficiente para levantá-la, mas pelo menos conseguiria suavizar a queda.

Tsunami deixou escapar um grito, e então Lamur sentiu alguma coisa roçar suas patas traseiras. Um momento depois, foi como se garras segurassem suas asas e cauda, fazendo com que os dragões parassem abruptamente. Eles dois se soltaram enquanto caíam em árvores, esmagando galhos e arrancando folhas antes de acertarem o chão com um baque.

Levou um momento para que Lamur conseguisse voltar a respirar. A cauda de Tsunami estava caída em cima de seu focinho. Ele a empurrou e sentou, com dores por todo o corpo. Tsunami rolou até estar deitada de costas, deixando suas asas caídas ao seu lado. De perto, Lamur conseguiu ver que estava tudo certo com ele. Uma das asas azuis de Tsunami estava torta, como se tivesse sido arrancada do ombro.

Ele a tocou com uma garra, e os dois estremeceram.

— O que houve? — perguntou Lamur.

— Foi saindo das correntes — disse Tsunami. — Eu acho que desloquei.

— E você ainda assim veio atrás de mim? — perguntou Lamur, chocado. — Por que você não me disse que estava ferida?

Ela deu de ombros e estremeceu novamente.

— Não estava doendo tanto no rio, mas na hora que tentei voar…

— BARRO! — gritou Lamur, de repente. — *Eu estou em cima de BARRO!*

Ele enfiou suas garras no chão, e elas afundaram na terra. Um arrepio lhe correu o corpo, do focinho até a cauda.

Tsunami sentou-se e o fitou.

— Eba? — disse ela.

— É maravilhoso! — exclamou ele. — Olha só como é macio!

Ele pegou uma mão de terra e a jogou na direção de Tsunami.

— Ei, para com isso! — protestou ela, se defendendo com a asa boa.

Lamur deitou na grama, sentindo a terra morna se espalhar ao redor de suas pernas e se grudar contra suas escamas. Cheiros de verdes e marrons e raios de sol enterrados o dominaram. Não parecia em nada com a pedra dura, fria e nua sob a montanha. O chão ali era acolhedor e cheio de vida. Uma minhoca passou perto de seu nariz e ele a afastou.

— Tá bom, estamos quites — disse Tsunami. — Eu te salvei, você me…

— Eu tô escutando o rio! — disse Lamur, saltando e se sacudindo. Tsunami fugiu do banho de barro que saiu dele. — Rio mais barro significa lama!

Ele rodopiou e correu por entre as árvores até o som da água borbulhante.

Tsunami o encontrou rolando alegremente na margem barrenta do rio.

— Eu acho que nem todo dragão gosta tanto de ficar tão sujo assim — disse ela, irônica.

— Aposto que minha espécie, sim — disse Lamur, ignorando seu sarcasmo. — Eu nunca estive tão confortável em toda a minha vida.

Pela primeira vez, desde sempre, suas garras não doíam, suas escamas não coçavam, suas asas não pareciam secas, e ele não estava preocupado em bater suas patas em cada passo. Ele sentia a lama preencher os espaços entre suas escamas e percebeu que a dor do veneno da caverna se afastava, como se a lama o curasse. Ele suspirou, alegre, se deixando afundar ainda mais na margem úmida do rio.

— Caramba — disse Tsunami. Ela colocou as patas dianteiras no rio. — E nós nem estamos nos pântanos dos asabarro ainda. Será que eu vou ficar tão animada assim quando chegar no oceano?

— Vai sim — disse Lamur, subitamente sentindo-se seguro, corajoso e confiante. — E quando você puder voar, também. Podemos consertar sua asa?

Ele moveu a cabeça, estudando seu ferimento.

A cachoeira caía em um abismo que se elevava acima deles, com montanhas ainda mais altas para além. As três luas estavam baixas no céu. Lamur supôs que a manhã chegaria logo, e então eles poderiam procurar pelo sinal de fumaça que os levaria até seus amigos. Se Tsunami não podia voar, tampouco podia sair dali... era presa fácil para quaisquer dragões hostis que voassem pela área.

Lamur fitou o céu, lembrando de que tinham emergido em um mundo em guerra. Parecia tudo muito pacífico. Ele só tinha as histórias dos dragões maiores para lembrá-lo de como era perigoso. Do jeito que contavam, imaginou o mundo inteiro como um campo de batalha gigante. Era estranho estar em uma clareira silenciosa, sem sinal de sons de guerra ou mesmo outros dragões por perto.

Mas ele sabia que os Garras da Paz — e, consequentemente, os dragonetes — tinham inimigos por todos os lados. As três rainhas asareia não confiavam na profecia e matariam qualquer um que se colocasse em seu caminho. E havia uma lista longa de dragões que poderiam fazer coisas horríveis aos dragonetes do destino se os encontrassem.

Tsunami se entortou para olhar sua asa deslocada.

— Eu tenho certeza de que posso consertar — disse. — Eu vi em um pergaminho uma vez. Só precisa de uma porrada pra voltar pro lugar. Talvez se eu me jogar contra uma árvore.

Ela olhou ao redor da floresta e, de repente, disparou contra um tronco sólido.

Lamur saltou da lama e se jogou na cauda da asamar, puxando-a antes que se machucasse.

— Ai! — rugiu Tsunami. — Sai daqui! Eu consigo resolver! Isso vai funcionar!

Ela mostrou os dentes para ele.

— Para de ser uma asacéu rabugenta. Se jogar contra uma árvore é um plano horrível — disse Lamur. — Posso dar uma olhada?

Tsunami se jogou na grama, resmungando, com as asas separadas. Lamur deu a volta nela, então afastou-se e observou a linha irregular de suas asas e ombros.

— Se você puder ficar parada — disse —, acho que consigo colocar sua asa no lugar.

— Essa ideia é boa? — perguntou Tsunami, titubeando para longe dele.

— Melhor do que se jogar contra uma árvore — respondeu. — Segura as garras e se prepara.

Tsunami se agarrou ao chão e fechou os olhos. Lamur pôs as patas gentilmente ao longo de seus ombros. Foi fácil encontrar o ponto onde o osso tinha se soltado do lugar. Ele o tocou com suavidade até ter certeza onde estava e onde deveria estar. Então ele o agarrou e o empurrou para o local em um movimento forte e rápido.

— AI! — rugiu Tsunami, se afastando. Sua cauda moveu-se com agressividade e acertou Lamur, jogando-o contra uma profusão de arbustos espinhosos.

— Desculpa! Desculpa — guinchou Lamur, se debatendo para sair dos arbustos. — Eu achei que ia funcionar.

Ele parou. Tsunami estava dando voltas, flexionando e estendendo as duas asas. Pareciam estar perfeitamente iguais.

— E funcionou — disse ela. — Tá doendo um pouco, mas eu posso voar de novo. Boa, Lamur.

Tsunami o ajudou a se libertar dos galhos.

— Desculpa ter batido em você.

Lamur abriu a boca para responder, mas Tsunami segurou seu focinho de súbito e o deixou fechado. Ela levantou uma garra, as orelhas eriçadas.

— O que foi isso? — sussurrou.

Lamur tentou girar a cabeça para olhar, mas o aperto de Tsunami era muito forte. Ele forçou os ouvidos para escutar.

Tinha alguma coisa vindo em direção a eles.

CAPÍTULO DEZ

— NÃO É GRANDE o suficiente pra ser um dragão — sussurrou Tsunami. — Eu acho.

Lamur começou a ouvir um som ofegante e o quebrar de alguns galhos. Soava mais como uma presa do que como um predador. Ele tirou as garras de Tsunami de seu focinho e sussurrou:

— Talvez a gente pudesse comer.

Eles não podiam resgatar os outros dragonetes até que o sol nascesse, de qualquer forma, e ele gostaria de testar suas habilidades de caça fora das cavernas.

Uma criatura pequena e pálida surgiu na clareira iluminada pela lua na frente deles. O topo da cabeça peluda era quase da altura dos ombros de Lamur. Tinha duas pernas longas e finas e dois braços pendurados que terminavam em patas moles e sem garras. Um braço segurava alguma coisa pontuda, como uma unha gigante de dragão, e o outro envolvia uma sacola estufada.

A coisa viu Tsunami e Lamur, soltou tudo o que segurava e trinou uma nota longa e aguda, como os pássaros que Lamur às vezes escutava pela porta do céu.

— É um sucateiro! — deleitou-se Tsunami. — Olha, Lamur! Na nossa primeira vez aqui fora, já estamos vendo um sucateiro de verdade!

— É tão pequeno — disse Lamur. — E parece que tá sucateando alguma coisa.

Ele se aproximou para cutucar a sacola. A criatura gritou novamente, se afastando e cobrindo a cabeça com os braços.

— Eu achei que eles fossem mais assustadores — disse Tsunami, desapontada. Ela abaixou o focinho para observá-lo melhor. — Uma dessas coisas matou a rainha Oásis? Sério?

Ela pegou a garra de metal que a coisa carregava, que era umas quatro vezes mais longa que uma unha normal de dragão.

— Isso aqui é bem afiado, mas ainda assim… deve ter sido algum acidente.

— A gente pode comer? — perguntou Lamur, lambendo os lábios.

— Estelar diz que eles estão em extinção — disse Tsunami. — Mas eu digo que a culpa é deles que a gente esteja em guerra, então coma todos os que você quiser.

Ela fez um círculo com a garra e fitou o sucateiro.

A coisa estava balbuciando sons estranhos para eles, movendo os braços, a sacola e a garra. Alguns dos movimentos lembravam os de um dragão, como se tentasse se comunicar com eles.

— Talvez essa coisa queira que a gente pegue o que estiver na sacola — disse Lamur, levantando o saco. Ele virou-o de cabeça para baixo, e uma pilha de joias e penduricalhos caiu, quicando e se espalhando pela grama. Lamur viu três rubis enormes e diamantes brancos espalhados por entre formas douradas.

— Tesouro — disse Tsunami, surpresa. Ela pegou um medalhão de prata com um espiral entalhado, pontilhado com pequenas safiras.

— Glória ia amar isso — disse Lamur.

— Eu também! — disse Tsunami. — Eu sei que você gosta de dar coisinhas bonitinhas pra animá-la, mas eu vi isso primeiro.

— Tá bom — disse Lamur, diplomático. — Talvez outra coisa, então. Você acha que podemos ficar com todo esse tesouro?

— Certamente não — disse uma nova voz. — A não ser que vocês queiram lutar comigo por ele, o que eu não recomendo.

Uma dragoa asacéu laranja, um pouco maior que Lamur, pousou silenciosamente na clareira atrás do sucateiro. Coroas de fumaça rodeavam seus chifres. Quando o sucateiro berrou novamente, ela se curvou e arrancou a cabeça dele com os dentes.

— Argh — disse ela, cuspindo-a de imediato. A cabeça rolou pela grama, à medida que o corpo caía lentamente, com sangue fluindo pelo pescoço.

— Agora vejamos, isso é muito injusto — disse a dragoa laranja. — Primeiro, ladrões sempre estão tentando roubar meu lindo tesouro. E *pior*, eles nem são deliciosos quando os pego.

Ela cutucou o corpo.

— Todos fibrosos e com gosto de peixe. Eca.

Lamur deu um passo para trás, fugindo da poça de sangue que se espalhava. Ele perdera a fome.

— Quem é você? — perguntou Tsunami. Ela girava o medalhão entre os dedos, como se estivesse se decidindo se valia a pena lutar por ele.

A dragoa laranja a fitou, olhos amarelos tornando-se fendas. Lamur notou que uma cota de malha dourada de qualidade, pesada de rubis e gotas de âmbar, estava presa no peitoral da dragoa. Uma fila de pequenos rubis se prendia entre as escamas acima de cada um de seus olhos, e mais rubis desenhavam o topo de suas asas. Quem quer que fosse, deveria ter um grande tesouro, o que significava que deveria ser importante.

— Você não sabe quem eu sou? — perguntou a dragoa desconhecida. — Que chateação. Eu estou muito, muito magoada. Ou eu deveria sair mais, ou você não é uma boa espiã, não é, asamar?

— Eu não sou uma espiã! — disse Tsunami. — A gente nem sabe onde está. Estivemos... presos, de certa forma, e acabamos de fugir.

A dragoa laranja virou a cabeça em direção a Lamur.

— Uma asamar e um asabarro juntos — disse. — Vejamos. Eu sei que vocês não são das minhas masmorras, a não ser que eu esteja me tornando terrivelmente esquecida... Então quem os estava prendendo? Fulgor? Eu não acho que ela tenha campos de prisioneiros. Não encaixaria no teatrinho de "todo mundo tem que gostar de mim" dela.

Lamur deu mais um passo para trás. Ele não gostava da ideia de uma dragoa que tinha suas próprias masmorras.

— Tsunami — disse, baixinho. — Devolva o tesouro dela e vamos embora.

— Um asabarro usando a cabeça — disse a dragoa laranja. — Não é algo que se vê todo dia.

Ela deslizou de forma ameaçadora em direção a Tsunami, caminhando pela poça do sangue do sucateiro e deixando pegadas vermelhas na grama. Pequenas chamas cintilavam em suas narinas, e colunas de fumaça branca se derramavam, juntando-se ao redor de seus chifres.

— Claro — disse Tsunami, oferecendo o medalhão de volta. — Não queremos problemas.

— Ah, eu também não — disse a dragoa laranja. — É por isso que eu fico *tão* tristinha quando problemas continuam chegando.

Ela se moveu e apertou com força a pata de Tsunami que ainda segurava o medalhão. Lamur começou a se aproximar, mas a dragoa desconhecida cuspiu um jato de fogo em sua direção, forçando-o a se abaixar. Ela fitou Tsunami.

— *Ninguém* toca no meu tesouro.

— Não sabíamos! — protestou Tsunami. — A gente nem sabe quem você é!

— Ah — sibilou a dragoa —, eu não me apresentei? Meu nome é Rubra. Mas eu recomendo fortemente que me chamem de *Vossa Majestade* se quiserem viver.

Lamur prendeu a respiração. Até *ele* reconhecia aquele nome.

Eles estavam frente a frente com a rainha dos asacéu.

CAPÍTULO ONZE

ELA ERA MENOR DO que ele esperava — menor que Quiri —, mas Lamur sabia que não deveriam subestimar a rainha asacéu. Ela se mantinha no poder fazia trinta anos, apesar dos quatorze desafiantes corajosos, tolos e extremamente mortos. Ela era a rainha mais mortal e com mais tempo de vida de Pyria. Sem mencionar, também, que era uma das piores opções de dragões para colocar suas garras nos dragonetes do destino, especialmente por conta de sua aliança com Flama, que odiava a profecia e havia destruído o ovo de asacéu, seis anos antes.

Lamur tentou se lembrar de algo mais que pudessem ter aprendido sobre Rubra. Tudo o que conseguia pensar era *assustador*.

A rainha Rubra soltou as patas de Tsunami e pôs o medalhão no próprio pescoço. Ela se virou e correu uma garra no focinho de Lamur.

— Agora, você, asabarro, me deixa curiosa. Estamos do mesmo lado, então por que não me reconheceu?

— Como eu disse…

Tsunami começou, mas Rubra a silenciou com um movimento da cauda.

— Eu gostaria de ouvir o asabarro falar — disse. — Todo forte, grave e nervoso. Fale.

— Nós, uh — gaguejou Lamur. — Nós estivemos debaixo da terra por um tempinho… tipo sempre…

Tsunami fez uma careta pelas costas da rainha, o que ele achou significar que não deveria falar tanto. Mas o que deveria dizer?

Ele olhou para as montanhas ao longe e percebeu que já se pintavam com um brilho dourado. O sol estava subindo. Eles precisavam resgatar seus amigos, e logo, antes que Quiri descontasse sua raiva nos dragonetes que ela *conseguisse* encontrar.

— Só estamos de passagem — disse ele para a rainha Rubra. As filas de rubis sobre os olhos dela arquearam, desconfiados. — Quer dizer... foi uma honra conhecer... foi...

Assustador era a única palavra na qual conseguia pensar.

— Precisamos ir — emendou.

— Já? — perguntou a rainha. — Mas que decepcionante. Eu odeio ser deixada no meio de uma conversa. Tem tanta coisa que quero saber sobre você.

Ela roçou a ponta da garra ao longo do queixo de Lamur.

— Eu acho que o único lugar para onde você deveria ir é para meu palácio nos céus. Não soa emocionante? Não diga que não, vai machucar meus sentimentos. Você é exatamente o que eu estava procurando.

Lamur não tinha ideia do que aquilo significava, mas ele estava petrificado demais para conseguir responder. Ele a fitou nos olhos nada amigáveis cor de âmbar, pensando pela primeira vez na vida que talvez Quiri estivesse certa sobre tudo. Principalmente sobre permanecer debaixo da montanha e fugir de todos os dragões malvados do mundo.

Atrás de Rubra, Tsunami levantou a garra afiada do sucateiro. Seus olhos se encontraram com os de Lamur. Ele sentiu o mesmo frio que ela provavelmente sentia. Se atacassem a rainha asacéu, eles teriam instantaneamente uma nova e poderosa inimiga que os odiaria.

Mas não podiam contar a verdade sobre eles. Ela os capturaria ou os venderia para sua aliada Flama, ou os mataria só para bagunçar com a profecia. E não podiam lidar com nenhuma das opções. Eles precisavam voltar para os amigos sob a montanha.

Ele meneou suavemente. *Faça. Não temos escolha.*

Com a garra, Tsunami atravessou a cauda da rainha Rubra no ponto fraco, fincando-a no chão abaixo.

A rainha rugiu com dor e ódio. Ela balançou a cabeça para todos os lados, cuspindo fogo por toda a clareira.

— Voe! — gritou Tsunami. Ela rolou por baixo dos jatos de chamas e puxou a cauda de Lamur. Ele abriu as asas e disparou para o céu com o fogo da rainha Rubra beijando-lhe as patas. Tsunami bateu asas ao lado dele, em um movimento vacilante, mas determinado.

— Não vai demorar pra ela se soltar — disse Tsunami. — Rápido, precisamos despistá-la nos picos.

Ela subiu o penhasco, e Lamur foi atrás.

Eles voaram pela queda d'água, onde o rio saía de um buraco e se perdia no fundo de um abismo. Eles voaram e voaram até alcançarem o topo e então mergulharam em um platô rochoso pintado de árvores verde-escuras e arbustos. Mesmo ali, as montanhas ainda continuavam subindo, impossivelmente altas e inacreditavelmente grandes. Os picos ziguezagueavam para o norte e para o sul, como dentes tortos de dragões, uma fileira irregular que sumia no horizonte.

A grandeza de tudo continuava deixando Lamur impressionado. Como encontrariam seus amigos novamente no meio daquilo tudo? E mesmo que o fizessem, o que cinco dragonetes conseguiriam fazer para salvar um mundo tão grande?

Tsunami foi na frente, voando baixo e por entre as árvores, mergulhando em abismos onde os encontrava. As batidas de suas asas ficavam mais fortes à medida que voavam. A luz do sol se espalhava pelas montanhas, confundindo os olhos de Lamur. Ele não estava acostumado com tanto brilho. E aquele era só o amanhecer. A ferocidade do sol do meio-dia ainda estava para chegar.

— Aqui! — chamou Tsunami, apontando com a cabeça para uma entrada no lado da montanha. Eles desceram em uma espiral para pousar em uma saliência fora de uma pequena caverna. Dali podiam observar o platô rochoso, com vales e picos de montanha espalhados ao redor deles. Lamur mirava abaixo, ansioso. O rugido da queda d'água ainda retumbava à distância. Não havia sinal da rainha Rubra.

— Não acredito que você fez aquilo — disse ele para Tsunami.

— Eu tive que fazer, né? — respondeu ela, mas sem sua convicção normal. Ela coçava as guelras, parecendo preocupada, mas então deslizou para as sombras da caverna, querendo confirmar que estava vazia.

Lamur queria apoiá-la, mas também estava preocupado. Ele fechou os olhos e tornou o rosto para o nascer do sol. O calor atravessou suas escamas a ponto de até seus ossos se sentirem mais quentes.

— Você deveria se ver — disse Tsunami, de dentro da caverna. — Você tá praticamente brilhando. Eu não sabia que os asabarro tinham tantas cores assim.

Lamur abriu os olhos e observou a si mesmo. Ele sempre se imaginou como apenas marrom. Escamas de um marrom normal, garras de um marrom corriqueiro, uma coloração comum de barro, dos chifres à cauda. Mas agora, pela primeira vez sob a luz do sol, ele podia ver ouro e toques de âmbar entre e abaixo das escamas. Até os marrons pareciam mais ricos e profundos, como o baú de mogno onde Cascata mantinha os pergaminhos mais delicados.

— Huh — disse ele.

— Você tá tão lindo — brincou Tsunami, entrando na luz.

Lamur teve de segurar uma arfada. Enquanto o sol mostrava suas cores, fazia Tsunami parecer adornada de joias, como uma dragoa feita de safiras e esmeraldas, ou folhas de verão e oceanos.

Ele pensou em Glória e em como ela já era linda nas cavernas sombrias. Nenhum deles seria capaz de olhar para ela debaixo de toda aquela luz do sol, ou então ficariam deslumbrados demais para conseguir falar com ela novamente.

Glória. Lamur semicerrou os olhos para os arredores. Havia penhascos, buracos e afloramentos rochosos que poderiam dar em túneis por todos os lugares. Ele não tinha ideia de como era a casa deles do lado de fora. Podia ver bastante da montanha de lá, mas nenhum sinal de fumaça ainda.

O sol se afastava do horizonte, subindo lentamente no céu e perseguindo as três luas. Lamur viu algumas figuras vermelhas esvoaçando ao redor de picos distantes. Primeiro ele achou que se tratavam de pássaros, até ver fogo cintilando ao redor deles como relâmpagos, então percebeu que eram dragões.

Ali era definitivamente território dos asacéu. Estelar estava certo sobre onde se encontrava a caverna secreta deles. Mas Lamur não tinha ideia de como escapariam das montanhas agora que a rainha asacéu provavelmente os caçava com uma fúria crescente.

Tsunami tocou em seu ombro.

— Ali! — gritou, apontando.

Uma coluna fina de fumaça começava a se elevar de um buraco no meio no aclive. Lamur subiu no ar e voou em direção ao buraco. Estava parcialmente coberto por alguns galhos, então ele não conseguia pousar ao lado, mas estava aberto para o céu e tinha o formato parecido da porta do céu para ele.

Tinham que ser seus amigos.

Tsunami se aproximou dele. Os dois planaram ao redor da fumaça, tentando olhar para dentro da entrada.

— Estelar e Sol devem estar ali — disse Lamur. — Bem abaixo de nós!

A fumaça cheirava a papel velho. Ele sentiu um pouco de pena de Estelar, queimando alguns de seus amados pergaminhos.

— Estamos perto, mas precisamos encontrar a entrada — disse Tsunami. — O túnel deve ser aqui por perto.

Ela desceu em uma espiral em direção ao chão rochoso longe dos arbustos. Então, começou a se mover mais lentamente como se tentasse calcular a distância da sala de estudos para o túnel de entrada.

Lamur se manteve no ar, circulando. Ele teve a mesma sensação estranha de quando olhara para a asa torta de Tsunami. A de que se só relaxasse e olhasse, conseguiria ver como tudo se encaixava. Ele já tinha andado pelas cavernas sob a montanha um milhão de vezes. Ele as conhecia com a palma de suas patas.

Ainda podia ouvir o rugido distante da queda d'água, então podia supor para qual lado o rio subterrâneo corria. Ele imaginou o túnel vindo da caverna de estudos para o corredor central e o mapeou nas rochas escarpadas abaixo.

— Aqui — chamou ele, pousando. — O pedregulho fechando a saída deve ser bem aqui embaixo. Então o túnel para o lado de fora iria para aquele lado.

Ele se virou para olhar.

— A ravina — disse Tsunami. A fenda cortava as pedras por uma distância curta. Quando olharam para baixo, conseguiram avistar uma corrente de água correndo por sobre cascalho e lama. — A entrada deve ser em algum lugar ali embaixo.

Lamur saltou para o fundo da ravina, deixando as asas abertas para retardar a queda. Lama se espalhou por entre suas garras ao pousar. Ele sentiu uma onda de raiva dominá-lo. Ali havia lama, luz do sol e um ar fresco e morno àquela distância mínima da caverna. Por que os guardiões nunca os haviam trazido para o lado de fora? Até passeios curtos pela ravina teriam feito a diferença.

Ele sabia que diziam ser por segurança. Eles diziam que era para proteger os dragonetes, evitar que os asacéu distantes os vissem.

Mas Lamur achava que, na verdade, era porque os guardiões não confiavam nos dragonetes. Não confiavam que os cinco não voariam para longe. Não confiavam que pudessem ser inteligentes e não chamar atenção.

Ele cavou buracos afiados na lama com suas garras. Os dragonetes nunca nem haviam tido a *chance* de serem confiáveis. Talvez Lamur não merecesse, depois de atacar os outros no nascimento. Talvez os guardiões achassem que algo dentro dele quebraria em algum momento. Mas não havia razão para terem mantido Sol, Glória, Estelar e Tsunami no escuro todos aqueles anos.

Tsunami pousou ao seu lado e apontou para uma pilha de pedras cheias de musgo à frente.

— Vamos olhar ali primeiro.

Eles desceram a correnteza espalhando água.

Lamur viu algo na lama em frente. Ele abriu as asas para impedir que Tsunami avançasse mais.

— Olhe! — disse. — Pegadas de dragão!

Pegadas frescas de dragões se exibiam na margem do rio, com uma linha profunda de cauda arrastada entre elas. As marcas desapareciam de repente, como se o dragão tivesse alçado voo.

Lamur cautelosamente encaixou uma de suas patas na pegada. Era uma miniatura da marca do outro dragão.

— Se veio de nossa caverna — disse Tsunami —, e eu tenho certeza de que veio, então deve ser de Quiri.

— Como você sabe? — perguntou Lamur.

Tsunami pôs sua própria pata perto de uma das pegadas.

— Sem membrana entre as garras — disse ela —, então não é um asamar. São muito recentes para serem as de ontem, de Porvir. E você pode ver as quatro patas, então não é Duna.

— Oh — disse Lamur, se sentindo tonto. — Claro.

— Tem pegadas indo, mas não voltando — disse Tsunami, a voz se enchendo de animação. — Talvez ela tenha saído para nos procurar esta manhã. Se ela ainda estiver fora, é nossa melhor chance de tirar os outros.

Ela começou a correr ao longo da margem, seguindo as pegadas até seu começo.

— Vamos, Lamur, rápido!

Lamur correu para acompanhá-la. A trilha dava direto numa queda de pedregulhos. Quando escalaram nas pedras maiores, puderam ver um túnel escuro abaixo, no lado da ravina. Estava quase completamente escondido das vistas a não ser que se olhasse pelo ângulo correto.

— É isso — sussurrou Tsunami.

— Por que ela não escondeu as pegadas melhor? — disse Lamur, preocupado. — E se for uma armadilha?

— Não é — disse Tsunami, confiante. — Quiri não sabe que estamos voltando para pegar os outros. Ela não pensa desse jeito. Se fosse uma de nós, ela fugiria e largaria todo mundo sem pensar duas vezes.

Isso soava bem verdadeiro para Lamur. Quiri nunca acreditaria que dragões fossem capazes de manter sua palavra ou se importar com outros dragões.

— Ela estava com pressa para nos achar, é isso — observou Tsunami.

Lamur fitou o céu, ansioso. Se Quiri não se preocupara em ser cuidadosa, então ela deveria estar *muito* irritada com eles.

Tsunami abaixou-se para entrar no túnel, e Lamur deslizou para seu lado. Ele estava aquecido o suficiente para produzir fogo, então cuspiu uma pequena coluna de chamas para dar-lhes visão do túnel à frente. Eles avançaram enquanto as faixas de Tsunami começaram a brilhar.

O túnel fez uma curva acentuada para a direita, então para a esquerda, então desceu em um ângulo íngreme por alguns passos. Mas logo se endireitou, os levou para mais uma curva, e acabou — em um pedregulho cinza enorme.

O coração de Lamur bateu forte em seu peito. Eles realmente tinham encontrado.

Ele estava olhando para sua prisão pelo lado de fora.

CAPÍTULO DOZE

TSUNAMI SUBIU EM SUAS patas traseiras e correu as garras ao longo das paredes.

— Procure por alguma coisa que vai mover a pedra — disse.

Lamur soprou mais uma coluna de fogo na parede ao seu lado. Parecia-se com qualquer outra pedra lisa, com algumas fissuras que vinham do teto até o chão. Ele passou as unhas pelas rachaduras. Não aconteceu nada além de lhe provocar dor nas garras.

Ele tentou farejar ao redor da pedra e então a empurrou, mas não moveu mais do que quando o fazia do outro lado.

— Eu espero que Estelar esteja certo — disse, tentando afastar o peso que sentia no estômago. — Eu realmente espero que a gente consiga abrir desse lado.

— A gente consegue — disse Tsunami, feroz. — Vai ter uma alavanca ou algo assim...

Ela se afastou alguns passos, olhando para a parte de cima do pedregulho.

— Ou mágico — disse Lamur. — E se for uma palavra mágica? Ou algum tipo de talismã que a gente não tem?

Tsunami olhou para a pedra por um momento, cenho franzido, e então balançou a cabeça.

— Eles precisariam de um dragão anima para encantá-la, e ninguém choca um há séculos, se é que existiram.

A única coisa de que Lamur se lembrava das aulas sobre magia e dragões anima é que eles tinham poderes sobre objetos. Ele lembrava disso porque

Estelar havia passado o resto daquele dia de nariz empinado, insistindo que os asanoite eram bem mais mágicos que qualquer dragão anima mítico.

— Se eles são tão incríveis, por que os asanoite vivem em algum lugar misterioso que ninguém pode encontrar? — perguntara Lamur.

— Fácil — respondera Estelar, altivo. — É porque nós todos temos esses poderes especiais, e não queremos fazer dragões normais se sentirem inferiores. — *Mesmo que sejam*, a expressão dele insinuara.

Lamur bufou.

— Poderes especiais tipo o quê? — perguntara.

— Você sabe — respondera Estelar, irritado. — Telepatia? Predição? Invisibilidade? Quer que eu continue?

— Você não tem invisibilidade — argumentara Lamur. — Quer dizer, você é um dragão negro. Você só é difícil de ver nas sombras. Isso não é um poder. Eu também seria invisível se deitasse numa poça de lama.

— É, bem — dissera Estelar. — *Nós* podemos aparecer do nada durante a noite! Mergulhando como se o próprio céu caísse em você!

Ele abriu as asas, majestosamente.

— Continua não sendo um poder — dissera Lamur. — São só vocês, sendo um bando de esquisitões.

— Não *somos* esquisitões! — gritara Estelar, elevando a voz. — É *magnífico* e *imponente*!

Ele parara e puxara o ar, profundamente.

— Além do mais, somos os únicos com visões do futuro, então aí está.

— Bem, eu digo que até os asanoite descerem das nuvens, tudo o que a gente tem é um monte de rumores e uma profecia grandona que poderia significar qualquer coisa. — E então Lamur tirara o nariz da borda do elevado e olhara para Estelar. — Tipo, não é como se *você* tivesse algum poder especial da mente, além de ser inteligente demais.

— Bem, eu terei meus poderes algum dia — bufara Estelar. — Talvez seja algo que os asanoite desenvolvam mais velhos. Você deveria estar estudando, não caçoando de mim!

— Eu não estava caçoando de você — protestara Lamur. Era verdade que ele tentara distrair Estelar dos estudos, no entanto. Mas é claro que aquilo nunca funcionara por muito tempo.

Porém, ali, Lamur analisava o chão abaixo do pedregulho. Ele realmente sentia falta de Estelar. Mais do que isso, estava preocupado com ele. Como Quiri reagira ao não encontrar Lamur, Tsunami ou Glória? Ela não machucaria Sol e Estelar… não é?

De repente, suas garras se prenderam em alguma coisa. Ele deitou no chão de pedra e espiou por baixo do pedregulho. Um bastão longo e sólido estava preso abaixo da rocha, mantendo-a no lugar.

— Aqui — sussurrou para Tsunami. Ele envolveu o bastão com as patas e tentou arrancá-lo. Depois de algumas tentativas, percebeu que não ia conseguir, mas ele se movia de um lado a outro. Ele tentou deslizá-lo de lado, e o pedregulho começou a rolar. Ele parou rapidamente e olhou para Tsunami.

— E se Cascata e Duna estiverem nos esperando? — perguntou Lamur.

— Eles não vão conseguir nos parar. Não os cinco. Não se todos nós lutarmos. O único jeito que eles tiveram de nos prender foi bloqueando a saída. Mas quando estiver aberta… estaremos todos livres. — Tsunami deixou escapar um longo suspiro.

— Tá certo — disse Lamur, apertando os dentes. — Bora.

Ele empurrou o bastão o mais forte que conseguiu. O pedregulho rolou para o lado com um som de raspão suave. A caverna central surgiu na visão deles e um arrepio correu a cauda de Lamur; era muito estranho ver aquilo de fora.

Uma forma pequena e abandonada estava amontoada ao lado do rio, passando as garras na água. Ela se virou quando a pedra se moveu, e seus olhos cinza-esverdeados se arregalaram.

— Shhh — sibilou Tsunami, em silêncio, atravessando a caverna em sua direção.

Sol saltou ao mesmo tempo e abriu as asas. Ela pressionou suas garras frontais no focinho da asamar, radiante.

— Vocês conseguiram! — sussurrou.

Lamur fitou o túnel que chegava à caverna dos guardiões. Mesmo que Tsunami estivesse certa, sobre Cascata e Duna não serem capazes de pará-los, ele não gostaria de permanecer ali e descobrir.

— Onde estão os outros? — perguntou, a voz baixa.

— Eu vou atrás de Estelar — disse Sol, indo em direção à caverna de estudos. — Glória… eu não sei.

Ela olhou para as estalactites. Lamur sentiu uma pontada de preocupação. Glória estava bem? E se algo tivesse acontecido com ela enquanto estava camuflada, ela continuaria invisível? E se tivesse caído de uma estalagmite ou voado contra um afloramento e se machucado? E se…

— Aqui. — Uma voz sussurrou em seu ouvido. Asas macias roçaram nas suas e a forma longa de Glória, assim como suas orelhas emplumadas, cintilaram em sua frente. Suas escamas mudaram de cinza e preto para um dourado alaranjado caloroso, pontilhado de um azul-escuro.

— Você está bem — disse Lamur.

Aliviado, ele enrolou a cauda na dela sem pensar duas vezes.

Ela ficou tensa, mas não se afastou imediatamente, como costumava fazer. Em vez disso, o cutucou com seu focinho elegante.

— É claro que sim — disse. — Mas eu ficaria bem por conta própria, você sabe.

Talvez ela tivesse sentido as asas dele enfraquecerem, porque acrescentou:

— Mas obrigada por fazer coisas loucas e perigosas por mim, de qualquer forma.

— Disponha — disse Lamur, feliz.

Glória se afastou e meneou a cabeça na direção de Estelar, que cambaleava para fora do túnel da caverna de estudos.

— Quiri ficou bem furiosa — disse ela. — Eu só pude ouvir do meu esconderijo. Esses dois que receberam o peso inteiro.

Lamur começou a se mover, mas Tsunami e Sol já estavam uma de cada lado de Estelar. Por um momento terrível, ele achou que Estelar estivesse mancando — achou que ele tivesse apanhado ou sido queimado ou que Quiri o ferira.

Mas então percebeu que Estelar se movia estranho porque carregava um saco enorme de pergaminhos nas costas.

— Ah, não, nem pense — disse Tsunami, tirando-o dele. — A gente não precisa disso. E você já leu todos eles um milhão de vezes.

— Talvez a gente precise, sim — protestou Estelar, puxando o saco de volta. — Eles vão nos dizer o que é seguro comer e todas os costumes diferentes entre as nações e como voar em um clima ruim e…

— *Você* pode nos dizer todas essas coisas — disse Lamur. — Você vai, de qualquer forma.

— Mas e se eu esquecer alguma coisa importante? — perguntou Estelar.

— Rá. Seria muito mais fácil gostar de você se algum dia você se esquecesse de alguma coisa — disse Glória.

— A única coisa que é importante é sair daqui logo — disse Tsunami. — Antes que Cascata e Duna levantem.

— E antes que Quiri volte — acrescentou Glória.

— Mas que novidades *emocionantes*. Quiri faz parte disso? Estou procurando por *ela* há muito tempo.

Os cinco dragonetes se viraram.

A rainha Rubra estava parada na entrada. Atrás dela, o túnel estava bloqueado por uma fila de asacéu de diferentes tons de chamas — todos grandes, todos cuspindo pequenos jatos de fogo, todos irritados.

Mas nenhum tão irritado quanto a rainha dos asacéu.

CAPÍTULO TREZE

— NÃO VEJO QUIRI há, o que, sete anos? — disse a rainha Rubra, em uma voz recheada de satisfação, que não combinava com a fúria nos olhos. — Vai ser uma reunião muito divertida.

Sua cauda chicoteou atrás dela.

— Todos os dragões que eu mais detesto juntos.

Lamur era o dragonete mais próximo dela. Ele deu um passo para trás, na direção de seus amigos, e abriu as asas. Ela teria que passar por ele para pegá-los. Ele esperava que ela não visse como suas patas tremiam.

— Você nos seguiu até aqui — disse Tsunami em uma voz ofegante.

— Ah, eu nem precisei — disse a rainha. — Alguém mandou um sinal de fumaça tão bonitinho, tão útil. Nos trouxe diretamente pra cá. Que ideia brilhante.

Minha ideia, Lamur pensou, horrorizado. *Isso é culpa minha. Eu trouxe os asacéu pra cá.*

— Quem... quem é você? — guinchou Sol.

— Isso já está ficando humilhante — disse a rainha. — Vocês estão no *meu* território. Aparentemente vivendo sob a *minha* montanha. Eu sou a única dragoa importante em *centenas de quilômetros*. Como vocês *ousam* não me reconhecerem? — Ela arqueou o pescoço e abriu as asas cravejadas de joias.

— Rainha Rubra dos asacéu — disse Estelar, prendendo a respiração. Ele se curvou, tocando o chão com a cabeça e cruzando as patas frontais.

— Agora sim — disse ela, entrando na caverna. — Pelas luas, como é escuro aqui.

Ela olhou ao redor, viu o saco de pergaminhos de Estelar, e pôs fogo nele com um jato.

Estelar encarou os pergaminhos em chamas, congelado no lugar. Lamur se pôs de lado, tentando proteger a si mesmo, Sol e Glória de uma só vez. Se ele fosse maior!

— Minha nossa — disse a rainha Rubra, apertando os olhos. — Você é um asanoite!

Ela empurrou Lamur para o lado, como se ele fosse feito de folhas, e agarrou o queixo de Estelar. Lamur se consertou e deu um passo em direção a ela, mas o tilintar de armaduras e expressões sombrias dos asacéu se espalhando pela caverna o fez parar.

— Um asanoite que não tem nem dez anos — disse a rainha Rubra, virando Estelar de um lado para o outro e tocando em suas escamas como se ele fosse uma vaca que ela planejava jantar. — Que emocionante! Normalmente eles não deixam seus dragonetes saírem por aí. Nós podemos acabar corrompendo sua perfeição superior ou algo assim, sabe?

Ela cuspiu fumaça no rosto de Estelar, e ele tossiu.

— Eu nunca tive um asanoite na minha arena antes. Emocionante, emocionante! Diga, no que estou pensando agora?

A expressão de Estelar era puro terror.

— Muito difícil? — provocou a rainha Rubra. — Vou te dar uma dica. Eu estou pensando… o que estariam fazendo um asanoite, uma asamar e um asabarro escondidos sob a minha montanha? Junto dessas duas coisas que o asabarro, muito lindinho, está tentando proteger?

Ela apontou para Glória e Sol com a cauda. Lamur se arrepiou quando a rainha se aproximou ainda mais de Estelar.

— Isso não teria nada a ver com uma certa profecia, teria?

— O que está acontecendo aqui? — resmungou Duna, mancando para dentro da caverna.

Ele parou ao ver os asacéu. Seus olhos pretos lentamente se viraram para a rainha, e Lamur viu medo em sua expressão pela primeira vez na vida.

— Cascata! — gritou, e então o asareia ferido disparou pela caverna em direção à rainha.

— Pare! — berrou Sol. — Eles vão te machucar!

Duna não pareceu escutá-la. Ele atacou a rainha Rubra e a arrancou de perto de Estelar.

— Não toque neles — rugiu. — Você nunca vai colocar suas garras neles.

A rainha girou no ar e pousou encarando-o, silvando.

— Eles são meus — rosnou. Ela se jogou contra Duna.

Cascata apareceu na caverna quando os soldados asacéu correram para sua rainha. Ele mal esperou antes de jogar-se contra eles. Sua cauda acertou três deles, e suas garras cortaram a barriga de um outro. Lamur nunca o tinha visto lutar antes. Ele não sabia que Cascata poderia ser perigoso.

— Fique aqui — disse Lamur para Sol e virou para Glória. — E você deveria se esconder.

— Desaparecer enquanto vocês tentam morrer por nós de novo? — perguntou ela. — Não, obrigada.

Ela abriu espaço e foi para Tsunami, que já lutava ao lado de Cascata. Lamur colocou Sol em cima de uma pedra e correu para ajudá-los.

— Pera, eu posso ajudar! — chamou Sol. — Não posso?

— Esses dragonetes são sagrados — gritou Duna quando a rainha Rubra o jogou contra uma estalagmite. Ela era menor que ele, mas surpreendentemente forte, e suas feridas antigas o atrasavam. Ele vacilou, ofegante, com sua asa ferida se debatendo torta ao seu lado. — Eles são os dragonetes do destino. Você tem que deixá-los em paz!

— Mas e se for o *meu* destino brincar com eles? — disse ela, cortando-o com sua cauda. Ele uivou, e sangue derramou do novo ferimento. — Ah, é. Eu não ligo para o destino. Eu não ligo para profecias ou nada dessa idiotice dos asanoite.

Ela passou as garras ao longo da asa de Duna, abrindo as cicatrizes novamente.

— Além do mais, eles me deixaram terrivelmente chateada e fugiram. Isso acontece mais do que eu gostaria, mas quer saber? Eu sempre encontro aqueles que me traem. Mesmo que eu tenha que esperar sete anos. — A rainha segurou Duna pelo pescoço e o levantou contra a parede. — Não é, Quiri?

Lamur caiu. O asacéu com o qual lutava o derrubou e prendeu sua cauda e asa debaixo de dois pés enormes. A batalha pareceu congelar por um momento e, de onde estava, Lamur viu Quiri deslizar para dentro da caverna.

— Pobre Rubra — disse ela, amarga. — Todos traem você. Bem, você já me encontrou. Deixe esses inúteis em paz.

Ela mal olhou para os dragonetes.

Lamur virou a cabeça e encontrou os olhos de Tsunami. Ele nunca, nunca imaginaria que Quiri se entregaria para salvá-los. Talvez ela realmente falasse a verdade ao dizer que os manteria vivos. Talvez aquilo fosse a única coisa com a qual se importasse, mesmo que os odiasse.

— Quiri — disse a rainha, num muxoxo. — Isso soou como uma ordem. Você saiu de desobedecer ordens para dar ordens agora?

— Eu não vou lutar — disse Quiri, sua voz fria e dura. — Eu vou com você. Só os deixe em paz. Esses dragonetes não têm nada a ver com os asacéu.

— Você *vai* vir comigo — disse a rainha Rubra. — Engraçado você achar que tinha alguma escolha. Nós temos um julgamento emocionante planejado, seguido por uma execução ainda mais emocionante. Mas quanto a esses dragõezinhos...

Ela moveu a cauda na direção de Lamur e seus amigos.

— Você não acha realmente que eu vou desistir dos meus prêmios.

— Eles não são prêmios — Quiri bufou. — Eles são inúteis, todos eles.

— E eu ainda sou esquisita — disse Sol do topo da pedra.

A rainha lambeu a boca, e mais fumaça se concentrou ao redor de seus chifres.

— Ah, eles são precisamente o sangue novo que minha arena precisa. Seria muito triste deixá-los ir. Eu ficaria completamente devastada.

Lamur tentou tirar a asacéu dele, mas o soldado que o prendia era muito grande. Ele mal olhava para suas tentativas patéticas. *Essa seria uma boa hora para liberar a fera interior*, Lamur pensou, mas nenhum surto de força, violência ou raiva respondeu.

— Levem todos — anunciou a rainha Rubra. — Menos esse, claro.

Ela balançou Duna, como se o fizesse com um pombo morto. Ele tentou se soltar, os olhos arregalados.

— Quer dizer, de que me serve um dragão aleijado que não consegue voar? Estou surpresa que você ainda não tenha se matado, asareia. Mas eu posso cuidar disso para você.

— Não! — gritou Sol, saltando em direção a eles.

Mas já era tarde demais. Com um *crack* arrepiante, a rainha Rubra quebrou o pescoço de Duna e o largou no chão de pedra.

— Duna — uivou Sol. Ela passou por Rubra e se agachou ao seu lado, balançando-o com as patas.

Suas asas rasgadas amoleceram, e suas escamas roçaram contra a pedra. Seus olhos pretos tornaram-se vazio.

— Duna, acorde!

Lamur estava horrorizado demais para se mover, mesmo que conseguisse fugir do soldado asacéu. *Duna morreu, e é tudo culpa minha. Eu tive a ideia do sinal de fumaça. Eu trouxe os asacéu que mataram ele.*

Quem mais vai morrer por minha causa?

Quiri de repente disparou contra os soldados asacéu. Ela agarrou o que estava prendendo Cascata e o libertou.

— Avise aos Garras — rosnou, jogando Cascata no rio.

Antes que alguém pudesse parar, Cascata rolou pelo declive e mergulhou na água. Uma grande onda bateu contra as pedras e molhou todos os dragões. Ele desapareceu debaixo da superfície enquanto Lamur ainda piscava.

Lamur lembrou do vão apertado e do túnel longo pelo qual havia nadado. Cascata caberia ali? Ele chegaria ao lado de fora?

— Aaaaaah — disse a rainha Rubra, enxugando a crista com uma garra. — Os Garras da Paz. Espero que eles tentem atacar o palácio dos céus para salvar vocês. Isso *realmente* seria emocionante. Principalmente a parte em que trucidamos todos.

Os soldados asacéu trouxeram correntes e começaram a amarrar cada um dos dragonetes em metal pesado. Lamur encontrou os olhos de Glória.

— Se esconda — disse, apenas movendo a boca.

Ela balançou a cabeça.

— Sem chance. Eu vou com vocês — sussurrou.

O peso das correntes fez as asas e a cabeça de Lamur tombarem enquanto eles eram levados pelo túnel e para a luz externa. O sol escorregava pelo céu, jogando uma luz dourada através das montanhas.

Lamur observou o céu e pensou ter visto uma figura escura voar em círculos acima deles, vê-los e voar para longe. Ele pensou se tratar de Porvir, mas não se surpreenderia se o asanoite não tentasse salvá-los. Os asanoite nunca sujariam as garras. Eles entregavam profecias e diziam aos outros dragões o que fazer, mas ficavam fora da guerra e não lutavam.

O coração de Lamur doeu. Tinham chegado muito perto da liberdade, mas estavam em uma situação pior, bem pior que a anterior. Uma vida sob a montanha parecia uma prisão... mas ele sabia que nada se comparava a estar preso nas garras da rainha asacéu.

Reino de Gelo

Reino dos Céus

Sob a Montanha

Fortaleza de Flama

Reino de Areia

Gruta dos Escorpiões

Montanha de Jade

PARTE DOIS

NO REINO DOS CÉUS

Reino de Gelo

Reino dos Céus

Sob a Montanha

Fortaleza de Flama

Reino de Areia

Gruta dos Escorpiões

Montanha de Jade

CAPÍTULO QUATORZE

Os PRISIONEIROS DA RAINHA eram mantidos no céu.

Durante todo o primeiro dia, Lamur manteve os olhos fechados. Suas garras se prendiam tão firmes à rocha abaixo dele que Lamur começou a perder a sensação nas pernas. Uma olhada pela beirada — uma olhadinha para a queda vertiginosa abaixo dele — e ele temia que fosse perder a consciência e cair.

Com as asas dobradas e presas por travas de metal asacéu, cair significaria morte. Uma morte horrível, dolorosa e destruidora de ossos.

Por outro lado, ele não tinha tanta certeza assim que seria pior do que os planos da rainha Rubra para eles, fossem quais fossem.

Sua cela era no topo de um pináculo gigantesco de pedra. Uma plataforma rochosa estreita lhe dava espaço apenas para que andasse em círculos e deitasse. Era uma cela muito engraçada. Não tinha teto. Não tinha paredes. Havia apenas um céu aberto azul e um vento feroz assoviando em seus ouvidos dia e noite.

No segundo dia, um pedaço de carne o acertou no rosto.

A fome o forçou a abrir os olhos. Uma dragoa asacéu incomum voava em círculos ao redor do poleiro de Lamur. Ele achou que ela fosse só um ano ou dois mais velha que ele; seus chifres eram desenvolvidos, mas seus dentes ainda eram afiados e brancos, não embotados ou manchados. Linhas douradas corriam suas asas cor de bronze, e fumaça parecia sair de suas escamas e boca. Ela parou e pairou em sua frente. Seus olhos cintilavam, como duas chamas azuis pequenas, queimando através da fumaça. Lamur tinha quase certeza de que os asacéu normalmente tinham olhos laranja, âmbar ou amarelos. Ele se perguntou se havia algo de errado com aquela, como Sol.

Alguma coisa morta e sangrenta e carbonizada descansava na pedra em sua frente. Lamur olhou para o sangue, lembrou-se do formato do pescoço quebrado de Duna, e vomitou para fora da plataforma.

Para sua surpresa, a outra dragoa começou a rir.

— *Eca* — disse. — Que pena que o quartel não fica desse lado. Os guardas mereciam demais.

Sem um pingo de vontade, Lamur olhou pela beirada.

Sua torre de pedra era uma de centenas de pináculos, espalhadas em um círculo enorme. Quase todas tinham um dragão preso no topo. Como ele, cada um tinha travas finas de metal na parte mais externa de suas asas. No centro do círculo havia uma tigela de pedra, como um lago vazio, com areia no fundo e paredes brutas. Acima das paredes ele pôde ver filas de bancos, sacadas e cavernas para os espectadores olharem para a arena.

Na base dessa torre, havia apenas rocha nua. Mas de cima de onde estava, ele conseguia ver o coração do reino dos asacéu espalhado no topo da montanha. O palácio vasto da rainha Rubra se entalhava nas pedras cinza e pretas do pico. Metade dele se encontrava dentro de túneis e cavernas, enquanto a outra metade estava debaixo do céu e se pintava com defesas. Dragões cor de fogo pontilhavam a face da montanha, cavando e queimando novas extensões do palácio até se cobrirem de poeira e terra e se parecerem com os asabarro.

A guerra havia rasgado o reino com garras afiadas. Lamur viu torres quebradas, marcas de queimaduras ao longo de diversas paredes, e uma ravina quase cheia de ossos de dragão. Enquanto assistia, ele viu dois asacéu carregarem o corpo de um dragão vermelho e jogarem-no na ravina. Eles puseram fogo no corpo e pairaram por cima da fumaça por um tempo, as asas se roçando uma contra a outra. Então se viraram e voaram para longe, deixando o corpo carbonizar e tornar-se cinzas e ossos chamuscados.

Ao longe, para o leste, Lamur conseguia ver a linha cintilante e azul do mar.

Ele também notou fios finos que se enroscavam nas suas pernas e pescoço. Havia estado muito assombrado e confuso para prestar atenção ao que os asacéu tinham feito com ele ao chegarem.

Os fios se esticavam dele para os pescoços e pernas dos outros prisioneiros, que também os exibiam. Um se direcionava para sua esquerda, para uma perna de uma asagelo cor de lua na outra coluna, que dormia com a cauda acima do nariz. Um fio estava preso ao dragão à sua direita, um asareia fumegante cuja caminhada fazia o fio balançar. Os últimos três fios serpenteavam atrás do círculo. Ele não saberia dizer aonde iam; desapareciam em uma teia emaranhada acima da tigela, conectando todos os dragões capturados.

Então mesmo que os prisioneiros da rainha Rubra conseguissem voar, todos teriam que subir ao mesmo tempo... e então uma centena de prisioneiros estariam presos uns aos outros. Não conseguiriam ir muito longe daquele jeito. Ele se perguntou o que aconteceria se um dragão caísse de seu pináculo. Os fios levariam todos juntos para uma queda?

— Você não vai comer? — perguntou a asacéu que batia as asas ao redor dele.

— Não estou com fome — disse Lamur, pondo a cabeça debaixo da asa. Ele conseguia ouvir as asas dela batendo enquanto o circulava algumas vezes mais.

— É a coisa errada? — perguntou. — Eu não sei o que os asabarro comem. Nós nunca tivemos um antes. Você sabe, porque estamos do mesmo lado da guerra. Isso seria meio grosseiro. Prender eles, no caso. Mas você é um dos Garras da Paz, então os asabarro não vão ligar pro que a gente fizer com você. Anda, você tem que comer.

— Por quê? — perguntou Lamur, mantendo a cabeça escondida.

— Porque eu não quero que você morra antes que eu possa te matar — disse ela, o tom tão óbvio que demorou um tempo até Lamur entender o que ela dissera. Ele pôs o focinho para fora e a fitou.

— Eu nunca lutei contra um asabarro — disse ela, escapando dos fios enquanto continuava girando ao redor dele. — Já que a gente é aliado e tal. Então eu tô supercuriosa. Eu acho que é bem diferente de lutar com os asamar e os asagelo. Mas Sua Majestade vai fazer você lutar com os prisioneiros normais primeiro, então se você morrer, eu não vou poder lutar com você.

— E isso seria terrível — disse Lamur.

— Exato. Não vai ser nada fogaréu. Mas fogaréu *de verdade* vai ser lutar contra o asanoite. Ninguém viu nada assim antes. E se ele puder ler minha mente e souber o que eu vou fazer antes de fazer? — Ela virou as asas e passou por debaixo de Lamur. — Pelo menos *ele* tá comendo. Ei, será que ela vai fazer vocês lutarem entre si? Mas aí eu só vou poder lutar com um de vocês. Você acha que eu conseguiria vencer um asanoite? Talvez não, né?

— Estelar? — perguntou Lamur. — Ele está bem? Onde ele está?

Ele levantou-se e procurou no círculo de prisioneiros. Não era tão ruim assim se não olhasse para baixo.

Podia ver vários dragões azuis e verdes que deviam ser asamar, mas nenhum estava perto o suficiente para que ele pudesse ver se era Tsunami. A maioria dos presos era asamar, asagelo ou asareia — provavelmente prisioneiros de guerra. Alguns poucos eram asacéu vermelhos ou laranja. Ele supôs que se tratava de subordinados que haviam descontentado a rainha.

Só um prisioneiro era todo preto, da cor da noite, e estava praticamente do lado oposto de Lamur. *Tão longe*. Lamur não conseguia ver seu rosto, mas conseguia perceber que Estelar estava sentado imóvel, em sua conhecida postura de estalagmite assombrada, a cabeça tombada.

Se ele pudesse ler mentes! Lamur desejou desesperadamente que pudesse mandar uma mensagem através da arena. Apesar de que não sabia o que diria... talvez que se arrependia de todas as vezes que havia provocado Estelar ou escondido seu pergaminho favorito ou choramingado sobre estudar.

— Tá vendo ele? — perguntou a asacéu. — Ele não fala muito.

Lamur bufou.

— Peça pra ele te ensinar alguma coisa. Tipo como os dragões formaram nações e tomaram Pyria dos sucateiros durante a Queimada. Aí você não vai conseguir fazer ele parar de falar.

— Eu vou tentar — disse ela, aparentemente sem entender que Lamur estava brincando.

Ele apertou os olhos para ela. A luz ali em cima era muito brilhante, e ficava ainda mais quando refletia nas escamas fumegantes e cor de bronze.

— Quem é você? — perguntou ele. — Você é uma guarda?

— Eca, não. Meu nome é Tormenta — disse ela, orgulhosa. — A campeã da rainha. Qual é o seu nome?

— Lamur — respondeu ele. — O que você quis dizer sobre lutar comigo? Por que a gente tem que lutar?

— Caramba — disse ela. — Você tá falando sério? Você andou morando numa caverna ou algo assim?

— Mais ou menos — disse Lamur, com uma careta.

— Sério? — Ela entortou a cabeça, curiosa, e pensou por alguns segundos. — Tá bom. Aquela é a arena da rainha.

Ela apontou com a cauda para a tigela abaixo deles.

— Tem uma luta quase todo dia para o divertimento de Sua Majestade. Se você ganhar o suficiente, você está livre.

— E quantas vezes são o suficiente? — perguntou Lamur.

— Sei lá — disse ela. — Ninguém nunca conseguiu. Sua Majestade sempre me manda lutar contra os dragões que já ganharam algumas, e eu sempre os mato.

Ela deu de ombros, movendo as asas.

— Eu sou bem perigosa.

E provavelmente doida, Lamur pensou. *Quantas vidas ela já tirou? Ela tá contando? Ela se importa?*

— O que é que você tá procurando? — perguntou Tormenta.

Lamur continuou olhando os prisioneiros ao redor do círculo desde que havia achado Estelar, mas não conseguia encontrar nenhum dragão dourado pequeno ou um de cores incomuns. Onde estavam Sol e Glória?

— Os outros dragões que foram trazidos comigo… — disse. — Você sabe onde eles estão?

— A asamar tá ali — disse Tormenta, girando acima dele e apontando para uma dragoa de coloração azul-escura, no meio do caminho entre ele e Estelar.

Lamur conseguiu reconhecer a cauda irritada de Tsunami chicoteando.

— Chato — acrescentou Tormenta. — Já lutei com vários asamar. Fácil, depois que você aprende os truquezinhos deles.

Tenho certeza que Tsunami tem alguns truquezinhos que você nunca viu antes, Lamur pensou.

— E a asachuva?

Ela entortou a cabeça para ele.

— Tem uma asachuva aqui?

— Você não pode lutar com ela — ele se apressou a dizer. — Eles não têm defesas, não seria justo.

— Eu faço o que Sua Majestade me mandar fazer — disse Tormenta. — Mas eu não vi nenhuma asachuva. Eles não trouxeram ela para a arena.

— Tem uma asareia também — disse Lamur, desesperado. — Ela é bem pequena e dourada, e é meio esquisita…

— Não vi nenhuma dragoa assim — disse Tormenta. — Mas vou ficar de olho, se você quiser.

Ela deu uma cambalhota lenta no ar e acenou com as asas para ele.

— É melhor eu me aquecer. Torça por mim! — Tormenta mergulhou para a arena, mas de repente voltou para ele. — Ei, obrigada por falar comigo, Lamur. A maioria dos dragões se recusa.

Ela deu a volta por sobre a cabeça dele e voou para longe novamente antes que ele pudesse pensar em alguma resposta.

Ele assistiu seu formato brilhante, bronze, descer em uma espiral para a areia lá embaixo. Alguns outros dragões estavam na arena, limpando ou dando uma olhada nas paredes ou cuidando dos assentos. Lamur notou que todos correram para longe de Tormenta. Aonde quer que fosse, dragões fugiam, como se ela tivesse alguma nuvem venenosa ao seu redor. Nenhum deles sequer a olhava.

Tormenta não parecia ligar. Ela andou pela arena como se soubesse que todos sairiam de seu caminho. Sua cabeça virava a todo o momento na direção da maior sacada de pedra, que se projetava de uma caverna acima do resto da arena. Por fim, ela sacudiu a cauda e desapareceu por uma entrada escura em um dos lados da parede da arena.

Lamur abaixou-se para espiar pela beirada. Ele se segurou firme com as garras e lutou contra a náusea vertiginosa causada pela vista. O cheiro de coelho morto não ajudava. Ele se perguntou se conseguiria acertar algum soldado asacéu se jogasse a carcaça de lá de cima. Não se lembrava da última vez que comera — tinha sido antes de Porvir aparecer sob a montanha? Aquilo não havia sido uma vida inteira atrás? —, mas seu apetite comumente descomunal parecia tê-lo abandonado.

Enquanto observava, dragões começaram a preencher os assentos lá embaixo. Praticamente todos eram asacéu, mas ele também conseguiu ver alguns asareia de um amarelo-pálido ou de escamas brancas. Havia também um ou dois asabarro. Seu coração saltou no peito. Sua própria espécie! Eles sabiam que ele estava lá em cima? Eles exigiriam sua soltura se descobrissem, mesmo que supostamente fosse um dos Garras da Paz?

Então os asabarro e os asacéu eram aliados de guerra. Lamur nunca fora capaz de lembrar-se disso antes, mas agora tinha certeza que conseguiria.

Quem me dera Estelar tivesse pensado em me acorrentar a uma torre e promovesse lutas de gladiadores abaixo de mim. Eu talvez me tornasse um excelente aluno.

Ele não sabia quanto demorou para a arena encher, mas o sol estava brilhando no alto quando dois dos guardas sopraram as trombetas. Todos os outros dragões se colocaram em posição de sentido. Por cima do estádio, cabeças inclinaram, asas se remexeram, patas cruzaram e o silêncio cobriu a espera.

A rainha Rubra surgiu na sacada enorme e abriu as asas, deixando que a luz do sol refletisse em suas escamas laranja. Os silvos cheios de fogo de todos os dragões reunidos foram suas boas-vindas. Lamur conhecia aquele som apenas como o aviso de que Quiri estava prestes a cuspir fogo em sua direção. Levou algum tempo para que ele percebesse que os dragões asacéu silvavam com respeito.

Ele semicerrou os olhos em direção aos dragões ao redor da rainha. Vários guardas asacéu enormes tomaram suas posições ao longo da sacada, e dois deles se moveram para trazer algo até a luz do sol. Parecia uma árvore sem folhas, uma forma sinuosa com quatro galhos, entalhada em uma única peça de mármore cinza-pálido. Enrolada nos galhos, sua cauda envolvendo o tronco, uma dragoa da cor de pétalas vermelhas de rosa. Mas ao ser atingida pela luz do sol, novas cores explodiram em suas escamas — uma constelação de brilho dourado, galáxias de espirais violeta, nebulosas de um azul-pálido.

Lamur prendeu a respiração, e ao mesmo tempo ele ouviu suspiros e murmúrios se espalharem pela multidão abaixo.

Era Glória, e ela era ainda mais estonteante na luz do sol do que ele esperava.

Uma corrente delicada de prata a prendia à escultura de árvore. Parecia fraca e fácil de quebrar, mas Glória não parecia interessada em escapar. Ela esticou o pescoço em direção ao sol, ignorando o público, então se envolveu nos galhos novamente e fechou os olhos.

Os guardas posicionaram a árvore de Glória em um dos cantos da sacada, e a rainha deu um passo à frente.

— Bem? — disse ela, em uma voz manhosa e sorridente, que se arrastou pela arena até os prisioneiros. — Gostaram de minha nova peça de arte?

Arte!, Lamur pensou, furioso. *Como se Glória não fosse nada além de uma tapeçaria pra pender na parede, não uma dragoa com sentimentos e ideias e um destino e amigos que ligam para ela.*

Mas por que Glória não estava lutando?

E onde estava Sol?

Dragões nos assentos mais baixos começaram a aplaudir, então todo o estádio trovejou com a batida de asas e patas. A rainha Rubra deixou-se descansar em um pedregulho largo e liso, parecendo satisfeita, e moveu a cauda exigindo silêncio.

— Tragam os combatentes — disse ela.

Tormenta surgiu pelo túnel, acenando para a multidão. Lamur notou que os aplausos morreram, como se a maioria dos dragões não tivesse certeza de que queria torcer por ela.

Enquanto isso, três dos guardas asacéu voaram até o prisioneiro à direita de Lamur. Um deles prendeu a cauda venenosa do asareia e a deixou fora do caminho. O asareia lutou, sibilou e uivou xingamentos irritados, enquanto os outros dois soltavam seus fios e os prendiam no centro da plataforma.

Lamur pensou por um momento que o prisioneiro se jogaria pela beirada, apesar das travas que ainda prendiam suas asas. Mas os guardas o prenderam firmemente e o levaram para as areias lá embaixo. Eles o soltaram em um monte no meio da arena.

Tormenta virou-se para olhá-lo, os olhos cintilantes.

Lamur percebeu, com o estômago revirado, que ele estava a ponto de assistir à morte de um dragão.

CAPÍTULO QUINZE

LAMUR NÃO QUERIA VER, mas sabia que, se precisasse lutar contra Tormenta um dia, ele deveria estudar sua técnica. Ele mirou as figuras distantes de Tsunami e Estelar. Parecia que também estavam assistindo atentamente, assim como a maioria dos prisioneiros acima da arena.

Um dos guardas asacéu se posicionou no centro da arena e bateu suas asas até que os dragões estivessem em silêncio. Ele se curvou à rainha e anunciou:

— Depois de quatro vitórias, Horizonte, o asareia, antiga e pouco sabiamente um soldado no exército de Fulgor, foi desafiado para um duelo contra a campeã da rainha, Tormenta. Garras afiadas, chamas acesas! Lutem!

Ele saiu da arena, deixando Tormenta e o asareia se encarando. Horizonte se encolheu na parede oposta, sibilando.

Tormenta se aproximou lentamente dele, balançando as asas cor de bronze para refletir a luz. Sua cauda longa serpenteava pela areia. Ainda parecia que havia fumaça saindo de suas escamas.

Horizonte abaixou-se, então de repente saltou por sobre a cabeça de Tormenta, fugindo para o outro lado da arena. Ele nem tentou cortá-la com as garras ou golpeá-la; nem tentou acertá-la com a cauda venenosa. Ele apenas fugiu.

Por que ele tem tanto medo dela?, Lamur se perguntou, desconfiado.

Tormenta se virou sem pressa e sorriu para Horizonte. Os olhos negros dele procuraram por uma rota de fuga. De repente, correu para o túnel.

De súbito, Tormenta já estava em seu caminho, acertando o peito do oponente com as garras. Não parecia ser mais que um arranhão pelo que Lamur conseguiu ver, mas Horizonte gritou em agonia e caiu de costas, debatendo-se na areia.

Tormenta continuou, fazendo mais um rasgo em um de seus lados. Horizonte gritou mais uma vez. Suas asas presas bateram em desespero, como se ele ainda tentasse voar. Calmamente, quase com gentileza, Tormenta pegou uma de suas asas e a prendeu contra o corpo do asareia.

Os gritos de Horizonte se intensificaram, tornando-se um urro longo e ensurdecedor.

Lamur não conseguia entender. Ela só o estava tocando, nada mais.

E então Tormenta o soltou e, enquanto ela se afastava, Lamur pôde ver a marca chamuscada da pata que ela deixara nas escamas de Horizonte. Parecia que ela o tinha marcado, queimando sua pele sem sequer cuspir fogo. Lamur apertou os olhos e percebeu que também havia fumaça subindo dos arranhões. Ela tinha fogo nas garras? Como aquilo era possível?

Ele olhou para a forma caída de Estelar, desejando que o asanoite estivesse perto o suficiente para explicar tudo a ele.

De repente, Horizonte atacou. Ele prendeu-se a Tormenta e atacou seus olhos e golpeou seu coração com a cauda.

Tormenta esquivou-se, escapando de suas garras, e o derrubou na areia. O ferrão de Horizonte refletiu nas escamas da dragoa com uma faísca que mais parecia um raio em miniatura e acendeu-se em chamas. Fogo envolveu a ponta venenosa, e Horizonte uivou de dor. Lamur nunca vira algo assim antes. Ele nunca escutara sobre dragões pondo fogo em outros dragões — principalmente só com o toque.

Horizonte bateu a cauda contra a areia, tentando apagar as chamas, mas Tormenta moveu-se ao seu redor. Ela disparou para arranhá-lo novamente, mas antes que ela conseguisse escapar, Horizonte virou-se e agarrou seus antebraços. Ele envolveu-a com as asas e afundou o rosto em seus ombros com um lamento agudo.

Tormenta congelou. Fumaça subiu dos dois dragões, e marcas escuras escalaram as asas de Horizonte até que começaram a se desintegrar e virar cinzas. Ele desabou lentamente no chão, e Tormenta se agachou, segurando-o com suas asas.

Um tremor violento percorreu o corpo do asareia. Ele se soltou de Tormenta e deitou-se de lado na areia. Queimaduras tinham derretido seu rosto, e suas asas estavam carbonizadas em fios pretos entre buracos largos. Suas patas tinham marcas de fogo no centro das palmas.

Surgiu de repente a Lamur uma lembrança. Quiri tinha as mesmas marcas de queimadura em suas patas. Será que ela havia lutado com Tormenta alguma vez, quando vivia no reino dos asacéu? Como tinha sobrevivido?

Tormenta levantou-se, encarando o asareia morto. Um murmúrio de desapontamento começava a se espalhar pela arena. Suas asas cor de bronze se moveram e ela virou-se para fitar a rainha Rubra.

A rainha suspirou e levantou-se.

— Bem, isso foi entediante — disse ela, e aumentou o volume da voz para se dirigir a todos os prisioneiros: — Espero que algum de vocês seja mais corajoso que essa criatura patética.

Lamur nunca se sentira tão pouco corajoso. Tormenta entrava em uma categoria totalmente nova de monstro. Se Horizonte não conseguira vencê-la, talvez forçar uma morte rápida — mesmo que horrenda — fosse uma ideia melhor do que morrer lentamente para o divertimento da rainha.

— Não se preocupem — disse a rainha para a multidão, estremecendo as asas. — Nós temos uma surpresinha para amanhã. Algo que nunca vimos antes! Com sorte, alguém vai *tentar* me entreter, diferentemente de *uns e outros*.

A rainha Rubra olhou para o corpo de Horizonte com escárnio, dirigindo seu franzir de cenho a Tormenta também. Tormenta curvou a cabeça e fitou a areia.

— Dispensada — disse a rainha com o aceno de uma garra. Ela se virou e desapareceu.

Lamur se inclinou o máximo que conseguiu ousar, vendo Glória dormir enquanto os soldados a devolviam para os túneis.

Talvez estivesse drogada. Talvez a rainha a tivesse ameaçado de alguma forma. Talvez estivesse doente, ou tivesse outra coisa terrivelmente errada.

Ele não sabia com o que se preocupava mais: com Glória, com Sol, que estava desaparecida, ou com Estelar, que talvez fosse jogado no campo de batalha no próximo dia. Era isso que a rainha queria dizer com "algo que nunca vimos antes"?

Estelar era bom com mapas e datas, fatos e testes, mas suas habilidades em combate garra a garra não eram das melhores.

Lamur não tinha certeza de que Estelar conseguiria sobreviver à arena.

CAPÍTULO DEZESSEIS

À MEDIDA QUE O sol começou a afundar por detrás das montanhas, Lamur cochilou, ainda preocupado com seus amigos e tentando pensar em algo que pudesse fazer.

Acordou com o cheiro de caça queimada e com o estômago roncando. Duas das luas estavam altas no céu, enquanto a terceira era um brilho de marfim difuso atrás de um pico distante. Seus olhos estavam afinal se acostumando com o tamanho de tudo. Aquela paisagem era exatamente oposta à qual crescera sob a montanha.

Lamur virou a cabeça em direção ao cheiro atrás dele e quase caiu da elevação com surpresa.

Tormenta estava empoleirada do outro lado da plataforma de pedra, com a cauda enrolada em suas pernas e as asas dobradas, como se tentasse ficar o menor possível. Mesmo assim, havia apenas a distância de uma cauda de dragão entre eles, e Lamur conseguia sentir claramente o calor saindo de suas escamas. Não era uma temperatura reconfortante como a de Sol e Duna. Era algo parecido com um vulcão em erupção.

— Ah, bom, finalmente — disse ela. A dragoa acenou ao monte de carne na pedra entre eles. — Eu te trouxe algo diferente. No caso, eu fiz os guardas me deixarem trazer. Espero que você não se importe que esteja um pouco queimado.

Ela abriu as patas dianteiras em um gesto estranho.

Lamur olhou para a carne, que cheirava como pato defumado. Ele queria, mas tinha medo de chegar perto de Tormenta. E se ela o queimasse, mesmo que por acidente?

— Eu vou ser cuidadosa — disse ela, adivinhando seus pensamentos. — Eu vou ficar bem paradinha, eu juro.

Ela fitou os outros prisioneiros.

— Eu só pensei que podia ser menos óbvio se eu sentasse aqui em vez de ficar voando ao seu redor.

Ela não falava como se fosse um monstro. Lamur não conseguia enxergar aquela dragoa tranquila na assassina brutal que havia observado mais cedo.

Ele trouxe o pato para mais perto, então o devorou em duas mordidas. Tinha gosto de cinzas e ele sentiu uma crocância estranha entre os dentes.

— Caraca — disse Tormenta. — Isso foi rápido. Quer mais?

— Tô bem — disse Lamur.

Ela raspou uma das garras na rocha.

— Quer que eu vá embora?

— Não — disse ele, e ela o olhou, surpresa. — Fique e converse comigo.

— Você não tem medo de mim? Agora que sabe o que eu consigo fazer?

— É claro que eu tenho — respondeu. — Mas você é uma companhia melhor que os pombos. Eles só falam sobre ninhos e em quem vão fazer cocô.

Tormenta deu uma risada. Ela pareceu muito mais aberta do que da primeira vez que haviam conversado. Ele estudou seu rosto sob o luar.

— Você… você tá bem? — perguntou ele.

Tormenta piscou algumas vezes. Em vez de responder, ela perguntou:

— Isso foi esquisito, não foi?

— O que foi esquisito?

— O asareia, Horizonte. O jeito como ele só desistiu. — Ela abriu e fechou as asas, e Lamur hesitou. — Por que ele faria isso? Eu tô fora de forma. Eu acho que deveria ter empurrado ele pra fazê-lo continuar lutando. Sua Majestade ficou bem irritada.

— Com você? — perguntou Lamur. — Isso não é justo.

Tormenta piscou novamente.

— Sério? — perguntou ela. — Não é? Não, a rainha tá certa. É minha responsabilidade fazer a luta ser animada se o outro dragão não conseguir.

— E por que você faz o que ela manda? — perguntou Lamur. — Você… gosta de lutar?

O que ele realmente queria saber era "você gosta de *matar*?", mas temeu a resposta. *Ele* gostaria de matar, se tivesse a chance de fazê-lo de novo, e de novo, e de novo, sem consequências? Aquele era o tipo de dragão que ele deveria ser? Ele gostaria de fazê-lo se fosse colocado no dia seguinte na arena?

— É claro — disse Tormenta. — Eu sou boa lutando, e não mais que isso. E ela é minha rainha. Eu sou a campeã.

— E por que você? — perguntou Lamur, arriscando se aproximar da pergunta real. *O que tem de errado com você?*

— Ninguém mais me quer — disse Tormenta, como se fosse óbvio. — Ninguém nem pode me tocar. Bem, você viu. Eu nasci com chamas demais. Normalmente quando dragões como eu nascem, os asacéu jogam eles do pico mais alto. Isso é o que minha mãe ia fazer, mas a rainha Rubra me salvou e a matou para puni-la.

Seus olhos ficaram frios quando ela disse "minha mãe".

— Uau — disse Lamur, com a voz fraca.

— Pois é — disse Tormenta. — Se quiser saber do resto da história, eu queimei meu irmão gêmeo em nosso ovo. Eu suguei todas as chamas dele e o torrei.

Ela deu de ombros, mas houve uma falha em sua voz.

— Eu ataquei os outros ovos do meu ninho quando eu nasci — disse ele. Foi estranho dizer em voz alta. — Pelo menos, foi o que os dragões mais velhos me disseram. Eles disseram que eu tentei matar meus irmãos. Eu não lembro.

Tormenta entortou a cabeça.

— Então talvez nós dois nascemos pra matar outros dragões — disse ela.

Lamur gostaria que ela não tivesse falado como se estivesse tão feliz com aquilo. *Talvez ela esteja certa. Talvez ela seja o monstro que eu poderia ser, se me permitisse.*

— Eu não quero fazer isso — admitiu ele. — Eu gosto de lutar, mas a única coisa que matei foi caça.

— Sua Majestade disse que eu deveria seguir minha natureza — disse Tormenta. — Foi assim que ela me criou, me deixando ser eu mesma, me dando dragões para matar. Talvez você se sentisse melhor se pudesse ser você mesmo.

— Eu espero que isso não seja quem eu sou — disse Lamur. Sob a luz da lua, a expressão de Tormenta mudou, e ele percebeu que tinha machucado seus sentimentos. — Não... não é que...

Ele gaguejou. *Bom trabalho, Lamur. Como você vai terminar essa frase? "Não é que seja errado ser um assassino"? Ou talvez "mas parece que tá sendo bom pra você"?*

— Quer dizer… talvez eu tenha nascido assim, mas isso significa que eu vou ser assim pra sempre? Eu quero ter uma escolha, é isso. Eu quero ser quem eu *quero* ser, não quem eu *tenho* que ser. Sabe? Você já quis… tipo, você nunca quis ser diferente, se pudesse ser quem você quisesse?

— Não — disse Tormenta, arranhando a pedra debaixo de suas patas. — Eu me aceitei e eu gosto de mim assim. Você deveria fazer o mesmo.

Alguma coisa fez barulho abaixo deles, e Tormenta saltou.

— Melhor eu ir — disse ela.

— Espera — disse Lamur. — Por favor. Com quem eu vou lutar amanhã? Você podia falar com a rainha? Diga a ela pra não mandar o asanoite. Ele não está pronto pra arena.

— É sério? — disse Tormenta. — Ela ficaria furiosa. Ela tá tão animada pra vê-lo lutar.

— Diga a ela que eu vou no lugar dele — disse Lamur. — Diga que eu tô pronto e eu prometo que vou fazer uma luta emocionante.

Tormenta já balançava a cabeça.

— Eu não posso. Ela me proibiu de falar com você. Ela já ficou bem chateada quando descobriu que eu te visitei antes. Eu acho que você não é como os outros.

— Bem… — Lamur parou, pensando. Aquilo era estranho. Por que a rainha Rubra se importaria se Tormenta falasse com ele? — Mas você veio ainda assim?

Ela moveu as garras e pareceu envergonhada.

— É, eu não sei por quê. Quer dizer, não pareceu justo. Eu gosto de conversar com você. Sua Majestade nunca tem tempo pra conversar comigo, e meu único amigo é velho e sempre conta a mesma história. Você é fogaréu.

Então ela não obedece todas as ordens da rainha Rubra. Bom saber.

Ele percebeu que ela olhava para ele ansiosa.

— Uh… — disse ele. — Você é… fogaréu, também?

Tormenta sorriu, dentes afiados e brancos brilhando sob a luz da lua.

— É isso que Sua Majestade diz. Ela é a única que liga pra mim. Ela gosta de mim do jeito que eu sou e ninguém nunca tinha feito isso. E agora tem você.

Eca, Lamur pensou. Ele não tinha certeza se *realmente* gostava dela do jeito que ela era. Ou se queria ser o melhor amigo de uma dragoa que planejava matá-lo em seguida.

Mas também havia alguma coisa não inteiramente horrenda sobre Tormenta. Uma estranheza e uma tristeza que ele achava que entendia. E talvez houvesse a chance de falar com ela para tirá-la da ideia de matança. Talvez fosse por isso que a rainha Rubra não queria que eles conversassem.

Enquanto isso, ele ainda tinha que focar em salvar Estelar.

— Olha — disse ele. — Será que você podia falar com ela sobre o Estelar, ainda assim? E se você fingisse que pensou nisso sozinha? Um asabarro ainda é algo novo, né? Então me mande primeiro e deixa ele pra depois. Além do mais, se ele morrer na primeira luta, seria um desperdício, não seria?

Ele engoliu a sensação terrível que subiu por sua garganta ao pensar em Estelar morrendo.

— Você acha que ele morreria? — perguntou Tormenta, correndo o olho pelo círculo de prisioneiros. Mesmo com a luz das luas, era difícil ver o amontoado escuro de dragão no pedestal de Estelar. — Ele não consegue usar os poderes dele? Lendo as mentes e tal?

Pobre Estelar. Lamur se perguntou se um asanoite normal, criado com outros asanoite, já teria seus poderes nessa idade. Estelar era diferente de outros asanoite? Lamur não queria que Tormenta e a rainha Rubra soubessem que Estelar não tinha poderes, mas ele também não queria que arriscassem a vida dele porque achavam que ele faria algo especial.

— Eles são um pouco imprevisíveis — tentou ele. — Ele ainda não amadureceu totalmente, sabe? Ele ainda está aprendendo a usar os poderes. Claro que são assustadores quando funcionam.

Ele esperava que os asacéu não tivessem nenhuma informação a mais sobre os poderes dos asanoite que os pergaminhos de Estelar.

— Ah... — disse Tormenta. — Faz sentido.

Sua cauda moveu-se por cima das patas enquanto pensava. Lamur tentou se aproximar um pouquinho da beirada de sua pedra, longe do calor insuportável.

— Tá bom — disse ela finalmente. — Vou tentar.

— Obrigado — disse Lamur.

Tormenta abriu as asas para voar, mas hesitou, fitando-o.

— Você não faria isso, né?

Lamur tentou entender do que ela falava.

— Se matar desse jeito — disse ela. — Do jeito que Horizonte fez.

Ela tossiu, e um pequeno anel de fumaça escapou de seu focinho.

Lamur não tinha ideia do que faria se tivesse que lutar contra Tormenta. Parecia muito mais assustador do que nadar no rio subterrâneo. Ele olhou para seus olhos azuis e percebeu que ela parecia preocupada.

— Acho que não — respondeu, com sinceridade. Ele não se via escolhendo morrer daquele jeito. Ele não achava que tinha essa coragem.

— Ah, que bom — disse ela. — Eu gostaria muito mais de te matar de uma forma justa. Bom, boa noite.

Ela saltou no ar e bateu as asas, jogando uma onda de calor para as escamas de Lamur.

Ele se sentiu bastante desconfortável ao vê-la descer em uma espiral para a arena.

Tormenta era a primeira dragoa que ele conhecia fora da montanha, se não contasse com a rainha Rubra. Talvez ela não fosse tão estranha quanto ele pensava. Talvez a mudança de uma conversa amigável para uma matança violenta fosse normal para dragões.

Mas, de certa forma, ele achava que não.

Ela estava certa sobre sua verdadeira natureza? Se ele fosse criado como ela, matando dragões e alimentando sua fera interior, talvez ficasse menos preocupado todo o tempo. Talvez ele precisasse aceitar aquela parte dele, como ela disse, para ser forte como Quiri esperava. Mas seus amigos gostariam dele desse jeito? Ele seria mais ou menos digno da profecia?

Uma coisa era certa. Assim que acabasse na arena, ele descobriria bem rápido como se sentiria matando.

CAPÍTULO DEZESSETE

NA MANHÃ SEGUINTE, TRÊS asacéu vermelho-sangue chegaram para desamarrar Lamur.

— O que está acontecendo? — perguntou Lamur, nervoso, enquanto soltavam os fios ao redor de suas pernas.

Ele havia se acostumado com a sensação de que algo o seguraria caso caísse, mesmo que fosse doer.

— Audiência particular com a rainha — disse um deles.

— É uma coisa boa? — perguntou Lamur. — Ou ruim? Nunca fui um prisioneiro antes. Quer dizer, tecnicamente, eu meio que talvez tenha sido, mas não desse jeito. Aqui é bem mais… fresco. E ainda tem a rainha, isso é novidade. Ela normalmente se encontra com prisioneiros? Talvez pouco antes de deixá-los livres?

— Cala a boca — rosnou o guarda que respondera antes.

— Claro, sim — disse Lamur. — É só que eu estava pensando sobre os outros dragonetes que estavam aqui comigo e seu eu pudesse só…

Um dos guardas apertou o fio ao redor do pescoço do asabarro e sibilou:

— Mais uma palavra e teremos um *acidente* bem triste no caminho para a sala do trono.

Lamur olhou pela beirada e fechou a boca o mais firme que conseguiu. Até aquele momento, parecia que todos os asacéu eram tão rabugentos quanto Quiri.

Para início de conversa, ele percebeu que se esquecera de se preocupar com Quiri. A rainha tinha dito algo sobre um julgamento, e elas duas conversaram como se já se conhecessem. Ele moveu o pescoço, procurando por ela em meio aos prisioneiros, enquanto os guardas o levavam até a arena, mas nenhum dos asacéu vermelhos ou alaranjados nos pináculos era da cor ou do tamanho certo.

Lamur notou, com um arrepio apavorado, que o poleiro de Estelar estava vazio. Talvez o asanoite tivesse sido levado enquanto Lamur dormia, mas por quê?

Ao chegar no chão arenoso, Lamur tentou olhar para cima, buscando Tsunami, e viu mais três asacéu perto dela. Eles estavam tendo bastante dificuldade para se aproximar; ela brigava e chicoteava a cauda poderosa, com fúria.

Ops, pensou Lamur. *Eu deveria ter feito isso?* Ele não havia resistido aos guardas de forma alguma. Olhou ao redor da arena, perguntando se deveria tentar fugir. Porém, suas asas ainda estavam presas, e só havia uma saída. Considerando que os guardas já o estavam levando para lá, parecia um pouco sem sentido se libertar para correr exatamente para onde já estavam indo.

Então ele os deixou liderar o caminho para o túnel esfumaçado, iluminado por tochas flamejantes e pela ocasional luz externa que atravessava a rocha acima. O túnel era largo o suficiente para três dragões andarem lado a lado, com as asas abertas. Ele se inclinava para cima por dentro da montanha, entrando no palácio que Lamur vira da sua cela elevada.

Em um momento, passaram por uma caverna larga com janelas altas e estreitas cortadas contra a parede, jogando faixas de luz solar no piso de pedra. Uma piscina separava a caverna do túnel. Em uma parede ele viu um retrato da rainha Rubra, olhando de cima para baixo, majestosa. Lamur notou o brilho de algumas escamas bronze no chão e se perguntou se ali era o quarto de Tormenta. Não havia mais nada na caverna. Ele achou que ela provavelmente não poderia dormir em pele de animal ou em pergaminhos lidos, porque seu toque os queimaria.

Mas se lutar era tudo o que ela sabia fazer, por que a rainha não havia mandado Tormenta para a guerra? Por que ela era mantida ali para lutas de gladiadores?

Talvez a rainha Rubra não confiasse tanto assim no poder que tinha sobre Tormenta. Se ela fosse solta no mundo, talvez percebesse que não precisava ser uma assassina... ou talvez decidisse matar quem tivesse vontade, sem esperar pela permissão da rainha.

Logo, Lamur escutou o tilintar e o bater e o conversar à frente, como se uma multidão de dragões estivesse se apressando para algo. Então a passagem se abriu em um salão extenso, e ele viu que aquilo era exatamente o que escutava.

Ele estava em pé em uma sacada sem balaustrada, dois níveis acima do chão. A sacada corria toda a extensão ao redor do saguão em um quadrado amplo, e acima Lamur pôde ver mais cinco níveis de sacadas, e acima disso, céu aberto. Dragões corriam de um lado para o outro, brilhando na luz. Janelas largas cortavam as paredes por todo o caminho acima, então o saguão se inundava de luz do sol. Os andares ardiam como se pequenos rios de fogo corressem por eles.

Quando Lamur olhou mais atentamente, viu um desenho de pegadas, ornamentado de ouro, correndo a pedra debaixo de suas patas. Veios de ouro tinham sido esculpidos nas paredes também, alguns se tornando chamas ou desenhando formas como nuvens na rocha.

Lamur lembrou-se de ter pensado que a rainha devia ser muito rica. Aquilo também mostrava o tamanho de seu poder. Mesmo com tanto ouro ao alcance das unhas, nenhum dragão ousaria tomá-lo para si.

Os guardas o empurraram na direção para onde as pegadas de ouro iam. Lamur seguiu a trilha, olhando ao redor para os dragões se movendo pelo saguão. Alguns asacéu voavam de nível para nível, saltando pelo grande vão, desviando de asas e caudas. Alguns trocavam pequenos pergaminhos de mensagem no meio do ar; outros carregavam baldes de água, peles de animal ou pratos de comida. Todos pareciam muito ocupados ou *tentando* parecer muito ocupados.

Lamur viu uma dragonete laranja voando para o nível mais alto com um balde de água com sabão preso em suas garras. Ao alcançar a sacada do topo, sua cauda se enrolou com outra e ela perdeu o equilíbrio. Ela se jogou para o elevado e derrubou o balde, que caiu todos os oito andares, passando com um assovio por Lamur e os guardas.

Um momento depois, escutou-se um *clang* e então um rugido furioso silenciou o tumulto. Todos os dragões no salão olharam para baixo.

Um rugido furioso e *familiar*.

Lamur correu para a beirada da sacada e olhou para baixo. No fundo do saguão, debaixo de uma grade de metal, uma dragoa estava presa como um esquilo. O balde rolava nas barras de ferro. Toda a espuma e água tinham se derramado por sobre a prisioneira.

Era Quiri. Ela se agarrou na grade e a balançou com raiva, enquanto um murmúrio de diversão correu o saguão.

Lamur não teve chance de ver mais nada além disso. Os guardas o empurraram de volta e o colocaram na trilha de pegadas douradas.

Ele se perguntou se aquela seria uma cela especial para prisioneiros particularmente ruins, e se fosse, o que Quiri teria feito para merecê-la. Ela nunca tinha falado sobre sua vida antes dos Garras da Paz ou por que fugira do reino dos asacéu. Ele sempre imaginou que ela tinha sido expulsa por ser muito rabugenta. Se bem que isso a faria se encaixar ali.

Então teve de parar de pensar em Quiri ao ser empurrado para a sala do trono da rainha Rubra.

A rainha se sentava no topo de uma coluna de pedra esculpida no formato de nuvens, olhando de cima para os dragões no chão abaixo dela. A parede do lado oposto era totalmente aberta para o céu, revelando uma queda íngreme e pedras irregulares no fundo. O caminho dourado nas pedras e chão seguia até o topo, como se um dragão gigante tivesse cambaleado pela sala, vomitando ouro por todo o lugar. Lamur mal podia ver através do brilho da luz do sol refletida.

Então seus olhos se acostumaram e foi quando viu Glória, deitada ao longo de sua árvore debaixo do sol. Ela tinha os olhos fechados e parecia mais relaxada do que ele já vira antes. Um pulso lento de lágrimas escarlate passeava por sobre suas escamas douradas e azul-marinho. Dois soldados asacéu se colocavam de forma ameaçadora na frente dela, bloqueando a passagem de Lamur.

Estelar se curvava, submisso, em frente à rainha. Lamur se afastou de seus guardas para agachar-se ao lado de seu amigo.

— Você tá bem? — sussurrou. Estelar fitou a rainha e deu um leve aceno de cabeça.

— O que o asanoite está tentando lhe dizer é que é *grosseiro* falar com qualquer pessoa antes da rainha em sua própria sala do trono — disse a rainha Rubra. — Primeiro se curve a mim, então fique quieto até que eu me dirija a vocês. Sério, o que ensinam a dragonetes hoje em dia? É tão desrespeitoso.

— Perdão — murmurou Lamur, tentando imitar a postura de Estelar.

Por alguma razão, suas patas não se dobravam de forma tão elegante. Suas asas pareciam se dobrar em ângulos esquisitos. Ele tentou olhar Glória por baixo de um braço e quase caiu de cabeça no chão.

A rainha Rubra arqueou as sobrancelhas incrustadas de joias e fungou com desaprovação.

Lamur tentou ficar tão imóvel quanto possível.

Uma eternidade se passou. Não havia outros dragões na sala do trono além dos guardas ao redor de Glória e os três na porta que haviam trazido Lamur. Não havia sinal de Sol em lugar algum.

A rainha Rubra estudou cada uma de suas garras, uma por uma. Vez ou outra ela as afiava na pedra ao seu lado.

Finalmente escutaram uma comoção no túnel do lado de fora. Lamur não conseguiu segurar a vontade de olhar por sobre o ombro quando reconheceu a voz de Tsunami gritando impropérios. Um grupo grande de asacéu apareceu trazendo a asamar. Ela ainda tinha vários dos fios estranhos ao seu redor, prendendo as patas ao lado do corpo e a cauda poderosa. Sua cabeça ainda se debatia, tentando morder cada um deles, de modo que eles estavam tendo problemas para movê-la mais que alguns passos de cada vez.

Enfim eles a puseram ao lado de Lamur, e todos os guardas saltaram para longe. Lamur viu, satisfeito, que mais de um guarda tinha arranhões longos e marcas de mordida que pareciam o trabalho de Tsunami.

— Bem, olá — disse a rainha, parecendo entretida. — Estivemos esperando por vocês. Eu imagino que estejam aproveitando a estadia?

— Isso é um ultraje — silvou Tsunami. — Como você pode tratar dragões desse jeito? Especialmente nós! Somos…

— Dragonetes do destino, certo, que emocionante — disse a rainha Rubra. — Eu entendo que vocês passaram os últimos seis anos debaixo da terra, então suponho que ainda não tenham escutado o seguinte: nem todo mundo *quer* que essa guerra acabe.

Estelar se remexeu à esquerda de Lamur, que pôde notar que ele queria argumentar. Mesmo assim, o asanoite se manteve em silêncio.

— Pessoalmente, acho que a guerra é bem divertida — continuou a rainha. — Eu arranjo vários desafiantes nos campos de guerra para minha arena. E é uma distração formidável para todos esses dragões que, em outro contexto, poderiam me desafiar pelo trono. Ninguém mais tentou nesses últimos oito ou nove anos. Me poupa de muita confusão.

— Então pra você tudo bem que centenas de dragões tenham morrido no mundo inteiro — cuspiu Tsunami.

A rainha lhe deu um olhar de pena.

— Como se você soubesse algo sobre isso. Você já esteve em uma batalha real? Você já viu centenas de dragões morrerem? Você realmente sabe de alguma coisa sobre essa guerra?

A boca de Tsunami abriu e fechou algumas vezes.

— Nós estudamos — disse, feroz. — Sabemos que é horrível. Sabemos que muitos dragões inocentes estão se ferindo.

— É muito fácil dizer que a guerra é horrível — disse a rainha Rubra, balançando uma pata. — Mas é muito mais difícil resolver esses problemas *sem* uma guerra. Especialmente quando se trata de dragões. Lutar é natural para nós. Você sabe disso. Você me atacou sem nem me conhecer.

Ela mostrou a cauda, e Lamur viu o ferimento vermelho em suas escamas. Ele se sentiu enjoado e culpado. Será que poderiam ter feito alguma coisa em vez de atacar? Algo teria sido diferente se tivessem encontrado uma saída pacífica?

Tsunami pareceu perturbada.

— E quem deveria ser a próxima rainha asareia? — perguntou Rubra. — Flama, Fervor ou Fulgor? Eu adoraria saber se vocês já decidiram, com toda a vasta experiência da sua caverninha subterrânea confortável.

— Não é culpa nossa — disse Tsunami. — Nós queríamos sair para o mundo.

A rainha Rubra pareceu entretida novamente.

— É isso que vocês acham — disse ela. — Que engraçado. Como se fossem conseguir sobreviver aqui fora por tanto tempo. Seus guardiões *disseram* o que aconteceu com todos os outros dragonetes nascidos na noite mais brilhante, não disseram?

Lamur inspirou pesado. Ele e Tsunami trocaram olhares, mas Lamur não entendeu. Os guardiões nunca haviam mencionado nenhum outro dragonete nascido na noite mais brilhante, como eles.

— Tsc, tsc — disse a rainha Rubra, vendo a surpresa em seus semblantes. — Bem, não vou entrar em detalhes, mas foi muito triste.

— Com licença — disse Lamur. Estelar pisou em sua pata, tentando fazê-lo calar-se, e Lamur o empurrou. — Ai, para! Eu tenho uma pergunta! Licença, Vossa Majestade. Onde está Sol? Ela está bem?

— Ah, a asareia esquisitinha? — indagou a rainha Rubra. — Acho que Flama vai gostar bastante dela. Ela coleciona curiosidades. Vocês deveriam ver o palácio dela. É bem horripilante, cheio de lagartos com duas cabeças, patas de dragão com sete dedos e sucateiros empalhados com a pele mais pálida que vocês já viram na vida.

Ela estremeceu.

— Aquela dragonete deformada vai ser o presente perfeito para ela.

— Você não pode dar Sol para Flama! — gritou Tsunami, exaltada. — Nós temos que ficar juntos!

— Eu posso fazer o que eu quiser — disse a rainha Rubra. — Este é o meu reino.

— E Glória? — perguntou Lamur. — O que tem de errado com ela?

— Não tem nada de errado com ela — disse a rainha. — Ela é perfeita, se quiser saber. Um acessório maravilhoso para minha sala do trono.

— Mas por que ela tá toda... sonolenta? — perguntou Lamur.

— Os asachuva são criaturas naturalmente preguiçosas — disse a rainha Rubra. — Você não percebeu? Se bem que os asabarro não são conhecidos pelo cérebro, não é?

Lamur olhou para Glória. O olho dela estremeceu? Ele estava imaginando um movimento suave em suas asas? Ela dormia, ou estava ouvindo? Por acaso ela não se importava com o que a rainha dizia sobre ela?

— Você tem que nos deixar ir — disse Tsunami. — Você não pode parar a profecia e nós vamos...

— Cale-se — disse a rainha, e um dos soldados golpeou Tsunami com uma vara longa. — Essa animação toda já está me dando nos nervos. Agora escutem. Em dois dias, nós teremos uma grande celebração para o meu dia da incubação. Eu quero vocês três sendo emocionantes e ferozes na arena para mim. Mas eu também prometi aos meus súditos que a luta de hoje seria animada, então se eu colocar um de vocês nela, seria respeitoso que vocês ganhassem. Pois bem. O asanoite está pronto? Qual de vocês tem mais chances de ganhar uma luta até a morte contra... não sei... um asagelo?

— Eu — disseram Lamur e Tsunami ao mesmo tempo. Estelar desceu os olhos para suas patas, parecendo entristecido.

— Que lindo — disse a rainha, semicerrando os olhos para eles. — Mas falem sério.

— Eu! — disse Lamur. — Eu sou um ótimo lutador. Me coloque.

Não havia chance de ele ficar assistindo enquanto Tsunami era trucidada. Especialmente porque os outros precisavam muito mais dela do que dele, se fossem ter alguma chance de escapar daquele lugar.

— Você tá louco — gritou Tsunami. — Eu ganho de você toda hora. Eu sou a mais forte de todos nós.

— Não *toda hora*! — disse Lamur. — E um asabarro seria muito mais empolgante que outra asamar, não seria?

A pergunta foi para a rainha.

— É verdade... — A rainha pareceu considerar.

— Mais uma asamar! — gritou Tsunami, enfurecida. — Como você ousa? Você sabe que eu sou uma lutadora melhor!

— Eu amo esse entusiasmo, dragonetes — disse a rainha, batendo suas asas. — Guardas, tirem esses dois daqui.

Ela apontou para Tsunami e Estelar com a cauda. Os asacéu vieram em sua direção, olhando os dentes à mostra de Tsunami com desconfiança.

— E quanto a esse daqui... — A rainha Rubra tinha os olhos estreitados para Lamur, fendas amarelas perversas. — Preparem-no para a arena.

CAPÍTULO DEZOITO

DEMOROU ATÉ QUE LAMUR tivesse areia debaixo das patas e escutasse o rugido dos dragões nos bancos para que entendesse que não pensara direito em seu plano.

Ele não tinha a menor ideia de como seriam suas habilidades de batalha contra um dragão desconhecido. Sua mente se esvaziou quando os guardas asacéu soltaram um asagelo furioso no chão do lado oposto ao seu. Ele sabia alguma coisa sobre os asagelo?

O sol ia alto no céu, e estava muito mais morno na arena do que nos pináculos da prisão. Lamur podia ver gotas de um líquido prata pingando das escamas azul-glaciais do asagelo. Acima deles, a rainha Rubra sorriu um sorriso cheio de malícia, com Glória dormindo serenamente ao seu lado.

O mesmo arauto asacéu do dia anterior marchou para o centro da arena e bramiu para a multidão:

— Depois da batalha do mês passado contra a armada de Fulgor, as masmorras de nossa rainha ficaram lotadas de prisioneiros de guerra asagelo. Apenas nove sobreviveram. Depois de duas vitórias, eu lhes dou… Fiorde, dos asagelo!

Fiorde chicoteou a cauda e rosnou para Lamur.

— E neste canto, um caso incomum: um asabarro, mas não um de nossos aliados. Não, esse dragonete foi encontrado se escondendo sob nossas montanhas, protegido pelos Garras da Paz. Ele é um dos dragonetes do destino? Não, se perder essa luta!

Um murmúrio alegre se espalhou pelos assentos; mas, nos rostos mais próximos, Lamur pôde ver expressões como desconforto e, ele achava, preocupação. Ele viu um grande asabarro em uma das sacadas, franzindo o cenho em sua direção. *Tente parar isso*, Lamur pensou na direção dele, rezando o máximo que conseguia. *Faça alguma coisa! Eu sou um de vocês!*

Mas o asabarro desviou o olhar, como se não quisesse assistir, mas não conseguisse ir embora.

O arauto asacéu continuou:

— Se esses dragonetes profetizados são tão magníficos e lendários quanto deveriam ser, este será um confronto inesquecível. Espero que você tenha se preparado para nos impressionar, dragão da lama. Eu lhes apresento... Lamur, dos asabarro! Garras afiadas, dentes à mostra! Lutem!

Lamur piscou quando o asacéu voou para fora da arena. Ele nunca tinha sido chamado "dos asabarro" antes. Poderia ter sido uma sensação mais reconfortante se não estivesse rodeado de mais de duzentos dragões, incluindo alguns asabarro, preparados para aplaudir sua morte iminente.

Ele se sentiu bem longe de ser magnífico e lendário quando o asagelo serpenteou em sua direção. Era isso: matar ou morrer. Hora de descobrir se ele tinha uma fera interior, e se era do tipo útil ou do tipo que o faria se odiar depois... ou ambos.

As escamas azuis e pálidas de Fiorde eram da cor do céu refletido na neve ou dos picos distantes das montanhas. Seus olhos eram de um azul um pouco mais escuro, cheios de malícia. Chifres extras como uma coroa, ou pingentes de gelo, envolviam sua cabeça. Um arranhão longo descia seu pescoço e mal começava a se curar, com sangue seco ainda preso às escamas ao redor. Ele sibilou, mostrando uma língua bifurcada azul-escura entre os dentes afiados.

— Uh, oi — disse Lamur quando o asagelo aproximou-se. — Fiorde, né?

Fiorde parou e o fitou, ainda mostrando a língua. Ele era apenas uma cabeça mais alto que Lamur, mas parecia mais velho e mais assustador.

— Eu nunca conheci um asagelo antes — disse Lamur, dando um passo para trás. — Eu nunca conheci muita gente, na verdade. Quer dizer, eu acho que já li que todos vocês tinham a cor de gelo, mas nunca percebi que gelo tinha tantas cores. Tipo, sabe? Azul. É bem surpreendente. Só querendo quebrar o gelo. Oh, ha, ha, ha, com o perdão do trocadilho.

— Uuuuuuuh! — vaiaram os dragões das cadeiras mais altas. — Mais sangue! Mais morte! Alguém morde alguém!

— Você está tentando matar a nós dois? — rosnou o asagelo. — Cale-se e me permita te matar.

— Eu acho melhor não — disse Lamur, dando mais alguns passos para trás.

Um movimento distante chamou sua atenção e ele olhou para cima. Estelar estava quase caindo de sua coluna, balançando a cauda e batendo as asas desesperadamente para Lamur. Tentando dizer alguma coisa. Mas o quê?

Alguma coisa sobre os asagelo. Alguma coisa que eles haviam aprendido nos pergaminhos e nas aulas.

Alguma coisa bem importante, a julgar pelo jeito que Estelar surtava. O asanoite apontava para sua boca. *Fogo?* Lamur olhou com dúvida para Fiorde. Ele não achava que os asagelo pudessem cuspir fogo. Eles não iam acabar derretendo seus palácios toda vez que eles tentassem?

Mas então, Fiorde definitivamente fazia alguma coisa com a boca, e não era um sorriso.

Lamur agachou e saltou para longe quando uma corrente do que parecia fumaça brilhante surgiu a partir da boca de Fiorde. Apenas um pouco encostou na ponta de sua asa, e Lamur sentiu um frio cortante se espalhar por seu corpo.

Ah, é. Um bafo mortal congelante. Isso é *importante. Valeu, Estelar.*

E então ele se lembrou dos jatos congelantes de ar frio que os asagelo podiam cuspir. Claro, ele não lembrava de nada que pudesse servir contra aquilo.

Fogo ajudaria, talvez. Lamur respirou, puxando o calor de seu peito enquanto a cabeça de Fiorde se entortava em sua direção. O asagelo abriu sua boca para cuspir gelo em Lamur novamente, e Lamur lançou uma coluna de fogo por entre os dentes.

Fiorde tropeçou, caiu e se embolou na areia, batendo em sua própria boca com as asas presas. As chamas foram consumidas quase que instantaneamente pelo frio de suas escamas, mas o asagelo parecia ainda mais irritado que antes.

— Desculpa — disse Lamur. — Olha, a gente precisa lutar? O que acontece se a gente...

Fiorde o interrompeu ao correr em sua direção com as patas dianteiras estendidas. Lamur precisou calar-se e pular para longe, quase sem conseguir escapar das garras afiadas. A cauda longa de Fiorde, fina como um chicote, contorceu-se e acertou o rosto de Lamur, cegando-o momentaneamente.

Por instinto, Lamur protegeu-se com as asas e atacou com as patas traseiras. Sentiu um golpe acertar e escutou Fiorde rugir com dor. Quando voltou a enxergar, viu que havia acertado sem querer o corte no pescoço de Fiorde, que voltou a sangrar.

Fiorde afastou-se por um momento, tocando seu pescoço com cuidado. Sua cauda debateu-se e ele acertou o ar com as asas.

Como eu vou fugir disso?, Lamur pensou. Ele não sentia uma fera surgir dentro de si. O que quer que o tivesse feito atacar os outros dragonetes se escondera muito profundamente. Talvez Tormenta estivesse certa e ele não devesse ter lutado contra sua natureza por toda a vida. Talvez ele tivesse se tornado mais forte, e mais pronto para a profecia, caso tivesse aceitado seu lado violento de uma vez. Mas ele não queria matar Fiorde. Ele não queria matar ninguém.

Ele se perguntou se deveria ter deixado Tsunami lutar em seu lugar. *Não, eu nasci primeiro e sou o maior. Eu não vou deixá-los se arriscar se eu posso lutar por eles.* Lamur enfiou as garras na areia e abaixou a cabeça para encarar os olhos de Fiorde. *Eu tenho que matá-lo, não é? Tem que ter uma parte em mim que consegue fazer isso.*

Ele sempre esperou que sua fera interior não fosse ser necessária, mas nunca assumira para si mesmo que acreditara ser possível escapar de lutas do lado de fora. Uma parte sua sempre achou que a profecia se cumpriria de algum jeito, que a guerra fosse acabar, e que toda a matança de dragões poderia ser evitada para sempre... sem que ele precisasse machucar alguém.

Mas é muito cedo para a profecia. A culpa é nossa, por ter fugido antes.

Ainda assim, a gente precisou, para salvar Glória...

— UUUUUUUUUUUUUUH! — Mais dragões vaiaram. — Uma ovelha poderia ter ganho essa luta já! O que vocês estão fazendo? Pensando? Pensa menos! Mata mais! Rasga ele! Rasga ele! Rasga ele!

Eles parecem a Quiri. Lamur não sabia dizer se estavam torcendo por ele ou por Fiorde — ou se só queriam ver alguém morrer.

Fiorde apoiou-se nas quatro patas e correu em direção a Lamur novamente, sibilando como se fosse cuspir mais ar congelado.

A sede de sangue da multidão trouxe lembranças de suas sessões de treinamento. As ordens de luta rugidas por Quiri piscaram na mente de Lamur. Ele abaixou e rolou por baixo de Fiorde quando o asagelo voou em sua direção. Com um corte rápido, Lamur rasgou a barriga de Fiorde, deixando uma trilha de sangue escorrer pelas escamas mais macias. Ele deu uma cambalhota e virou-se para encarar o outro dragão novamente.

Fiorde guinchou, dobrando-se de dor.

— ISSOOOOOOOOOO! — gritou a multidão.

— O que há de errado com você? — Fiorde gritou para Lamur. — Não é assim que os asabarro lutam! Eu fui treinado nas suas técnicas!

— Então, eu não — disse Lamur. — Foi mal.

Ele se perguntou o que tinha perdido, e se lutava como um asacéu na verdade, do jeito que Quiri sempre quis. Ele tinha a sensação de que ela diria que não, que ele não lutava como um asacéu, mas como uma cabra inútil. Enfim, pelo menos aquilo pareceu ter pegado seu oponente de surpresa.

Lamur afundou as garras na areia, vendo Fiorde segurar sua barriga ensanguentada. Se atacasse naquele momento, poderia surpreender o outro dragão e até ganhar. Mas ele se sentia bem mal vendo o dano que infligira. Não conseguia se imaginar fazendo mais do que aquilo. Como o quê? Ele conseguiria quebrar o pescoço de Fiorde? Ele estremeceu, lembrando do *crack* que o pescoço de Duna tinha feito. Aquilo não era ele, não importava o que Quiri e Tormenta dissessem.

— Tudo bem, dragões. — A voz da rainha Rubra cortou o murmúrio da multidão, e todos se calaram. — Fiorde e Lamur, não temos o dia todo. Alguns de nós têm reinos para comandar. Ou vocês se matam agora, ou eu vou descer para acabar com vocês com minhas próprias garras.

Fiorde rosnou e disparou em direção a Lamur novamente. Não havia tempo para pensar. Lamur foi para trás e agarrou os chifres extras ao redor da cabeça de Fiorde, jogando o focinho dele para longe antes que o sopro congelante o atingisse. A coluna de gelo atingiu os assentos inferiores, e vários dragões subiram uns nos outros para fugir, uivando assustados.

As patas de Fiorde se prenderam em volta do peito de Lamur, e eles lutaram ao longo da arena. As asas de Lamur foram acertadas pelas de Fiorde, que eram prateadas e estranhamente fortes. As patas do asabarro tentavam manter a cabeça de Fiorde apontadas para longe dele. Ele não conseguia revidar enquanto Fiorde acertava seus ombros. Uma dor fina atravessava as escamas de Lamur.

— Hora de morrer — rosnou Fiorde.

Sua cauda prendeu-se nas patas traseiras de Lamur para derrubá-lo, e os dois dragões caíram com um baque, com Fiorde por cima. O asagelo envolveu o pescoço de Lamur com as patas e apertou forte.

Caindo de novo, Lamur pensou sem esperança quando seus braços enfraqueceram. *Pela última vez.* Em pouco tempo ele teria que soltar, a cabeça do asagelo ficaria livre, e Fiorde acertaria Lamur com uma última baforada mortal.

E então tudo acabaria.

CAPÍTULO DEZENOVE

LAMUR FECHOU OS OLHOS. Não aguentaria ver o círculo de prisioneiros no céu, além da cabeça de Fiorde, sabendo que Tsunami e Estelar estavam lá em cima vendo-o morrer.

Ele escutou um grito distante e a cabeça de Fiorde virou. Lamur abriu os olhos novamente e ele viu que o asagelo estava olhando para os prisioneiros. Assim como todo mundo no estádio. Ele viu um dragão azul bem acima do círculo, batendo na teia de fios sobre a arena. Os outros prisioneiros estavam gritando e tentando se segurar às torres de pedra, porque o peso do dragão ameaçava derrubar todos.

Era Tsunami. Ela provavelmente havia se jogado de sua cela, tentando chegar em Lamur, mas os fios a seguraram rápido, e ela lutava como um inseto preso em uma teia de aranha.

— Subam! — rugiu a rainha Rubra, e todos os guardas asacéu ao seu redor alçaram voo juntos.

Essa é minha chance, Lamur pensou. Fiorde estava distraído. Ele ia matá-lo. Ele deveria. Ele precisava. Se podia ter matado seus irmãos de ninho em seus ovos, ele deveria ser capaz de matar esse dragão que não tinha nada a ver com ele.

Mas ainda assim, não conseguia. Ele continuava pensando, *Fiorde é tão prisioneiro quanto eu. Por que eu deveria viver em vez dele?*

É por isso que a profecia está condenada — por minha causa.

Lamur era o único olhando para o dragão de gelo quando um jato de pequenas gotas pretas se espalhou contra o lado do rosto e pescoço de Fiorde.

Fiorde vacilou, surpreso, e automaticamente levantou uma garra para limpar o rosto. Porém, antes que a pata alcançasse seu focinho, os dois dragões escutaram um chiado. Lamur olhou, em choque, quando as gotas pretas começaram a borbulhar e soltar fumaça. As escamas por baixo delas começaram a derreter.

Então Fiorde gritou.

Foi o pior som que Lamur tinha ouvido em toda a sua vida. O dragão que Tormenta matou havia urrado com aquela agonia, mas estar debaixo de um dragão morrendo, com seus gritos penetrando os ouvidos de Lamur, era muito pior.

Uma das gotas caiu no olho de Fiorde, e essa foi a primeira coisa a desintegrar, deixando uma cavidade esfumaçada e preta em seu crânio. O lado de seu rosto derreteu lentamente como gelo. Fiorde cambaleou para longe de Lamur, arranhando seu próprio pescoço. O jato corroía sua ferida aberta.

Lamur cobriu os olhos. Por que a morte não podia ser limpa, indolor e rápida, se precisasse acontecer?

Ele finalmente se perguntou quem havia atacado o asagelo. Tinha que ter vindo da direção da sacada da rainha. Ele olhou e só viu três rostos ali, observando ele e Fiorde. O resto dos guardas estava no céu, lidando com Tsunami e os outros prisioneiros.

A rainha Rubra, que parecia satisfeita.

Glória, que parecia adormecida.

E Tormenta, que parecia... assombrada.

Depois que Fiorde enfim morreu, ao som das comemorações bestiais da multidão, Lamur foi levado de volta para sua torre e trancado novamente. Ele podia ver que correntes e fios extras haviam sido colocados na cela de Tsunami, e os prisioneiros do outro lado gritavam coisas raivosas contra ela, dizendo como ela podia tê-los matado. Mas ela acenou para Lamur com a cauda, e ele sentiu-se um pouco melhor, mas não muito.

Ele não havia ganhado de forma justa. Não havia encontrado a força em si para matar. Ele nem queria que Fiorde morresse. Alguma coisa — alguém — tinha matado Fiorde para ele. E mesmo assim havia uma bola de culpa pesando seu estômago. Culpa por Fiorde; por Duna; pelo estado dopado de Glória; por Sol, onde quer que estivesse; por Estelar, que nunca sobreviveria à arena; e por Tsunami, que talvez conseguisse, mas só se ela não se matasse antes fazendo loucuras.

Ele não conseguiria comer o porco deixado ali pela guarda asacéu naquela tarde. Ele só o observava correr por sua plataforma, guinchando em terror, até que caiu pela beirada. E então ele também se sentiu mal por causa *disso*.

Se sentindo culpado pela caça. Que belo dragão herói você é.

Lamur manteve-se de costas para a arena durante a luta da tarde, que era entre uma asamar e um sucateiro que a rainha havia encontrado nos bosques. Ele imaginava que rainhas seriam mais cuidadosas com sucateiros depois do que houvera com Oásis, mas agora que ele descobrira como eles eram patéticos, ele entendia por que a rainha Rubra não se preocupava com eles. O sucateiro foi autorizado a manter suas armas pequenas e estranhas, mas elas não o ajudariam muito. A luta acabou rápido. Lamur cobriu suas orelhas para que não precisasse ouvir o mastigar, o quebrar e o comemorar da multidão.

Ele dormiu pouco naquela tarde, mas seu sono foi cheio de pesadelos e dragões morrendo.

Foi quase um alívio acordar no escuro e ver Tormenta parada no mesmo lugar que da última vez. Até mesmo o calor de suas escamas era reconfortante, já que os ventos estavam mais fortes e frios que nunca.

— Ah, oi! — disse ela com pressa. — Você foi incrível hoje. Mas eu não faço a menor ideia do que você fez. Eu estava olhando para os prisioneiros e aí... caraca. Aquilo foi mais assustador que eu. Tipo, muito assustador. Mas, uau. Como você fez aquilo. Você não tem que me dizer. Tipo, você talvez tenha que fazer isso em mim. Provavelmente você vai. O que é a coisa mais assustadora do mundo. Foi tipo... Eu nunca pensei em como seria, sabe? Sentar aqui em cima e me ver matar outros dragões. E aí eu era a que estava assistindo, e pensando, isso vai acontecer comigo. Então. Mas ainda é incrível. Você me conta? Você não precisa me contar.

— Para — disse Lamur, cansado de se sentir culpado e preocupado. — Tormenta, não fui eu. Eu não fiz... aquilo... com Fiorde.

Ela suspirou, e um pequeno jato de fogo saiu de seu nariz.

— Tá bom — disse ela. — Eu não achei que você fosse me dizer. Eu manteria o segredo também.

— Não, sério — disse Lamur. — Eu acho que foi a rainha Rubra. Ela queria que eu ganhasse. Ela deve ter feito alguma coisa quando todo mundo estava distraído.

Tormenta fez uma expressão cética.

— Eu nunca a vi fazendo algo assim antes — disse ela. — Mas eu acho que ela poderia. Ela não tem problema nenhum com trapaça.

Tormenta abriu as patas, afastando e aproximando as garras, como se usasse a si mesma como exemplo.

— Eu acho que ela encontrou o veneno nos tesouros.

— Você viu minha amiga Sol? — perguntou Lamur. Ele estava começando a sentir a dor dos arranhões nas costas e os ferimentos na garganta.

— Ah! Sim — disse Tormenta. Ela o olhou de soslaio, com olhos manhosos azul-fogo. — É por isso que eu vim. Eu vou te dizer onde ela está, mas preciso que você faça algo pra mim. E se você não fizer, eu não conto.

Lamur tentou mover suas asas machucadas, mas elas estavam duras e doloridas. Ele conseguia sentir que aquele sangue seco havia endurecido nas escamas de suas costas e ao longo da espinha.

— Você não precisa fazer isso, Tormenta. Eu te ajudaria de qualquer forma.

— Claro — disse ela. — Bem. É o que vamos ver. Não é fácil. E você talvez tenha problemas. Eu definitivamente teria problemas, se Sua Majestade descobrisse.

Ela arranhou a pedra abaixo dela.

— Eu não ligo — disse Lamur. — Eu já tô cheio de problema mesmo. Sol tá bem?

Tormenta franziu o cenho ao responder.

— Sim, ela tá ótima. Nenhum arranhão nela. Comendo como uma rainha. Fazendo amizade com todos os guardas. É meio nojento, na verdade.

— A cara da Sol — disse Lamur, suspirando aliviado. — O que você quer que eu faça?

— Ela me disse que eu não posso assistir! — reclamou Tormenta. — Eu sou a única dragoa em todo o Reino dos Céus que tem que ficar longe da arena amanhã. Não é justo!

— Por quê? — perguntou Lamur, o estômago revirando. Que batalha horrível a rainha Rubra planejara? — O que tá acontecendo?

— Eu não sei! — disse Tormenta. — É algum tipo de julgamento! Não parece chato? Por que ela ia querer que eu ficasse longe disso? Eu nem ia ligar se ela não tivesse me dito pra não ir. Ouvir dragões falando de leis é tão legal quanto tirar cabelo de ovelha do dente. E todos são iguais. A rainha Rubra só gosta do drama de julgamentos e execuções formais. Ninguém nunca é inocente.

— Quiri — disse Lamur. — Tem que ser o julgamento da Quiri. A rainha Rubra disse alguma coisa sobre isso.

— Bem, quem quer que ela seja, eu quero ver — disse Tormenta, obstinada. — Então eu pensei que se eu me escondesse aqui, atrás de você…

Lamur olhou ao redor. O asagelo à sua esquerda estava dormindo. A plataforma à sua direita ainda estava vazia. Se ele ficasse na beirada da cela e abrisse as asas, e Tormenta se abaixasse, ele talvez conseguisse protegê-la dos olhos da rainha.

Lamur tentou abrir as asas e estremeceu. A trava dobrou a parte externa de sua asa, como se estivesse enrolada e presa. Mas ele deveria conseguir abrir uma boa parte de suas asas, mesmo que não pudesse voar.

— Eu tô muito machucado — disse ele para Tormenta. — Quer dizer, eu vou tentar, mas eu não consigo abrir minhas asas agora, então não sei se vou conseguir te esconder.

Tormenta franziu o cenho.

— Deixa eu ver — disse ela, apontando para as costas dele com uma ordem.

Ele virou-se, curvado, até que suas costas estivessem na direção dela. Ela soltou um suspiro.

— Isso parece ruim — disse ele, tentando virar o pescoço para ver. — Não pode ser tão ruim assim. Quiri acredita que a dor ensina coisas; então, acredite em mim, eu já fui atacado antes.

— Não por um asagelo, eu aposto — disse ela. — Eles têm garras sulcadas que podem se prender ao gelo enquanto andam. É como ser arranhado quatro vezes com cada garra em vez de uma. Você consegue imaginar isso?

— Mais ou menos — disse Lamur. — Fica melhor quando você se aproxima.

— Sério?

— Tipo, o calor — disse ele, envergonhado, mesmo sem saber por quê. — É melhor que o vento.

— Eu não sei como ajudar você — disse ela, soando frustrada e desamparada. Ele sentiu seu calor se aproximar um pouco mais. — Acho que posso ficar aqui, se for te fazer se sentir melhor.

Lamur se lembrou da caverna envenenada sob a montanha e a dor penetrante debaixo de suas escamas. Ele se perguntou se o mesmo tratamento funcionaria nesse caso.

— Tem uma coisa — disse, hesitante. — Se não for pedir demais... Eu acho que lama nos machucados ajudaria.

— Ah, caramba, claro! — exclamou ela. — É isso! Eu posso pegar lama pra você! Espere aqui.

Ela se jogou da torre e voou para longe.

— Espere aqui — ele ecoou para o espaço vazio. — E eu iria pra onde? Bater perna?

Lamur puxou as asas e tentou escondê-las do vento, mas as lufadas uivavam de todas as direções, e a torre estava muito mais fria depois que Tormenta tinha ido embora. A dor foi piorando a cada segundo, à medida que as luas escalavam o céu. Ele tremia terrivelmente quando viu a dragoa descer em uma espiral acima dele.

Entre suas patas, ela carregava um caldeirão de pedra, cheio de lama grossa. Lamur virou-se para olhá-la quando ela pousou atrás dele.

— Onde você arranjou isso? — perguntou ele.

Tormenta apontou com a cabeça para as paredes distantes do palácio da rainha. Lamur semicerrou os olhos e viu o brilho da lua refletindo em uma cascata.

— O rio Diamantino começa no fundo daquela parede — disse Tormenta. — E segue o caminho todo até o mar. Ou é isso que dizem. Eu nunca deixei o Reino dos Céus.

Ela colocou uma das patas no caldeirão. Lamur observou, curioso, a lama borbulhar e ferver.

— Por que não? — perguntou ele. — Você deve ser um dos dragões mais poderosos daqui. Por que não ir e voltar quando quiser?

Tormenta pareceu chocada.

— Eu nunca desobedeceria Sua Majestade! Foi assim que minha mãe foi morta!

Uma teoria de repente surgiu na cabeça de Lamur; mas, antes que pudesse explorá-la, Tormenta continuou falando.

— Além do mais, eu tenho que comer as pedras negras todos os dias, ou eu morro. A rainha garante que sempre tenha o suficiente para mim.

— Pedras negras? — perguntou Lamur, curioso.

— É parte da maldição de ter chamas demais — disse Tormenta, dando de ombros. — Eu tenho sorte que a rainha cuide tanto de mim para me manter viva.

— E você já tentou não comê-las? — perguntou Lamur.

— Uma vez, quando eu era mais jovem — disse Tormenta, trocando o peso nas patas —, eu fiquei irritada com Sua Majestade porque ela não me dizia nada sobre a minha mãe. Eu quis fugir. Então parei de comer as pedras para ver o que aconteceria, e eu fiquei muito doente. Tipo, eu quase morri.

— Nossa — disse Lamur.

A história dela tinha um que de inconsistência, como escamas que não se cobriam direito. Parecia muito conveniente que a rainha apenas tivesse um jeito de controlar a dragoa mais perigosa de seu reino. Mas ele não era nenhum especialista nos asacéu com condições estranhas e possivelmente mortais.

— É por isso que você não a desafia pelo trono? — perguntou Lamur. — Porque eu aposto que você a venceria em uma luta.

Tormenta deu um grasnido furioso e quase o acertou com a cauda.

— Eu não quero ser rainha! Que ideia horrível! Pare de falar essas coisas de traidor e fique de costas.

Lamur virou-se para ela, abrindo as asas o máximo que conseguia. Uma parte dele estava esperando que ela passasse a lama com suas patas. Mas ele lembrou-se que ela não poderia fazer isso sem queimá-lo, logo antes de Tormenta atirar todo o conteúdo do caldeirão em suas costas.

— Aaah…

Lamur fechou os dentes como pôde, impedindo-se de gritar. A lama estava tão quente quanto os jatos de fogo de Quiri, e em um primeiro momento ele achou que suas escamas estavam queimando.

Então o choque passou, e um momento depois o calor tornou-se suportável. Lamur sentiu a lama entrando em seus ferimentos, instantaneamente diminuindo a dor. Se ele tivesse algo assim depois de todas as sessões de treinamento com Quiri.

— Muito melhor — disse Tormenta, satisfeita.

Lamur girou os ombros. Seus músculos já pareciam muito mais soltos e fortes.

— Uau. Isso funciona com todos os asabarro?

— Claro — disse ela. — Como você não sabia disso?

— E os outros dragões? — perguntou Lamur, virando para encará-la. Ele se perguntou se era um truque que podia usar para curar seus amigos, se fossem ficar juntos e livres de novo.

— Eu acho que não — disse ela. — Eu acho que ninguém tentou. Porque seria esquisito. Tipo, que asacéu deixaria você colocar lama nas escamas? Eca.

— É a melhor sensação do mundo — disse Lamur. — Bom, depois de voar. E comer. Nossa, eu tô faminto.

— Eu vou ser sua entregadora a noite toda, é? — perguntou Tormenta.

— Não, você não precisa...

Mas ela já tinha ido embora.

Lamur sentou e enrolou sua cauda nas patas, pensando.

Ele tinha uma ideia de por que Tormenta não poderia assistir ao julgamento no dia seguinte. A rainha Rubra tinha dito algo sobre Quiri desobedecendo-a. Além do mais, havia aquelas cicatrizes de queimadura nas patas de Quiri.

E não era muito difícil de imaginar Quiri tentando matar sua própria dragonete. Especialmente depois que ela percebeu que havia algo de errado com ela.

Tormenta achava que sua mãe estava morta. Como ela reagiria quando descobrisse que era Quiri? E que ela ainda estava viva?

CAPÍTULO VINTE

TORMENTA TROUXE TRÊS COELHOS e outros dois caldeirões de lama durante a noite. Ela se manteve na beirada da plataforma de pedra, mas o calor de suas escamas ajudava a manter a lama morna nas costas de Lamur.

Aquilo também mantinha os pesadelos longe. Ao conversar com ela, o peso da culpa de Lamur ficava mais leve. O que era estranho, ele sabia: Tormenta era responsável por muito mais mortes do que ele. Porém, aquilo não a incomodava. Ele queria ser tão imperturbável quanto ela. Se tivesse que lutar novamente na arena, talvez pudesse ter aulas de monstro com ela.

— Ninguém vai procurar por você? — perguntou ele ao ver o sol nascer sobre o mar distante.

Ela balançou a cabeça.

— Teoricamente eu tô lá embaixo nas cavernas, procurando pelas pedras negras o dia inteiro — disse ela. — Se eu ficar aqui, atrás de você, ninguém vai me ver.

— Nem os guardas?

— Eles não alimentam os prisioneiros até o meio-dia — disse ela. — O julgamento tá marcado pro amanhecer. Tá vendo?

Ela se aproximou um pouco mais dele, olhando por cima de sua asa.

Lamur olhou para baixo e viu dragões preenchendo as cadeiras da arena. Eles pareciam mais silenciosos, mais cuidadosos do que para as lutas. Soldados asacéu traziam dois pedregulhos para a areia. Um deles prendeu três anéis grandes de ferro no chão, formando um triângulo, e prendeu correntes grossas neles.

— Rápido, abra as asas — sussurrou Tormenta. — Ela está vindo.

Lamur bateu as asas largamente quando a rainha Rubra serpenteou para sua sacada. Ele percebeu que ela trocara sua cota de malha dourada por uma veste com elos pequenos e pretos, cravejada de diamantes. Ela mal olhou para os prisioneiros, apesar de Tormenta ter permanecido encolhida atrás de Lamur. Glória não foi trazida — não precisavam de peças de arte em um julgamento, Lamur concluiu.

Finalmente Quiri foi trazida para a arena, sibilando e cuspindo nos guardas ao redor dela. Uma corrente segurava seu focinho e a impedia de cuspir fogo neles. Mais correntes pesavam suas patas, para que não conseguisse se debater.

— É estranho — sussurrou Lamur para Tormenta. — Eu sempre odiei a Quiri, mas eu fico mal por vê-la assim.

— Como você a conheceu? — perguntou Tormenta.

— Ela é uma dos dragões que nos criou, sob a montanha — explicou Lamur. — Eles nunca gostaram muito de nós, mas tinham que nos manter vivos até os Garras da Paz voltarem e nos pegarem para a profecia.

Ele parou, engolindo em seco, pensando em Duna. E em Cascata — será que ele sobrevivera ao rio subterrâneo?

— Pelo menos você tinha alguém. Acho que até pais ruins são melhores que ninguém — disse Tormenta.

Ele olhou para baixo, na direção da rainha Rubra, e se perguntou se era verdade. Ela tinha sido a coisa mais próxima a uma mãe que Tormenta já tivera. Mas que tipo de mãe faria sua filha matar dragões de maneiras horrendas todos os dias?

Talvez Tormenta tivesse ficado melhor sem ninguém. Duna e Cascata não eram de todo mal, mas Lamur não tinha certeza que escolheria uma vida com Quiri em vez de se criar sozinho.

Mas de novo, se ele estava certo, Quiri era a mãe verdadeira de Tormenta. Quiri teria sido melhor para ela que a rainha Rubra? Não se ela estivesse pronta para jogá-la de um penhasco. Pelo menos a rainha mantivera Tormenta viva.

Ele esperava que aquele julgamento não chateasse Tormenta. Ele se perguntou se deveria avisá-la sobre Quiri ser sua mãe. Mas e se estivesse errado?

— Eu tenho pais de verdade — disse ele, em vez disso. — Em algum lugar no Reino de Barro, há um casal de dragões que não veem a hora de me receber de novo. Eu vou achá-los algum dia.

Ele não podia ver o rosto de Tormenta, mas seu silêncio dizia muito. Ela não achava que ele sobreviveria àquele lugar. Ou talvez pensasse que, se sobrevivesse, seria ao custo de sua própria vida.

Algo em que ele não queria pensar.

O asacéu que tinha feito todas as introduções subiu em um dos dois pedregulhos e abriu suas asas vermelho-sangue.

— Aquele é Escarlate — sussurrou Tormenta. — O filho mais velho de Sua Majestade. Ele sempre representa a acusação.

— Por que Rubra se importa com um julgamento? — perguntou Lamur. — Ela não poderia mandar matar qualquer um?

— Só os asacéu têm julgamentos — disse Tormenta. — Sua Majestade gosta de assistir à performance. E ela acha que isso faz parecer que ela é uma governante justa e íntegra.

Lamur segurou seus sons de descrença.

O murmúrio da multidão morreu quando outro asacéu subiu na outra pedra. Suas escamas eram de um vermelho mais desbotado, como se tivessem sido esfregadas com uma pedra por muito tempo. Ele se movia devagar, puxando a cauda consigo como se fosse uma carcaça.

— E aquele é Perpresa — apontou Tormenta. — Ele representa a defesa. Não tão bem assim, ou ele perderia a cabeça. Ele é bem velho e quase cego. Ele é legal comigo, apesar de tudo, porque eu escuto as histórias dele do passado. Ele me disse que tinha um monte de tesouro, mas um sucateiro apareceu pra roubar e conseguiu paralisar a cauda dele antes que Perpresa o comesse. E agora ele não pode voar, e deu todo seu tesouro para Sua Majestade pra que ela o deixasse viver aqui.

— Que troca complicada — disse Lamur. Ele sentiu uma onda de calor ao ouvir Tormenta murmurar indignada.

— Antigamente, antes da Queimada — começou ela. — Antes de termos rainhas e exércitos, ele só teria *morrido*. Sucateiros matavam *muito* mais dragões antes. Mas agora, por causa de nossas rainhas, nós dominamos o mundo inteiro, e dragões têm ajuda quando precisam.

— Você fala que nem o Estelar — disse Lamur. — Vai ter uma prova no fim dessa aula?

— Ele não fala comigo, já que você mencionou esse assunto — disse ela. — Nem quando eu pedi pra ele me contar a história da Queimada, como você disse pra eu fazer. Ele só enfiou o nariz debaixo da asa e me ignorou.

— Caraca — disse Lamur, olhando na direção do dragão preto. — Ele deve estar bem triste.

Tormenta ficou em silêncio novamente. Lamur queria poder falar com Estelar para lhe dizer que encontrariam uma maneira de sair daquela situação. Se ele gritasse mesmo, Tsunami talvez estivesse perto o suficiente para ouvir, mas duvidava que Estelar conseguisse. E além do mais, criar planos de fuga em cima da arena talvez não fosse uma ideia tão boa assim.

Em todo o caso, o julgamento estava a ponto de começar. A rainha Rubra bateu as asas, e todos os dragões se viraram para olhá-la.

— Meus súditos letais — disse ela. — Essa dragoa, Quiri, antes uma asacéu, é acusada da maior das traições: desobedecer *a sua rainha*. Escarlate fala pela acusação.

— Vossa Majestade — disse Escarlate, curvando-se e cruzando as patas. — Os fatos são indubitáveis. A senhora deu uma ordem. Quiri a desobedeceu e fugiu do reino. Ela esteve morando sob a sua montanha pelos últimos sete anos, auxiliando e amparando os Garras da Paz, que também se recusam a seguir as ordens de Vossa Majestade. Ela merece uma execução dolorosa e longa. Não há razão para arrastar este julgamento por muito mais tempo.

Os dragões nos assentos fizeram seus sons sibilantes para cuspir fogo e bateram suas asas. Quiri fitou a rainha. Fumaça escapava de sua boca presa e narinas.

— Bem observado. — A rainha acenou a cabeça para Escarlate. — Agora Perpresa pode falar pela defesa. Ou não, caso também prefira dormir durante este julgamento.

A multidão riu, satisfeita.

Perpresa esticou seu pescoço em direção à rainha, e então em direção a Quiri, como se tentasse se aproximar o suficiente para ver seus rostos dali onde estava, em um rochedo.

— Vossa Majestade — disse com sua voz esganiçada pela idade, mas ainda alta o suficiente para alcançar os prisioneiros acima. — Tenho algumas palavras para dizer em defesa desta prisioneira.

A cauda da rainha Rubra se remexeu atrás dela enquanto o observava.

— Certamente — disse. — É para isso que você está aqui. Prossiga.

Perpresa limpou sua garganta, tossindo uma nuvem negra de fumaça. Todos os dragões se inclinavam para ouvir. Lamur conseguia sentir o calor de Tormenta perigosamente perto de suas escamas enquanto tentava espiar por debaixo de sua asa.

— Considere, antes, a acusação de desobediência. Quiri não seguiu suas ordens, mas não foi a senhora que reverteu a ordem depois que ela se foi?

Quê? Lamur mal conseguia acompanhar o dragão velho. Aquilo não era sobre Tormenta?

— Perpresa — sibilou a rainha. — Fale claramente, ou cale-se de uma vez. E deixe-me apontar que uma dessas opções é mais inteligente que a outra.

— Perdoe-me, Vossa Majestade — disse o dragão velho, alinhando suas asas. — Falarei. Quiri era um de seus soldados mais leais. Ela foi enviada para o programa de reprodução, por ordens suas, e trouxe um ovo consigo. Após o nascimento, notou-se que se tratava de dragonetes gêmeos.

Atrás de Lamur, Tormenta ofegou, quase alto o suficiente para que os dragões abaixo escutassem. Lamur bateu as asas, tentando cobrir o som, mas ninguém olhou para cima. Todos os olhos estavam no julgamento.

— Já sabemos disso. — A rainha bocejou. — Pule para a parte em que a executamos.

— Os dragonetes eram defeituosos — continuou Perpresa, determinado. — Um tinha chamas demais, outro, de menos. Pelos costumes asacéu, a senhora ordenou que Quiri matasse os dois e que ficasse fora do programa de reprodução pelo resto de sua vida.

— Isso não faz o menor sentido — sussurrou Tormenta atrás de Lamur. Ele abaixou o pescoço para poder vê-la.

Ela o encarou, tremendo de confusão.

— Eu sou a única asacéu que nasceu nos últimos dez anos, mas ele não pode estar falando de mim. Meu irmão estava morto quando nascemos. *Eu* o matei. Então minha mãe tentou me matar, e a rainha Rubra a impediu.

— Ou talvez isso seja só o que ela te contou — Lamur sussurrou de volta.

A rainha levantou-se, demonstrando toda sua altura, e abriu as asas para que a luz do sol refletisse em seus rubis.

— Bastante razoável — disse ela.

— Mas Quiri tentou escapar — continuou Perpresa. — Então ela pegou seus dois dragonetes da caverna de incubação e tentou fugir com eles pela montanha.

— Então você concorda que ela me desobedeceu — disse a rainha Rubra. — Acho que terminamos aqui.

— A senhora a encontrou no rio Diamantino — disse Perpresa. — E ali deu mais uma ordem. Disse que a perdoaria sob uma condição. Ela deveria escolher um dos dragonetes para morrer, e a senhora pouparia a vida do outro, e a da mãe.

— Não — sussurrou Tormenta.

— Então ela obedeceu a senhora, correto? — disse Perpresa. — Ela matou o dragonete com poucas chamas, bem ali no rio. Com suas próprias garras.

— E então eu mudei de ideia novamente — disse a rainha Rubra. — Eu sou a rainha. Eu posso fazer o que eu quiser.

— A senhora mandou seus guardas, eu sei pois era um deles, matarem a outra dragonete e trazerem Quiri para julgamento. Ela tentou levar sua filha e fugir, mas o calor das escamas da dragonete queimaram suas patas antes que ela conseguisse voar, e ela teve de derrubá-la. Ela fugiu, deixando sua única dragonete à sua mercê.

Houve silêncio entre batidas de coração.

— Ela me parece culpada — disse a rainha, alegre. — Vamos executá-la amanhã. E já que estamos aqui, vamos executá-lo também, pelo tédio.

Ela apontou para Perpresa.

— Não!

Lamur quase caiu de sua torre quando Tormenta explodiu ao seu lado, disparando-se para a arena. Ele abriu as asas pra se equilibrar enquanto ela pousava. A perna direita de Lamur se soltou, e quando ele olhou para baixo, viu que Tormenta acidentalmente tinha queimado o fio quando voou.

— Não é verdade! — chorou Tormenta, colocando-se ao lado de Perpresa. — Me diga que não é verdade!

Quiri se afastou com um rugido abafado. Pelo olhar que ela lançou, Lamur entendeu que ela achava que Tormenta estava morta por todo aquele tempo.

— Ah, sim — disse a rainha Rubra, maliciosamente. — Eu esqueci de dizer que ela ainda estava viva? E trabalhando para mim?

Ela direcionou os olhos amarelos, furiosos, para Tormenta.

— Você não deveria estar aqui.

— Você mentiu pra mim! — urrou Tormenta. — Você me disse que ela estava morta!

A rainha Rubra suspirou.

— Olhe para a confusão que você causou — disse para Perpresa. — Tormenta, querida. Você ia querer saber que sua mãe estava viva em algum lugar, criando outros dragonetes e desejando que tivesse matado você em vez de seu irmão?

Tormenta hesitou.

— Ela poderia ter fugido com seu irmão — continuou Rubra. — Você foi quem a queimou quando ela tentou te salvar. Ela achava que tinha escolhido errado. É por isso que ela não voltou para te buscar.

Quiri rosnou coisas ininteligíveis através das correntes.

— Eu não te mantive viva por todos esses anos? — disse Rubra. — Encontrando as pedras negras, te alimentando, transformando você em minha campeã? Você não é grata por todas as coisas que eu fiz para você? Eu não sou uma mãe muito melhor?

— Eu quero lutar por ela — disse Tormenta, quase baixo demais para Lamur conseguir ouvir.

Fumaça escapou no nariz de Rubra, envolvendo seus chifres.

— O quê? — disse ela, lentamente.

— Eu invoco a tradição do Escudo da Campeã — disse Tormenta. — Que diz que a campeã da rainha pode defender qualquer dragão sentenciado à execução. Se eu derrotar o próximo dragão que você definir como meu oponente, você deve deixá-la ir.

Tormenta olhou para Quiri pela primeira vez.

— Eu quero lutar pela minha mãe.

CAPÍTULO VINTE E UM

OS OLHOS AMARELOS DA rainha Rubra eram fendas estreitas entre escamas laranja.

— Agora, onde foi… que você ouviu sobre *essa* lei? — sibilou a rainha.

Tormenta trocou o peso nas pernas e declarou:

— Eu li em algum lugar.

— Tenho certeza de que leu — desdenhou Rubra. — Com garras que queimam o papel quando você o toca. Alguém tem dito coisas muito grandes para orelhinhas tão pequenas.

— Não! — exclamou Tormenta, um pouco rápido demais. — Ninguém…

A rainha estava voando antes que Tormenta conseguisse cuspir outra palavra. A rainha Rubra agarrou Perpresa entre as patas e disparou para o céu.

— Pare! — gritou Tormenta. — Não é culpa dele!

Ela saltou para o ar e bateu as asas, indo atrás deles.

Lamur viu a rainha subir e subir para longe da arena. Perpresa estremeceu em suas garras, a cauda pendendo debaixo dele. Rubra tinha quase alcançado a altura da teia de fios quando abriu as garras de repente, derrubando o dragão velho.

Ele afundou no ar como uma pedra. Lamur nunca havia pensado em como dragões precisavam de suas caudas para se equilibrar durante o voo. As asas de Perpresa eram lentas para se abrir, e, quando o faziam, elas se debatiam de forma terrível, arrastadas para baixo pelo peso de sua cauda inútil.

Tormenta disparou em sua direção, patas estendidas, mas ele fugiu de seu contato e ela parou, desamparada. Se o segurasse, as queimaduras o feririam tanto quanto a queda, talvez seria ainda mais doloroso. Lamur viu suas garras se moverem de novo, mas já era tarde demais.

Perpresa bateu as asas em um último ímpeto de energia, mas não conseguiu se alinhar no ar. Ele acertou a areia em um ângulo estranho. Cada dragão na arena escutou o arrancar e o quebrar dos ossos, e as asas rasgando na queda. Ele desabou perto da parede da arena. Tormenta pousou ao lado dele.

A rainha Rubra flutuou delicadamente de volta para o poleiro na sacada.

— Eu espero que isso tenha sido uma lição para qualquer dragão que deseje ensinar à minha campeã péssimos hábitos — disse ela, passeando o olhar pela arena.

— Ele não morreu — disse Tormenta, remexendo a areia.

— Ele vai morrer logo. — A rainha Rubra moveu as garras, displicente. — Agora. Eu não vou discutir com o Escudo da Campeã. A campeã pediu para lutar pela prisioneira. Eu vou escolher seu oponente, e eles lutarão ao final dos jogos de amanhã. Se ganhar, Quiri estará livre. Se não... bem, eu terei uma campeã morta, mas pelo menos executaremos Quiri em seguida. De qualquer forma, será um dia maravilhosamente sangrento para mim e para a rainha Flama.

O vento frio chicoteou ao redor de Lamur, acertando as feridas em suas costas e assoviando através de suas escamas. Flama estava a caminho. Chegaria no dia seguinte. E quando ela fosse embora, levaria Sol consigo.

— Tá certo — disse Tormenta, olhando para os últimos espasmos de vida de Perpresa. — Amanhã, então.

Ela se esticou em direção às garras de Perpresa e parou, suas garras flutuando acima das dele, perto de maneira angustiante, mas sem o toque.

— Claro que vamos ter que prender Quiri novamente — disse a rainha Rubra. — Não gostaríamos que ela fugisse de novo. Você entende.

— Que seja. — Tormenta virou-se para encarar Quiri.

Elas se observaram enquanto Escarlate dispersava a multidão, e dragões começaram a sair da arena, vibrando de emoção.

Quando a maior parte da multidão tinha saído, Quiri apontou para as correntes ao redor de sua boca. Ela queria falar com Tormenta.

— Não — disse Tormenta quando um dos guardas se aproximou. Ela olhou para Quiri. — Você matou meu irmão. Você me *largou* aqui.

E é culpa sua que meu amigo está morto. Posso não querer que você morra, mas eu não quero conhecer você.

Ela se virou e saiu da arena. Os guardas arrastaram Quiri para longe, sob o sorriso triunfante da rainha Rubra.

A cabeça de Lamur girava. Ele tentava chamar a atenção de Tsunami, mas ela andava de um lado para o outro na plataforma, arranhando irritada o ar. Do lado oposto, Estelar estava sentado e olhando para o céu.

Lamur tentava pensar. Se Tormenta conseguisse libertar Quiri, com certeza tentaria libertar os dragonetes também. Talvez ela fosse até os Garras da Paz para buscar ajuda.

Mas aí talvez seria tarde demais, pelo menos para alguns deles. Certamente para Sol, que estaria a caminho da fortaleza dos asareia nas garras de Flama. E talvez para Estelar, que teria que lutar na arena no dia seguinte. Talvez até para Tsunami e Lamur, se tivessem de lutar também.

Não, eles não podiam esperar por Quiri. Teriam que escapar antes dos jogos do dia seguinte. Lamur se perguntou se Tormenta os ajudaria, agora que sabia que a rainha a tinha traído.

Ele esperou, ansioso, que ela voltasse, mas o dia passou sem nenhuma atividade na arena abaixo. O sol quente cozinhava a lama nas suas costas até que esta começou a se desfazer, enquanto o vento bagunçava sua cauda e suas asas como um dragonete brincando com a presa. E Tormenta nunca apareceu.

Quando o guarda largou outro porco ao meio-dia, Lamur tentou lhe pedir que mandasse uma mensagem para Tormenta. Porém, o guarda cuspiu fogo em sua direção, assustando o porco e fazendo-o correr em direção às garras de Lamur, e voou para longe sem responder. A única notícia boa é que ele não havia notado o fio quebrado preso à pata dianteira de Lamur.

No momento em que o sol começou a escorregar para trás dos picos do oeste, Lamur estava ficando ansioso. Tormenta estava bem? E se a rainha Rubra decidisse se livrar dela antes que lutasse por Quiri?

Asas pesadas batendo ao longe o distraíram de suas preocupações. Ele olhou para cima, quando uma profusão de dragões asareia apareceu do oeste, delineados pelo brilho avermelhado do pôr do sol. A maior estava na frente, com os outros em uma formação em V atrás dela. Eles voaram em direção ao palácio da rainha, se mantendo em filas perfeitas, e desapareceram detrás de uma parede distante, onde Lamur pensou que se localizava o campo de pouso para visitantes.

Flama estava ali.

Ela era a maior e mais cruel das três rivais para o trono asareia. Era responsável pela fortaleza do palácio dos asareia. Do que Lamur conseguia se lembrar, ela era a que tinha mais chance de ganhar a guerra — e a que tinha mais chance de matar qualquer um que se colocasse em seu caminho.

Duna os avisara que ela era a dragoa mais perigosa em Pyria, pior até que a rainha Rubra. Eles conheciam a história do que ela fizera ao ovo de asacéu antes deles nascerem. Rubra era bastante ruim, mas Flama era a pior dragoa possível para colocar as patas nos dragonetes do destino.

A sensação era a de que pouco tempo havia se passado quando Lamur viu a dragoa líder voltar voando por cima da parede em direção à arena. Ao se aproximar, ele pôde ver seus músculos fortes ondulando em suas costas como o vento nas dunas de areia. Sua cauda venenosa estava enrolada acima dela e seus olhos negros estavam fixos em Lamur.

Ele se viu encolher quando ela passou voando por ele. Seu pescoço moveu-se para que pudesse manter os olhos no dragonete enquanto voava em círculos acima dele. Lamur não sabia o que fazer. Ele não conseguia ler sua expressão de forma alguma.

Depois de um minuto, ela silvou, mostrando a língua preta bifurcada. Em seguida, disparou para circundar Tsunami e, logo, Estelar. Até Tsunami pareceu assustada por essa inspeção silenciosa. Todos os três dragões ficaram imóveis e a observaram, até a rainha Flama voar para longe novamente e desaparecer no palácio.

A gente tem que sair daqui, pensou Lamur. *Agora. Esta noite.* Ele não conseguia imaginar o que aqueles olhos negros veriam em Sol. Ele achava que Flama ia "coletar" a pequena asareia matando-a, empalhando-a e colocando-a na parede.

Mas era impossível. Aquilo era pior do que a situação deles sob a montanha. Lá, ao menos, eles estavam juntos. Lamur não era o mais inteligente do grupo. Ele não conseguia pensar em ideias brilhantes e muito menos em planos de fuga brilhantes sozinho.

Ele percebeu que Tormenta não mantivera seu lado do acordo, contando onde Sol estava. Então, mesmo que fugisse, não teria a menor ideia de onde encontrar Sol no palácio dos asacéu.

Tormenta tinha esquecido dele? Ou ela se irritara por alguma razão?

Lamur caminhou, inquieto, e o fio solto acertou suas outras patas. Ele observou aquilo. O sol era só um rasgo dourado contra as montanhas, e as luas mal começavam a escalar o céu, então ele não tinha tanta luz.

Lamur segurou a pata livre contra a luz do sol. O fio tinha um fecho curioso que o segurava no lugar, ao redor de sua perna, desde que estivesse esticado. Mas agora que o fio estava solto em uma das pontas, ele conseguia ver como tirá-lo com a ajuda da garra. A outra extremidade se prendia antes a Horizonte, o prisioneiro asareia que Tormenta matara, mas agora estava preso a um anel no centro da plataforma vazia de pedra que era a razão pela qual ninguém havia notado que se balançava livre.

Depois de alguns momentos cutucando o fecho, Lamur conseguiu remover o fio de sua perna. Ele terminou com um pedaço de fio quase do tamanho de sua própria cauda. Era feito de um metal duro e sólido que brilhava rosa-prateado com os últimos raios de sol — o mesmo material das travas em suas asas. Ele supunha ser à prova de fogo, ou outros prisioneiros teriam queimado os fios antes dele. O que queria dizer que as escamas de Tormenta eram significativamente mais quentes que fogo comum, para conseguir queimar aquele material com tamanha facilidade.

Lamur olhou ao redor. A maioria dos prisioneiros estava enrolada para dormir. Ainda era o pôr do sol, mas não tinha muito a se fazer nas plataformas de pedra. Não havia guardas à vista. Devia estar acontecendo algum banquete de boas-vindas para a rainha Flama. Com sorte, todos os soldados asacéu estariam lá, festejando e fazendo apostas nas lutas de gladiadores do dia seguinte. E com sorte Tormenta estaria em seu quarto, a caverna mais próxima da arena. Se ele conseguisse chamar sua atenção... se conseguisse só falar com ela, talvez ela encontrasse um jeito de salvá-los.

Ele enrolou uma das pontas do fio ao redor de cada uma de suas garras dianteiras e tentou serrar o que se estendia de seu pescoço para a teia. Ele esperava que conseguiria cortá-lo ou qualquer coisa minimamente útil, mas os dois fios pareciam iguais quando parou.

Porém, quando esfregou um fio no outro, uma nota estranha ecoou pela arena, como um choro solitário de um pássaro ou o último suspiro de uma corda de harpa.

Isso foi bem legal, Lamur pensou. Ele se perguntou se conseguiria produzir outras notas. Tentou escorregar o fio para mais longe dele, então mais perto de seu pescoço, e então tentou com os fios presos em suas pernas. Os sons eram diferentes — mais agudos, mais graves —, porém, ainda com aquela estranheza, aquela melancolia de antes.

Talvez Tormenta escute isso e venha conversar comigo, Lamur pensou. Mas como ela saberia que não era o vento ou as corujas chamando?

Uma música. A única música que ele conhecia era a que Tsunami cantava vez ou outra para pirraçar os guardiões — sobre os dragonetes vindo para salvar o dia. *Talvez isso seja o suficiente para ela saber que sou eu.*

Ele tentou os fios de novo e encontrou as notas que queria. Estava bem escuro já, com apenas um brilho distante da luz das luas rastejando nas montanhas. Não conseguia ver os prisioneiros do outro lado da arena, mas esperava que Tsunami e Estelar estivessem ouvindo.

Lamur se concentrou, deslizando os fios em ordem.

Oh, os dragonetes estão vindo…

Ele parou. Estava muito lento. Quando Tsunami cantou, a música era rápida e feroz, então dava para imaginar um saguão cheio de dragões rugindo no volume máximo. Mas Lamur não conseguia tocar os fios rápido o suficiente para acertar as notas e manter o tempo.

Ele tentou de novo.

Estão vindo para nos salvar…

As notas ecoaram na arena, suaves e pesarosas. Como Tormenta reconheceria aquilo? Pareciam fantasmas de dragões anciões sussurrando debaixo das areias.

Talvez, se ele continuasse praticando.

Estão vindo para lutar… pois sabem que vão ganhar… os dragonetes…

Lamur parou. O último "ahá!" soaria bem ridículo em um sussurro fantasmagórico e ancião. Aquilo era inútil.

— Oh, *os dragonetes estão vindo…*

Lamur se inclinou. Aquilo era um eco?

Mas… ele claramente conseguia ouvir *palavras…*

— *Estão vindo para nos salvar…* Ele girou a cabeça para a esquerda. Aquilo definitivamente era uma voz — uma segunda voz.

E nenhuma delas era Tsunami, porque aqueles dragões realmente sabiam cantar.

— *Estão vindo para lutar… pois sabem que vão ganhar… os dragonetes…*

Agora havia pelo menos seis vozes, todas suaves e assombrosas como as notas dos fios. Lentamente sumiram, deixando o último "ahá" de fora, como Lamur fizera.

Os prisioneiros cantavam.

Lamur preparou seus fios novamente e voltou a tocá-los. Dessa vez, uma voz depois da outra se juntou. Enquanto a arena se enchia de luz das luas, Lamur viu o prisioneiro à sua esquerda, o asagelo, com a cabeça prateada esticada para o céu, cantando.

Ele aumentou a velocidade depois da quarta vez, apesar das notas ainda soarem daquele jeito estranho, lamurioso. Mesmo que não chamasse a atenção de Tormenta, a cantoria o encheu de uma sensação selvagem, esperançosa. Parecia que todos os prisioneiros no céu cantavam juntos. Ele estava certo de que ouvia até a voz de gralha de Tsunami e o tenor puro que era Estelar.

Aquela música significava alguma coisa, até para dragões endurecidos pela guerra e pela arena. Eles acreditavam nos dragonetes e na profecia. Pela primeira vez, os sonhos de Lamur de fazer algo grande e lendário e útil pareciam fazer parte do mundo real, em vez de apenas de sua imaginação.

Cantavam pela sexta vez a música inteira, todos coração e união, quando um jato de fogo atravessou as portas da arena abaixo, e a rainha Rubra surgiu, furiosa com Flama logo atrás dela.

— Chega com esse barulho infernal! — rosnou Flama.

A cantoria parou no mesmo momento. Lamur rapidamente escondeu o fio nas asas, apesar de achar que as rainhas não conseguiam ver os prisioneiros tão bem àquela distância.

— Você — a rainha Rubra rosnou, apontando para Tsunami e, em seguida, para Estelar. — E você. E... você provavelmente não, mas desça aqui de qualquer forma.

Ela também rugia para Lamur.

Soldados asacéu foram cuspidos pelo túnel e subiram atrás dos três dragonetes. Lamur percebeu que estavam a ponto de descobrir o fio perdido. Ele fugiu dos dois que vieram para pegá-lo, batendo asas e acertando suas cabeças com elas.

— Anda, pare ou vamos derrubar você — um deles reclamou.

— Mas ele é um... — o outro começou.

— Shhhh — sibilou o primeiro. — Você ouviu a rainha. Nós não os chamamos assim.

Foi o suficiente. Na confusão no escuro, um pensou que o outro havia soltado aquela perna, e voaram com ele para a areia sem perceber o erro. Tsunami e Estelar lançaram olhares preocupados para Lamur, e ele percebeu que provavelmente ainda tinha um quantidade considerável de sangue e lama em suas escamas.

— Tragam-nos para cá — rosnou a rainha Rubra, batendo os pés no túnel com Flama. Lamur se aproximou e roçou asas com Tsunami enquanto eram empurrados. O que quer que acontecesse dali em diante, pelo menos estaria com seus amigos.

CAPÍTULO VINTE E DOIS

PARARAM NA CAVERNA DE Tormenta. Ela descansava a cabeça na beirada de uma das janelas estreitas, olhando para o céu. Então, ela se virou e lançou um olhar frio para a rainha Rubra.

Lamur notou que a pintura em tamanho real da rainha havia desaparecido da parede. Uma pilha de cinzas se amontoava no chão abaixo do ponto onde a pintura estava. Ele viu os olhos da rainha se fixarem na parede vazia, e mais fumaça sair de seu nariz.

— Fora — ela disse a Tormenta.

— Este quarto é meu! — devolveu Tormenta.

— Eu sou a rainha — disse Rubra. — Você faz o que eu mandar. Vá dormir na arena. Se alguém mais tentar cantar, suba e queime sua língua.

A cauda de Tormenta bateu, furiosa. Um momento passou e então ela correu para a porta. As duas rainhas tiveram de sair de seu caminho de uma maneira pouco digna, e Lamur viu alguns guardas asacéu esconderem sorrisos.

A onda de calor de Tormenta passou por eles, e ela fugiu pelo corredor, mal olhando Lamur ao passar. Ele a fitou, preocupado. *Será que ela está irritada comigo? Mas por quê?*

— Aqui — disse a rainha Rubra, empurrando Estelar para a caverna de Tormenta.

Ele tropeçou, tentando saltar a piscina e terminou espalhando água com as pernas traseiras. Tsunami afugentou seus guardas e pulou por cima da água, seguida por Lamur.

— Vocês não vão interromper o meu banquete novamente — silvou a rainha Rubra. — Tenho certeza de que vocês estão muito impressionados consigo mesmos.

— Por que você não os mata? — perguntou Flama.

Ela era muito maior que Rubra; sua cabeça raspava no topo do túnel, e suas patas tinham o dobro do tamanho das de Lamur. Ela não vestia pedras preciosas ou cota de malha, mas suas garras e dentes estavam manchados de todo o sangue que derramara, e uma cicatriz assustadora estava queimada ao longo de seu lado esquerdo, debaixo da asa. Não havia branco em seus olhos; eram esferas de um preto puro, ameaçador.

— Porque não seria divertido — respondeu a rainha Rubra. — Eu quero vê-los lutar. Temos um dia inteiro de entretenimento planejado para amanhã. É meu dia da incubação! Eu quero que ele seja emocionante.

Lamur estava começando a odiar a palavra *emocionante*.

Flama deu uma olhada para os guardas asacéu, e eles rapidamente saíram pelo túnel, fora do alcance de sua voz. Ela falou baixo, para apenas Rubra e os dragonetes conseguirem ouvir.

— Mas e se eles *forem* os dragonetes da profecia, então a melhor forma de quebrar a profecia é matando-os.

— Bom — disse Rubra. Sua língua passeou pelos lábios enquanto olhava para Estelar. Lamur conseguia sentir que ela ainda queria ver um asanoite em combate. — Talvez. Mas isso não funcionou tão bem para você, não foi? Todo mundo sabe sobre o ovo de asacéu. Todos os ovos de asacéu, no caso.

As orelhas de Lamur se eriçaram. *O que aquilo queria dizer?*

A cauda de Flama fez um baque no chão forte o suficiente para tremer o piso abaixo dos pés de Lamur.

— Pelo contrário, aquilo funcionou perfeitamente. Eles não têm um asacéu, têm? Só quatro dragonetes. A profecia já está incompleta.

Lamur e Tsunami trocaram olhares. *Ela não disse a Flama que Glória é uma de nós. Ela quer manter a nova "peça de arte" com ela.*

— E mesmo assim nossos súditos ignorantes estão sempre latindo sobre os dragonetes que vão salvar o mundo — disse Rubra. — Eles acreditam nisso, não importa o que escutaram sobre ovos quebrados. Se matarmos os dragonetes agora, fora das vistas, vai ser inútil. Mesmo se pendurássemos os corpos deles nas paredes do palácio, ninguém acreditaria que são eles.

Os Garras da Paz só vão produzir novos dragonetes e vamos voltar ao ponto de partida.

Flama mostrou seus dentes com um rosnado.

— O mundo não precisa de uma profecia. Se eles me apoiarem, a guerra acaba amanhã.

— Nem todos os dragões são inteligentes como os asacéu — disse Rubra, suavemente. — Mas escute. Se colocarmos os dragonetes na arena, todos vão vê-los morrer. Eles vão ver como os dragonetes são fracos. Vão perder toda a fé neles e, mais importante, na profecia. Tudo vai acabar. Muito mais forte que só desaparecer com eles.

A rainha asacéu observou sua convidada com malícia.

— Você não concorda?

— E se eles ganharem? — perguntou Flama.

— Não vão ganhar — disse Rubra. — Mas é claro que matá-los com nossas próprias garras é um plano B bem sólido.

— Perdão — interrompeu Tsunami. — As senhoras sabem que estamos aqui, né? Não querem arranjar um quarto pra discutir seus planos maléficos?

Lamur pensou que a força combinada das duas olhadas das rainhas a derrubaria, mas Tsunami só devolveu a atenção.

Rubra abriu uma bolsa que estava debaixo de sua asa e espalhou várias pedras negras na entrada da caverna de Tormenta, no túnel ao lado da piscina. Abriu a boca e soprou neles, pondo fogo nas rochas. Em segundos, os dragonetes estavam presos por uma parede de fogo.

— Durmam bem, para que vocês sejam emocionantes na arena — disse a rainha Rubra. — Achei que ia brincar com vocês por mais tempo, mas acho que todos terão que estar mortos até o pôr do sol de amanhã.

Ela suspirou.

— Ninguém deixa eu me divertir.

Lamur ouviu os passos pesados das rainhas se afastando pelo túnel. Ele virou-se para olhar seus amigos ao mesmo tempo em que Tsunami se jogou nele.

— Ai! — gritou, mas não lutou contra o abraço quando ela enrolou a cauda na dele e o envolveu com as asas.

— Eu tô tão feliz que você tá vivo — disse ela. — Seu idiotão.

— Eu também tô — respondeu Lamur. — Mas tô mais feliz que vocês dois estão vivos.

Ele esticou uma asa e puxou Estelar para o abraço. O asanoite descansou a cabeça por um momento no ombro de Lamur, e Lamur se preocupou mais uma vez com o que aconteceria com Estelar na arena.

— Precisamos descobrir como fugir daqui — disse ele.

— Primeiro, a gente limpa você — disse Tsunami, dando um passo para trás e tirando Estelar do caminho. — Pra água. Bora!

— Isso não é importante — disse Lamur. — Eu acho…

Tsunami o empurrou na piscina.

Lamur emergiu, tossindo e se engasgando. A piscina era quase tão profunda quanto ele era alto. Ele podia ficar em pé no fundo e deixar a cabeça do lado de fora se esticasse o pescoço. A água estava fria, mas com o fogo das pedras negras tão perto, ele lentamente se aquecia.

— Tá vendo? — disse Tsunami. — Muito melhor.

Ela se inclinou por sobre a borda e esfregou as escamas nas costas, limpando a sujeira e o sangue. Lamur decidiu que não valia a pena discutir com ela.

— Aquilo foi bem inteligente — disse Estelar para Tsunami. — A música. Eu não tenho ideia de como você conseguiu pegar uma melodia de ouvido depois de passar a vida inteira completamente desafinada.

Ela piscou para ele.

— Eu não fiz aquilo. Eu achei que tivesse sido você!

— Fui eu — admitiu Lamur. Ele puxou o fio e o esticou no chão.

Estelar o pegou e o observou.

— Como você quebrou isso? — perguntou Tsunami. Lamur gostou muito do tom surpreso em sua voz. Ele adoraria dizer que tinha feito algo inteligente.

— Eu tive ajuda — disse, apenas. — Aquela dragoa que estava aqui: Tormenta. O toque dela conseguiu derreter. Foi um acidente.

Estelar se esticou e tocou as travas nas asas dele, parecendo pensativo.

— Aquela dragoa é uma assassina maluca — disse Tsunami. — Você não viu o que ela fez com o asareia? E ela é filha da Quiri, o que meio que faz sentido.

— É — disse Estelar. — É compreensível Quiri sempre ter nos odiado. Eu aposto que os Garras da Paz acharam que ela *queria* trabalhar como babá de dragonete depois do que ela perdeu. Mas nós só a lembramos dos filhos mortos todos os dias.

Lamur estremeceu. Ele não tinha pensado por aquele ângulo.

— Tormenta não é tão doida — disse ele. — Ela é legal quando não está matando alguém. Ela trouxe lama pros meus ferimentos. E ela disse que achou Sol.

Estelar levantou a cabeça.

— Onde?

— Ela pode alcançá-la? — perguntou Tsunami. — Ela pode soltá-la?

— Eu não sei se Tormenta vai nos ajudar — disse Lamur, movendo os ombros na água. — Eu não falei com ela desde o julgamento. Acho que ela tá chateada comigo.

— Eu não tô chateada com você — disse Tormenta, colocando a cabeça através da parede de fogo e fitando Lamur na piscina.

Tsunami pulou para trás, com um silvo alarmado. Estelar se agachou e congelou, mirando Tormenta com olhos arregalados.

— Ah, que bom — disse Lamur para Tormenta. Ele se perguntou o quanto da conversa ela tinha ouvido. Será que os ajudaria se tivesse ouvido Tsunami xingando-a? Certamente Tormenta não estava lançando os melhores olhares para Tsunami. — Onde você estava?

— Eu não quis colocar você em perigo — disse Tormenta.

Ela bateu as asas e o fogo se debateu ao redor dela.

— Vem pra cá — disse Lamur. — É meio estranho falar com alguém que está pegando fogo.

Ele afundou a cabeça na água e Tormenta pulou por cima da piscina para dentro da caverna. Tsunami e Estelar se encostaram nas janelas atrás, afastando-se o máximo que podiam de Tormenta.

Lamur saiu da piscina e abriu as asas para o calor de Tormenta secá-las. Ela enrolou a cauda ao seu redor e apontou a cabeça na direção dele, ignorando os outros dois.

— Eu tava com medo da rainha machucar você como ela fez com Perpresa — disse Tormenta, entristecida. — Eu nem deveria estar falando com você. Se ela descobrir que eu gosto de você, ela vai fazer algo horrível só pra me punir.

Tsunami olhou pesado para Lamur de um jeito que ele não entendeu.

— Você pode nos ajudar a escapar? — perguntou ele, com esperança.

— Eu adoraria — disse ela. — Isso a deixaria mais irritada do que nunca. Mas eu não consigo passar vocês por esse fogo.

Ela apontou para a parede de chamas com a cauda.

— Dá pra usar a água para apagar o fogo? — perguntou Estelar. Ele se encolheu quando Tormenta virou-se para responder.

— Não. Essas pedras têm que queimar até virar cinzas. Não podem ser apagadas de nenhuma outra forma.

— E a Sol? — perguntou Lamur. — Tem alguma coisa que a gente possa fazer para soltá-la? Temos que libertá-la antes que Flama leve ela.

Os olhos azul-fogo se estreitaram.

— Você fala muito nessa tal de Sol. Ela é tão importante assim?

— É! — os três dragões responderam ao mesmo tempo.

A cauda de Tormenta se eriçou. Lamur não tinha ideia de por que ela parecia tão insatisfeita.

— Tormenta — interrompeu Tsunami. — Olha só. A Sol é como uma irmã menor pra nós. Pra todos nós.

Estelar abaixou a cabeça para suas patas.

— Pense em seu irmão — continuou Tsunami. — Você não o teria salvado se pudesse?

A expressão de Tormenta mudou, e ela meneou a cabeça.

— Uma irmã. Certo. Eu entendo. Tá bom, vou ajudar.

— Onde ela está? — perguntou Estelar. — Ela está bem?

— Ela está em um tipo de jaula de pássaro — disse Tormenta. — Pendurada em cima do salão de banquete. Todo mundo vai estar comemorando lá a noite inteira, mas amanhã, enquanto assistem aos jogos na arena, eu posso me esgueirar e salvá-la.

— Obrigado! — Lamur quase enrolou sua cauda na dela, mas lembrou no último segundo que não podia tocá-la.

— E quanto a Lamur e Estelar? — perguntou Tsunami. — Eu posso sobreviver à arena, mas precisamos tirá-los de lá.

— Ei, eu posso sobreviver também — disse Lamur. — Tá doida? Eu já sobrevivi.

— E como você fez aquilo, exatamente? — perguntou Tsunami. — Eu meio que sei que você não tem veneno secreto nas suas garras.

— Eu sei o que fazer! — gritou Estelar, pulando.

— Na arena? — perguntou Tsunami, cética.

— Não, agora — disse ele. — Eu sei como podemos sair daqui.

CAPÍTULO VINTE E TRÊS

ESTELAR APONTOU PARA AS chamas que subiam das pedras negras.

— Tormenta, o fogo não te machuca, correto?

Ela deu de ombros.

— Faz um pouco de cócega, mas só.

— E o fogo está vindo das pedras. E se você pegasse as pedras e as movesse? Você poderia colocar o fogo em outro lugar e abrir a porta para nós, não poderia?

O coração de Lamur batia acelerado. Tormenta girou a cabeça para Estelar.

— Ele *é* inteligente — disse. — Que nem você falou. Eu acho que posso fazer isso, sim.

Ela pareceu não estar totalmente convencida.

— Se vocês têm tanta certeza assim que querem fugir hoje.

— Claro que queremos — disse Tsunami, saltando. — Bora sair daqui.

— Mas Sol… — disse Estelar.

— Nós nos escondemos em algum lugar e esperamos Tormenta libertá-la amanhã — disse Tsunami.

— E Glória — disse Lamur. — Temos que ver como salvar a Glória, também.

— Glória? — As sobrancelhas de Tormenta se elevaram.

— A asachuva. A nova peça de arte da rainha Rubra — disse Lamur.

— Ah — disse Tormenta. — Ela. Ela é bem bonita.

Ela semicerrou os olhos para Lamur, o que o deixou confuso.

— Vamos fugir *agora* e se preocupar com isso *depois* — disse Tsunami. — Tem algum lugar onde possamos nos esconder?

Tormenta abriu suas asas.

— Debaixo da cachoeira. Tem uma caverna lá que só eu conheço — respondeu e virou, quase acertando Lamur com a cauda, e saltou por cima da piscina em direção ao fogo. Lamur observou, impressionado, quando ela usou as garras para pegar duas das pedras negras. Ela entrou no túnel e o fogo das rochas a acompanhou, queimando ao redor de suas patas.

Com cuidado, ela empilhou o fogo do lado de fora até que houvesse um espaço largo o suficiente para os dragonetes conseguirem saltar. Tsunami foi primeiro, e então Lamur, e só então Estelar. Quando todos se reuniram no túnel, Tormenta reconstruiu a parede de fogo.

— Pronto — disse ela, satisfeita. — Agora ela não vai saber como vocês fugiram.

— Você consegue arrancar essas coisas das nossas asas? — sussurrou Estelar, apontando para as travas. Tormenta olhou para ele de forma penetrante.

— Talvez — disse ela. — Mas talvez eu espere até ter certeza que vocês não vão embora sem se despedir.

— Nós não iríamos embora sem nossos amigos — prometeu Lamur. Ela franziu o cenho.

— Qual o caminho para a cachoeira? — interrompeu Tsunami.

Tormenta apontou para o túnel com a cabeça e serpenteou na frente, liderando o caminho.

— Para de deixar ela irritada — sibilou Tsunami no ouvido de Lamur.

— Eu? — perguntou, genuinamente surpreso. — O que eu fiz?

— Você é um bonitão muito do idiota — disse ela, com afeto. — Eu te conto mais tarde.

O que não ajudou em nada.

Pouco depois de chegarem ao saguão central de sacadas, o túnel virava à esquerda e começava a subir. Tormenta sinalizou para que se movessem em silêncio, e eles avançaram com cuidado em direção ao som de dragões gritando, cantando e quebrando coisas.

Tormenta olhou por cima do ombro em direção a Lamur, que se concentrava em mover suas patas silenciosamente no chão rochoso, decorado com ouro.

— Ei — chamou ela. — Quando você estiver livre... o que você vai fazer?

— Vamos achar nossos pais — sussurrou Lamur de volta. — Eu nunca estive no reino dos asabarro. Mal posso esperar.

— Sério? — disse Tormenta. — Você vai direto pra lá? Só vocês cinco?

— Com certeza. Assim que a gente... — começou Lamur, e então Tsunami pisou com força em sua cauda.

Ele segurou um grito de dor e fez uma careta para ela. Quando voltou a olhar para frente, Tormenta havia corrido na frente.

Lamur achou que tinham subido dois níveis, fazendo um círculo ao redor das sacadas, quando chegaram a uma passagem aberta tão alta quanto cinco dragões, e tão larga quanto. Eles se esconderam no canto do túnel e olharam para fora.

A passagem levava até um platô semicircular entre os penhascos, lotado de asacéu e asareia e iluminado por globos flutuantes cheios de fogo. A maioria dos asacéu se vestiam com ouro, cobre ou joias preciosas que cintilavam sob a luz das chamas. Os dragões desérticos asareia pareciam grosseiros e comuns perto deles, e vários estavam desconfortáveis como se preferissem batalhar a ter conversas políticas em uma festa.

Estátuas da rainha Rubra em diferentes poses régias se espalhavam pelo chão, algumas feitas de mármore, outras de outo, outra de pedras negras lisas com rubis nos lugares dos olhos. Mesas no lado de fora exibiam pilhas de comida, e vários tipos de presa também corriam desesperadas entre as garras dos dragões. Uma pequena barreira de pedra impedia que as presas escapassem para o túnel e, para todos os lados do platô, havia penhascos que desciam ou subiam, então eles estavam presos.

Lamur viu uma asacéu parar no meio da conversa, esmagar uma cabra com suas patas, jogá-la na boca, e continuar a conversa com o asareia à sua frente. Ele também viu dois sucateiros no meio das presas. Em vez de correr como galinhas assustadas, um tentava escalar o penhasco do outro lado; o outro se esgueirava por baixo de uma das mesas para se esconder. Isso o fez se perguntar se sucateiros eram mais inteligentes do que pareciam.

Agora que podia ver que o banquete era ao ar livre, Lamur entendeu como os dragões tinha conseguido ouvir a cantoria dos prisioneiros. Ele tinha se perguntado como o som tinha chegado ali, após passar por tantos túneis, mas de lá a arena era apenas alguns saltos de dragões por alguns penhascos.

A rainha Rubra estava em um trono dourado alto, vendo os outros dragões de cima. Um outro trono, menor, foi disponibilizado para Flama, apesar da altura assustadora de Flama fazer com que suas cabeças estivessem quase no mesmo nível. Flama mudava de postura e fazia caretas como se o assento curvo e chique fosse desconfortável.

Estelar pegou o ombro de Lamur e apontou para uma gaiola grande pendurada acima do centro do lugar. Era presa no alto por fios como os que ficavam nas pernas dos prisioneiros, amarrados entre bastões altos nos dois lados do platô. Às vezes, um dragão ou dois voavam em círculos ao redor da gaiola, espiando, e voltavam ao chão.

Agachada dentro da gaiola, com suas asas cobrindo a cabeça, estava Sol. Suas escamas douradas emanavam um brilho fraco na luz do fogo, como se fosse apenas mais uma peça do tesouro.

— Para — sussurrou Tsunami quando Lamur deu um passo em direção a Sol. — Eu sei. Eu quero salvá-la também.

— Mas se formos agora, é suicídio — concordou Estelar. — Melhor deixá-los pensar que iríamos embora sem ela. Se souberem que nos importamos, vão usá-la contra nós.

Sua cauda bateu, frustrada.

— Mas ela tá sozinha — sussurrou Lamur. Se eles pudessem só mostrar que estavam ali, não tão longe.

Ele se esticou um pouco, procurando por Glória, mas não conseguia vê-la. Talvez Rubra estivesse escondendo-a de Flama.

— Vocês atravessam primeiro — disse Tormenta. — Se agachem e corram, e com sorte eles não vão nos ver.

Ela mandou Tsunami na frente e os outros seguiram um por vez. Lamur se viu desejando que tivesse escamas mais escuras para desaparecer na escuridão como as de Estelar. Eles se concentraram na curva seguinte, esperando por Tormenta.

— Desculpa — disse ela quando se encontraram pouco depois. — Eu tive que esperar a rainha olhar pro outro lado.

Dali o túnel se dividia em várias direções. Tormenta foi pelo que se afundava por baixo do penhasco que abrigava o banquete. As tochas se afastavam cada vez mais à medida que avançavam, então o túnel tornava-se mais e mais escuro. Logo, Lamur foi capaz de ouvir um rugido à frente, mas daquela vez ele sabia que se tratava de uma cachoeira.

Emergiram ao ar livre em um cume estreito, a meio caminho de um penhasco alto e escarpado. Pela luz das luas, puderam ver a queda para um rio cintilante e sinuoso lá embaixo. A cachoeira se derramava à frente, ruidosa e feroz, e o vento carregava espirros gelados de água para seus rostos.

Estelar pressionou-se contra o penhasco.

— Você tem certeza de que não quer soltar nossas asas agora? — perguntou, fechando os olhos.

— Vocês vão ficar bem — disse Tormenta. — É fácil descer por aqui. Eu consigo quando estou com as asas cansadas. Estão vendo? A caverna é bem ali.

Lamur espiou pela beirada e viu um pequeno vão no penhasco abaixo, como um rasgo minúsculo na parede atrás da cachoeira. Era definitivamente uma jornada que ele preferia fazer com asas funcionando, mas se tinham que manter Tormenta feliz...

— Eu tô vendo alguns apoios para as patas — disse ele. — E podemos descansar naquela pedra no meio do caminho...

Ele parou. Acima do rugido da cachoeira, ele podia ouvir asas batendo. Alguém estava vindo.

Ele virou-se.

— Se escondam — disse, empurrando Tormenta para o túnel. — Se descobrirem que você tá ajudando a gente, as rainhas vão matar você, campeã ou não.

Ela parou na boca do túnel, olhos fixos nele. Lamur se virou e viu Tsunami e Estelar com expressões chocadas.

— Como você fez isso? — sussurrou Tormenta.

— Fiz... — começou Lamur, e então ele sentiu o calor nas patas. Ele tocara as escamas de Tormenta sem nem pensar. Ele olhou para baixo, esperando ver marcas escuras de queimadura e garras tornando-se pó. Mas suas patas tinham apenas um brilho vermelho e morno. No entanto, logo em seguida, diante dos seus olhos, ele notou a vermelhidão e o calor diminuírem até suas patas ficarem normais de novo.

— Parem com a conversinha — ordenou Tsunami, empurrando-os de volta para o túnel. — E corram.

— Acho que não — disse a voz gelada da rainha Rubra de trás deles. Lamur se virou lentamente e viu a rainha asacéu pousando, suas asas abertas e cravejadas de joias.

— Muito obrigada, Tormenta — disse a rainha, de um modo sórdido. — Você será perdoada.

Lamur não entendeu. *Obrigada pelo quê?* Tormenta lhe deu um olhar angustiado e fugiu pelo túnel.

A rainha Rubra sorriu para os dragonetes enquanto soldados asacéu choviam de cima.

— Indo a algum lugar?

CAPÍTULO VINTE E QUATRO

A RAINHA NÃO FICOU feliz ao ver sua parede de fogo intacta quando os dragonetes foram jogados de volta para sua cela. Ela suspirou, irritada.

— Então vocês descobriram o que os asabarro nascidos de ovos cor de chama podem fazer — disse ela. — Eu acho que era só uma questão de tempo.

Lamur observou os outros, confuso, quando os guardas usaram pás para colocar as pedras para o lado. O que ela achava que ele tinha feito? Tsunami e Estelar tinham olhares sombrios, como se entendessem muito mais que ele.

— Encontre os dez guardas mais sóbrios — a rainha Rubra instruiu Escarlate. — Coloque-os aqui. Esses dragonetes vão parar de arruinar minha festa.

Ela os fitou enquanto eram empurrados para dentro da caverna mais uma vez, e a parede de fogo era posta no lugar.

— É realmente muito egoísta da parte de vocês — reclamou. — Meu dia da incubação só acontece uma vez ao ano. Estou planejando isso há meses. Então parem de ser horríveis, ou então vou seguir o conselho de Flama e matar vocês logo.

Eles esperaram que ela tivesse ido embora, e que as costas espinhosas de dez guardas asacéu rabugentos preenchessem a passagem do lado de fora. Então Tsunami puxou Lamur e Estelar para um canto afastado, onde os assovios do vento atravessando as janelas estreitas conseguissem encobrir a conversa.

— Eu não me lembro de nada sobre isso nos pergaminhos — ela sussurrou para Estelar.

— Tinha uma referência a uma lenda de antes da Queimada — Estelar sussurrou de volta. — Mas eu não achava que significava alguma coisa. Os dragões maiores nunca disseram que tinha algo de especial em um ovo vermelho. Eu nem acho que sejam tão raros assim.

— Do que a gente tá falando? — perguntou Lamur.

— De você, sua lesma — disse Tsunami, cutucando-o com uma garra. — E de sua namorada horrível do mal.

— Eu… quem? — disse Lamur.

— Tormenta — explicou Tsunami. — Aquela que traiu a gente em vez de nos ajudar a fugir.

Lamur finalmente começava a entender.

— Vocês acham que foi culpa dela? — perguntou. — Por que ela faria isso?

— Porque ela quer te prender aqui, é óbvio — rosnou Tsunami. — É isso que acontece quando você é legal com uma psicopatinha.

— Eu ainda tô confuso — disse Lamur. — Onde os ovos vermelhos entram?

— Você não se lembra da profecia? — perguntou Estelar.

Lamur estremeceu. Era uma das coisas que os dragões guardiões tentavam enfiar em sua cabeça um milhão de vezes. Mas nunca funcionava.

"*Para as asas da terra, procure em meio à lama*", Estelar citou, "*por um ovo da cor da chama.*" Ele parou e olhou com expectativa para Lamur. Houve uma pausa.

— Quê? Eu? — perguntou Lamur.

— Conta logo sobre a lenda — disse Tsunami, impaciente, para Estelar.

— Era alguma coisa sobre como um asabarro nascido de ovos cor de chama conseguiria andar sobre o fogo — disse Estelar.

— Ah, só isso? — disse Tsunami, a voz banhada em sarcasmo. — Quem diria? Não é como se algo assim fosse útil. Com certeza, zero importância.

— Ei, se eu estivesse com meus pergaminhos, eu teria toda a informação de que precisávamos — disse Estelar.

— Pera, isso não deve ser verdade — disse Lamur. — A Quiri gostava de me queimar bastante durante os treinos.

— Mas você não tem cicatrizes — disse Tsunami. — Ela tentou colocar fogo em você muito mais do que na gente, e você sempre se curava, tipo, em um dia.

— Mas *doía* — disse Lamur. Ele lembrava daquilo *muito bem*.

— A lama — disse Estelar, apressado. — Dragões se fortalecem em seus habitats naturais. Os asamar são mais fortes no oceano. Aposto que você tinha que entrar em contato com lama antes que sua imunidade a fogo pudesse se desenvolver totalmente.

Ele parou, pensando, e sua expressão se tornou esperançosa.

— Talvez meus poderes sejam ativados na luz ou alguma coisa assim.

— Se isso é verdade, então os Garras da Paz foram bem burros de deixar *você* debaixo da terra — disse Tsunami.

— A gente ficou naquelas colunas durante a noite nos últimos dias — disse Lamur. — Você se sente diferente?

Estelar observou as estrelas do lado de fora.

— Não — admitiu, depois de um tempo. — Mas talvez eu só não saiba como eu deveria me sentir.

Eles ficaram sentados por um momento.

— Você realmente acha que Tormenta nos traiu? — perguntou Lamur.

— Total — respondeu Tsunami. — Ela não quer perder você.

— Ah — disse Lamur. — Isso é tão triste. Acho que ela não tem nenhum amigo.

— Lamur! — Tsunami se exasperou. — Não sinta pena dela. Ela acabou de trair a gente. E, a propósito, claramente ela não te vê só como um amigo.

Ele piscou, surpreso, e ela encostou as asas nas dele.

— Ah, eu entendo. Você é fofinho e tal, mas não pode perdoá-la por isso. Ela só vai ficar mais possessiva se achar que pode se safar dessa.

— Você tem que se afastar — concordou Estelar, balançando a cabeça. — Ela não é confiável.

— Eu acho que ela não vai salvar a Sol também — disse Lamur, entristecido.

— Não — concordou Tsunami. — Nós vamos ter que fazer isso.

— Amanhã — acrescentou Estelar.

Eles todos olharam para os guardas parados no túnel. Mesmo que Lamur movesse as pedras de fogo agora, eles três não conseguiriam vencer tantos guardas ferozes e irritados. Eles estavam presos pelo resto da noite.

— A gente vai pensar em alguma solução — disse Tsunami.

Lamur estava exausto. Ele não dormira quase nada, e quando o fez, não dormiu bem, desde a luta com Fiorde. Ele se enrolou no chão, e os outros dois se apoiaram nele — do jeito que sempre tinham feito, uma pilha de dragonetes, antes de completarem um ano e Quiri insistir nas cavernas de dormir e nas elevações rochosas fazendo as vezes de camas.

O calor e o peso dos outros dois era o que Lamur precisava. Apesar de seus medos pela manhã seguinte, sua culpa por confiar em Tormenta, e a tristeza pela traição, ele adormeceu em pouco tempo. E não teve um único pesadelo.

CAPÍTULO VINTE E CINCO

O RUGIDO DOS DRAGÕES os levantou na manhã seguinte. Os três dragonetes quase não tiveram tempo de se levantar antes de os guardas entrarem em sua caverna. As pedras negras já haviam se tornado brasas, o que os guardas asacéu varreram para a piscina com facilidade. Vários deles agarraram Tsunami e a empurraram em direção à arena; o resto levou Lamur e Estelar para o túnel.

— Esperem! — gritou Lamur. — Aonde ela tá indo? Por que não podemos ir com ela?

— Olha pra isso. *Ain, por favor, me matem logo* — debochou um dos guardas asacéu.

— Não se preocupe, daqui a pouquinho vai ser a sua vez — disse outro, então todos riram de maneira desagradável.

Lamur e Estelar foram empurrados escada acima, degraus largos e escuros, e saíram para a luz ofuscante do sol.

Eles estavam na sacada da rainha, olhando a arena de cima. A rainha Rubra já estava lá, descansando em seu trono. Ela sorriu para eles, um sorriso malicioso.

— Achei que vocês gostariam da melhor visão da casa para hoje. — Ela apontou com a cabeça para a arena, onde Tsunami se debatia contra os guardas ao redor dela.

Correntes grossas foram presas ao redor do pescoço deles, e Lamur e Estelar estavam amarrados a anéis no chão da sacada. Flama estava ao lado de Rubra, ignorando o trono oferecido a ela. A rainha asareia olhava a todos os dragões com o mesmo desprezo. Lamur supunha que ela preferia lutar a assistir outros lutarem.

Ele se empurrou contra sua corrente quando Glória foi trazida para a luz do sol. Ela ainda dormia em voltas relaxadas ao redor da árvore, com ondas de verde-esmeralda e azul-pavão passeando por suas escamas. Seus olhos estavam fechados, mas quando a arrastaram perto dele, ele teve certeza de que se abriram um pouco, só o suficiente para ver seus amigos acorrentados ao lado. Pelo menos, ele esperou que tivesse visto isso.

Os olhos negros de Flama também estavam fixos em Glória.

— Ah, é meu novo brinquedinho — disse a rainha Rubra. — Bonita, não é? Eu tenho certeza de que sou a única rainha com minha própria asachuva.

— Desperdício de comida — murmurou Flama, mas tinha uma expressão invejosa.

— Ela não come muito — disse Rubra. — Ela se parece mais com uma planta exótica do que com uma dragoa. Água, muita luz do sol, uma frutinha, e um macaco aqui ou ali. Vale a pena, até eu me entediar, é claro.

— Hmmmm — disse Flama.

Os assentos estavam cheios de centenas de dragões — ao que parecia a Lamur, todos do Reino dos Céus. Eles rugiam e batiam os pés, demandando uma diversão sangrenta.

Escarlate flutuou até o centro da arena.

— Nobres dragões — começou. — Leais asacéu, e viajantes asabarro, e honrados asareia convidados. Hoje temos um dia recheado de jogos emocionantes, então comecemos!

Ele virou-se para apontar para Tsunami, ao mesmo tempo em que ela se soltou dos guardas e avançou em sua direção. Com um grito de terror, Escarlate disparou para o céu, quase sem conseguir escapar de suas garras.

Os dragões na audiência explodiram em gargalhadas. Tsunami sibilou para Escarlate enquanto ele voava em círculos acima dela.

— Parece que hoje alguém me confundiu com um oponente — anunciou Escarlate com uma risada nervosa. — Perdoe-me por te desapontar, asamar, mas temos um companheiro muito mais dramático que gostaríamos que conhecesse.

Ele apontou para o céu. Vários guardas lutavam contra um asamar esverdeado em um dos pináculos.

— Em pé na arena, temos uma das supostas dragonetes do destino — rugiu Escarlate, mantendo-se no ar. — Eles realmente são tão poderosos assim? É o que descobriremos. Eu lhes apresento... Tsunami dos asamar!

O som de asas batendo e fogo sendo cuspido preencheu a arena. Era muito mais alto do que Lamur esperava, como se os dragões espectadores estivessem realmente torcendo por ela. Ele conseguia entender algumas vozes na multidão.

— São eles! Os dragonetes do destino!

— Você viu o que o asabarro fez com Fiorde! O que foi *aquilo*?

— Vocês ouviram a cantoria na montanha noite passada?

— Que festa incrível...

— ... talvez tenha sido um presságio.

— ... fantasmas nos picos... os dragonetes estão aqui...

— ... com o mesmo medalhão de rubi! Foi muito ridículo.

— ... que ela ganhe...

Lamur olhou a rainha Escarlate, que tinha fumaça crescendo em anéis ao redor de seus chifres. E bateu a cauda em direção a Escarlate, como se dissesse "ande logo com isso".

— AHEM — disse Escarlate. — Alguns de vocês devem lembrar de um dragão que, há alguns meses, se recusou a lutar.

— UUUUUUUUUUUH! — a multidão vaiou.

— Precisamente — disse Escarlate. — Ele tentou iniciar uma pequena revolução entre os prisioneiros, não foi? Tentou fazer todos os dragões pararem de lutar. Bem, claramente ele precisava de uma lição, se não estaríamos todos deitados em nossas cavernas, entediados como nunca. Não é mesmo?

— ISSO AÍ! — a multidão concordou.

— E qual é a melhor forma de se punir um asamar? — Escarlate voou por cima da multidão, tentando parecer perfeitamente confortável no ar, em vez de na areia onde normalmente fazia os anúncios.

— Cortar a cabeça!

— Enfiar mato nas guelras!

— Afogar!

Escarlate suspirou.

— Todas são sugestões maravilhosas — disse. — Mas não. A melhor forma de punir um asamar é tirar toda a sua água. *Toda* a sua água. Por meses.

Tsunami olhou para a sacada da rainha e encontrou os olhos de Lamur. Suas escamas estavam pálidas com horror.

O asamar pousou na areia com um baque, se contorcendo, jogado pelos guardas. Ele tinha o dobro do tamanho de Tsunami, com garras afiadas e curvas como anzóis. Sangue seco pintava sua boca, como se tivesse tentado beber suas próprias veias. Suas escamas eram sem graça e craqueladas, e seus olhos verde-escuros estavam injetados e rolavam nas órbitas de seu crânio magro.

Ele parecia completamente ensandecido.

— Desidratado, mentalmente instável, e finalmente pronto para lutar. É Brânquio dos asamar! Garras afiadas, caudas esticadas! Lutem!

Brânquio não esperou a ordem de Escarlate. Ele rasgou a areia em direção a Tsunami logo que voltou ao equilíbrio. Sua boca estava aberta, como se ele achasse que estivesse rugindo, mas não se escutou nenhum som. Sua língua, roxa e inchada, estava caída para o lado.

Tsunami saltou por cima dele e se agachou em um rolamento ao pousar, fazendo-a chegar na metade da arena. Ela virou-se para encarar Brânquio, enquanto ele disparava em sua direção mais uma vez.

— Ele é rápido — sussurrou Estelar para Lamur. — Ele está desesperado.

— Tsunami é rápida também — disse Lamur. Mas ele se perguntou se ela estava sentindo tudo que ele havia sentido, lá na areia. Encarando sua primeira batalha até a morte, ela hesitaria em matar outro dragão? Porque Brânquio não hesitaria. Ele não poderia ser distraído como Fiorde. Ele fora enlouquecido com sede e rasgaria Tsunami sem saber o que fazia.

O grande dragão verde se jogou de costas com as asas abertas para tentar acertar Tsunami. Ela rasgou sua barriga com as garras. Um sangue vermelho brilhante se espalhou pelas escamas azuis. As patas de Brânquio tropeçaram nela e ele caiu de cara na areia enquanto ela saía do caminho.

Ele levantou-se imediatamente e foi atrás dela. Suas garras foram na cauda dela e deram um puxão, tirando-a do solo. Ela girou no ar e afundou os dentes na pele da membrana entre os dedos dele.

Brânquio deu seu rugido sem som novamente. Havia algo de perturbador em assistir dragões lutarem em silêncio. Fazia Lamur sentir como se suas escamas estivessem rastejando em suas costas.

Brânquio derrubou Tsunami e ela girou rápido, batendo a cauda nas pernas dele. O asamar caiu como uma pedra. O baque de seu corpo balançou toda a arena.

Tsunami saltou na cabeça dele, prendendo suas asas com as patas traseiras. Ela segurou os chifres dele com as garras frontais e enfiou-lhe o rosto na areia. A cauda de Brânquio se debateu, fazendo-a se mover, mas o peso de Tsunami era demais para que ele conseguisse derrubá-la.

— Eu ganhei — gritou Tsunami. — Todos vocês estão vendo. Podemos acabar com isso sem ninguém morrer. Eu peço que vocês me deixem poupá-lo!

Houve um silêncio inesperado na arena. Lamur mirou a rainha Rubra, perguntando-se se ela discutiria com Tsunami, mas sua expressão era presunçosa, como se soubesse exatamente o que aconteceria em seguida.

— MATA ELE — vários asacéu gritaram ao mesmo tempo. — Quebra o pescoço dele! Arranca os dentes! Come os olhos dele! Alguma coisa nojenta! Mata! Mata! Mata! Mata!

De repente, todos os dragões gritavam para ela em uníssono.

Tsunami abaixou a cabeça, respirando pesado. Parecia estudar Brânquio, talvez se perguntando se havia algum jeito de salvá-lo da loucura.

— Ela não tem escolha — disse Estelar. — É a vida dela ou a dele. Se ela deixá-lo ir, ele vai matá-la na mesa hora. Ela deve saber disso.

É, mas saber disso não deixa mais fácil, pensou Lamur.

— Talvez nossos "dragonetes do destino" não tenham o estômago para a batalha — disse a rainha Rubra, desdenhando. — Talvez seja muito *assustador* para ela. Talvez prefira voltar para o buraco de onde veio?

Tsunami levantou o queixo e olhou diretamente nos olhos da rainha Rubra. Com uma torção de suas patas, ela partiu o pescoço de Brânquio com uma quebra limpa. A expressão em seu rosto dizia tudo. *Estou fingindo que é você.*

CAPÍTULO VINTE E SEIS

— QUE DECEPÇÃO — a rainha Rubra disse a Flama, ao que a multidão explodiu em vivas.

— Catastrófico — rosnou Flama. — Olhe, os idiotas a amam agora.

Dragões se inclinavam sobre as paredes da arena para jogar joias pequenas para Tsunami. Um par de esmeraldas acertou suas escamas quando ela soltou a cabeça de Brânquio e se afastou de seu corpo quebrado.

Tsunami deu uma olhada desgostosa para o público animado, mas aquilo não os parou.

— Não se preocupe, eu tenho um plano — disse a rainha Rubra. Ela esfregou as patas dianteiras. — Mas agora é hora do asanoite! Meu presente de dia da incubação para mim!

Os olhos assombrados de Estelar se fixaram nos de Lamur. Toda sua pose de sabichão desapareceu em uma batida do coração.

— Espera! — gritou Lamur quando os guardas começaram a soltar Estelar. — Me deixem lutar no lugar dele!

— Esses dragonetes — disse Rubra, balançando a pata para Flama. — Fazendo das tripas coração para se salvarem. É muito estranho.

Ela sinalizou para os guardas com uma garra, e eles empurraram Estelar para o túnel. Lamur puxou as correntes com toda sua força, tentando quebrá-las, mas elas o seguraram.

— Você não vai estragar isso para mim, asabarro — disse Rubra. — Eu estou morrendo de vontade de ver o asanoite lutar. Ele é muito brilhante e bonito. Acho que depois que ele morrer, vou arrancar suas asas e pendurá-las nas paredes da minha sala do trono. Não seria maravilhoso e emocionante? Todas aquelas escamas prateadas cintilando como diamantes contra a obsidiana. Eu *amo*.

Flama rosnou baixo.

— Que lugar frívolo — murmurou.

— Cuidado com o que você diz de suas aliadas — disse Rubra. — Lembre-se de que você precisa de nós.

Flama balançou as asas e permaneceu em silêncio.

Ninguém havia amarrado Tsunami depois de sua luta. Ela ainda estava na arena, de costas para o corpo do asamar, que já começava a cheirar a peixe morto.

Então Estelar foi empurrado para fora do túnel, e Lamur entendeu qual era o plano de Rubra. A esperança balançou dentro de seu peito. Tsunami nunca mataria Estelar. Nem em um milhão de anos. Nem para acabar com aquelas palestrinhas infinitas sobre a ciência de se cuspir fogo.

— O mais raro de todos os dragões — anunciou Escarlate, da segurança do elevado do lado oposto à sacada da rainha. — Um asanoite real e vivo. Seria ele o dragonete da profecia? Vamos ver o que acontece quando dois deles precisam lutar entre si. Tsunami dos asamar e Estelar dos asanoite! Garras afiadas, dentes à mostra! Lutem!

Tsunami e Estelar pararam, olhando um para o outro. Os lados de Tsunami se elevavam, e estavam banhados no sangue de Brânquio. Ela parecia mais assustadora que o normal, e Estelar remexia a areia, nervoso, como se não tivesse tanta certeza assim de que ela *não* o mataria.

Lentamente Tsunami andou em direção a Estelar. Ele abriu as asas e ela se inclinou sobre ele, descansando a cabeça em seu ombro.

— UUUUUH… uuuh? — disse uma voz solitária, parando quando percebeu que ninguém a acompanhava.

— Aaaaaain — disseram alguns dragões dos assentos mais no alto, longe o suficiente da rainha para que não fossem reconhecidos.

— Isso só ficou pior — sibilou Flama através dos dentes trincados.

— Vocês não vão lutar? — perguntou a rainha Rubra. Tsunami e Estelar nem olharam para cima. — Isso é bem irritante. Vamos, vocês estão presos um ao outro por anos. Você deve estar doido para matá-la, asanoite. Ela não te enlouquece?

Lamur olhou para Glória, desejando que ela sorrisse para ele. Ela costumava fazer piadas demais sobre como calar a boca de Tsunami *e* Estelar. Mas seus olhos estavam fechados.

— Não? — Rubra se inclinou para frente. — Ah, tá bom, sejam os piores gladiadores da vida. Escarlate! Solte os sucateiros.

Escarlate bateu as asas, e uma gaiola gigante saiu do túnel. O filho da rainha voou para o topo e arrancou a tranca que segurava a porta. Ela caiu, aberta, e quatro sucateiros correram para a areia, balançando garras e ganindo ferozmente.

— Sucateiros? Para matar os dragonetes da profecia? Você está louca? — gritou Flama.

— Bem, só precisou de um para matar mamãe, não foi? — disse Rubra.

A cabeça de Flama olhou ao redor, sua cauda venenosa se curvando em direção à rainha asacéu.

— Ah, se acalme — disse Rubra, bufando. — Vai ser divertido. Eu tenho mais coisas esperando para matá-los se isso não funcionar. Esse vai ser o único asanoite que eu vou ter em minha arena, então eu quero vê-lo lutar com *tudo*.

Lamur se inclinou, preocupado. Eles nunca haviam praticado lutar ou caçar sucateiros. Só atacavam dragões com tesouros, e os dragonetes não tinham nada. Ele se perguntou se Estelar lera sobre as táticas de lutas deles em algum de seus pergaminhos.

Ainda assim, sucateiros eram presas, só um pouco mais ferozes e pontiagudos. Os dragões guardiões normalmente soltavam animais nas cavernas para que os dragonetes perseguissem e aprendessem algumas técnicas de caça. Por acaso os sucateiros eram diferentes de lagartos, cabras ou avestruzes?

Tsunami empurrou Estelar contra a parede e abriu as asas à sua frente, mostrando os dentes para os sucateiros. Três deles correram para sua direita; o quarto olhou ao redor e correu para a entrada do túnel.

Bem, não era normal que presas corressem *para* um dragão. Então talvez sucateiros fossem um pouquinho diferentes.

Tsunami jogou o primeiro sucateiro longe com um golpe da cauda que o mandou voando para os assentos. Todos os dragões mais próximos saltaram sobre ele, atacando com as garras, gritando e subindo uns nos outros para pegá-lo. O sucateiro pousou, aos berros, em uma pata estendida de um asacéu, e o dragão o devorou prontamente.

As outras duas sucateiras derraparam até parar e saltaram para longe do alcance de Tsunami. Ela mostrou a língua para elas.

Enquanto isso, o sucateiro que tentou fugir pelo túnel voltou correndo, arrebanhado por um trio de guardas asacéu enormes, segurando lanças longas. Ele disparou pela areia, ecoando um grito de pavor, até acertar a parede oposta e cair. Ele não levantou mais.

— Isso está indo muito bem — murmurou Flama. — O asanoite nem está se mexendo.

— Os outros dois sucateiros são fêmeas — apontou Rubra. — Normalmente elas duram um pouco mais.

Uma das sucateiras apontou, e elas se separaram, circundando Tsunami de direções diferentes. Elas se aproximaram devagar, cada uma segurando uma garra prateada. Tsunami manteve os olhos nelas até não conseguir olhá-las simultaneamente. Então se virou e saltou para a que estava à sua esquerda.

Esta escorregou por baixo das patas de Tsunami e a esfaqueou na parte baixa de sua barriga. Tsunami gritou e tentou agarrar a sucateira, mas ela já tinha fugido.

Ao mesmo tempo, a outra sucateira saltou por trás de Tsunami e se jogou em Estelar. O asanoite tentou acertá-la como Tsunami fizera, mas ela se esquivou das garras. De repente, ela estava escalando suas pernas e, antes que ele conseguisse jogá-la para longe, ela se prendeu às suas costas.

Lamur ficou tenso. Ele nunca tinha visto um movimento como aquele. Definitivamente não era algo que uma vaca tentaria.

Estelar tentou girar a cabeça sobre o ombro para tentar morder a sucateira, mas ela se movia rápido, prendendo-se às suas escamas tal qual uma salamandra escalando uma pedra. Ele moveu a cabeça furiosamente e levantou a pata para feri-la. Ela balançou para o lado, e ele arranhou o próprio pescoço por acidente. Uma linha fina de sangue escorreu de suas escamas.

— Nada impressionante — riu a rainha Rubra. — Acho que eles não conseguem ler as mentes de sucateiros. Não tem muita coisa lá dentro.

Lamur apertou as garras. A sucateira se aproximava do focinho de Estelar. Se ela enfiasse aquela garra em um de seus olhos...

— Tsunami! — gritou ele.

Tsunami estava no meio da arena, perseguindo a sucateira que a atacara. Tsunami era mais rápida, porém a sucateira mudava de direção e corria por baixo dela. Com o chamado de Lamur, Tsunami virou-se e viu que Estelar estava em perigo.

Ela correu na direção dele, mas antes que conseguisse chegar, Estelar apertou os dentes e bateu a cabeça no chão. A sucateira foi arremessada à frente por cima de seus chifres, caindo pesado e rolando para a parede. Quase no mesmo instante, ela levantou e fugiu dos dentes dele, que morderam o espaço vazio.

Estelar não a perseguiu. Ele ficou encarando-a, vendo-a tropeçar na areia. Quando Tsunami chegou perto, ele a alcançou e a parou. A sucateira de Tsunami correu e ajudou a sucateira de Estelar a se levantar, as duas se apoiaram na parede. Elas olharam a arena cheio de dragões. Sons altos, irritados e irritantes saíram das duas.

— Você está certa — disse Rubra para Flama, com um suspiro. — Isso não é nem meio emocionante. Vamos logo para os asagelo!

Ela gritou para Escarlate.

Ele sinalizou, e os guardas voaram da arena. Lamur assistiu, assombrado, enquanto eles se espalhavam para todos os prisioneiros asagelo. Ele conseguia contar ao menos oito asagelo lá em cima. Lembrava-se vagamente de Estelar dizendo como os asagelo odiavam os asanoite por causa de alguma guerra de muito tempo atrás.

— Finalmente uma ideia boa — sibilou Flama.

— Me deixem lutar! — implorou Lamur. — Me botem lá com eles!

Ele sabia que três dragonetes não tinham chance contra oito asagelo, mas ele preferia estar lá embaixo com os amigos a preso na sacada, sem conseguir ajudar.

De repente uma nuvem passou por baixo do sol. O bater de asas fez todos os dragões olharem para cima enquanto uma onda de escuridão flutuava por sobre a arena. Um pedaço de sombra se separou do resto e desceu em uma espiral, passando por baixo da teia de fios.

Enquanto ele descia magnificamente na areia, asas abertas, Lamur o reconheceu.

Porvir finalmente chegara.

CAPÍTULO VINTE E SETE

LAMUR ESTAVA DIVIDIDO ENTRE alívio e raiva. Por que os asanoite haviam demorado tanto?

Um silêncio debruçou-se sobre a arena. Os guardas se mantiveram suspensos no céu, a meio caminho de libertar os asagelo. Todos os dragões fitaram Porvir, cuja vasta forma negra parecia preencher toda a arena. Sua escuridão sugava a luz ao seu redor.

Ele apontou para Estelar e se dirigiu à rainha Rubra.

— Esse dragonete pertence a nós.

Só ele?, Lamur pensou. *E quanto ao resto de nós?* Ele tinha medo de falar e a rainha acabar matando-o antes de Porvir ter a chance de salvá-los. Mas talvez pudesse entrar nos pensamentos de Porvir...

— "Nós" quem? — perguntou a rainha Rubra. — Nós o encontramos com alguns revolucionários dos Garras da Paz. Você está me dizendo que os asanoite finalmente escolheram um lado?

Flama rosnou.

— Vocês estão se aliando com um movimento pacifista subterrâneo em vez de com uma rainha de verdade?

Porvir olhou para o céu, onde uma revoada de dragões negros voava em círculos.

— Não — disse, com sua voz profunda e retumbante. — Eu venho apenas para reivindicar este dragão como nosso. Vamos pegá-lo e partir.

— Ah, *vocês vão*? — disse a rainha Rubra. — Com que autoridade? Talvez sua rainha misteriosa gostaria de vir e discutir o assunto comigo?

Os olhos de Porvir cintilaram perigosamente.

— Não irrite os asanoite, dragoa do céu. Nos dê nosso dragonete.

E o resto de nós!, Lamur pensou o mais alto que conseguia. *Aqui! Dragonetes do destino! Estelar e mais quatro! Todos totalmente importantes para a profecia!* Talvez Porvir tivesse esquecido que eles estavam ali. Mas ele podia ler mentes — não conseguia ouvir o pedido de ajuda?

A rainha Rubra bateu o pé.

— Não! Eu quero vê-lo lutar contra os asagelo! É meu dia da incubação!

Por um momento, como todos pararam, Lamur temeu que Porvir desistisse e fosse embora. Então a cauda do dragão negro se eriçou, só um pouco, e todos os asanoite mergulharam do céu.

Lamur viu aquilo com assombro. *Ele deve tê-los chamado com a mente.*

Sem uma única palavra ou sinal visível, os asanoite cobriram o círculo de prisioneiros. Os guardas asacéu correram, parecendo aterrorizados. Cada par de asanoite investiu contra um prisioneiro asagelo, desferindo golpes cortantes com as garras. Em poucos instantes, todos os asagelo estavam mortos. Seus corpos prateados, jogados em suas celas. Sangue de um vermelho-azulado pingava lentamente pelos lados dos pináculos de pedra.

Isso não foi justo, pensou Lamur. *Os asagelo estavam acorrentados — eles não podiam lutar. Se os asanoite são tão fortes, por que não libertar os prisioneiros em vez de matar mais dragões.* Ele olhou para Porvir de novo e achou ver seu olhar de desprezo percorrê-lo. *É... Quer dizer, obrigado, asanoite! Estamos supergratos por estarem aqui. NÓS CINCO ESTAMOS!*

Havia tanta fumaça saindo das narinas de Rubra que era difícil ver seus olhos. Ao lado dela, a cauda de Flama chicoteava. Ela parecia pronta para pular e atacar Porvir com suas próprias garras.

O asanoite grande sorriu um sorriso frio.

— Pronto — disse ele. — Resolvemos o seu problema com os asagelo. Agora tomaremos o nosso caminho.

Ele bateu as asas uma única vez, se elevando no ar, e então desceu para pegar Estelar.

— Espere! — gritou Estelar quando as garras de Porvir fecharam-se ao seu redor. — E meus amigos?

SIM!, Lamur gritou em sua cabeça. *E A GENTE?*

Porvir nem olhou para os dragonetes. Ele subiu para o céu, carregando Estelar consigo. O resto dos asanoite circulou uma vez mais e então o seguiu em direção ao sul.

Lamur sentiu que tinha sido golpeado pela cauda de um asamar. Um salvador havia descido das nuvens... e decidido não salvá-los. Ele encontrou os olhos de Tsunami. Estavam amargos e irritados.

Ela não era a única.

— Guardas! — rugiu a rainha Rubra. — Alguma coisa tem que funcionar hoje. Tragam minha campeã. E limpem essa bagunça aqui.

Ela apontou para a arena.

Flama parecia irritada demais para falar. As rainhas assistiram silenciosamente os asacéu correrem para a areia e pegarem os corpos de Brânquio e do sucateiro. As duas sucateiras ainda vivas foram levadas de volta para a gaiola e removidas da arena. Guardas acorrentaram Tsunami novamente, que se deixou ser levada sem lutar enfim, talvez chocada e irritada demais para investir a energia.

De todos os lados da arena, uma quietude chocada chegava às dragoas silenciosas. Lamur supôs que fazia um bom tempo desde que alguém viu um dragão vencer um confronto contra sua rainha.

— Como todos sabem — disse a rainha, subitamente, a voz régia e imperativa como se dragões misteriosos não tivessem acabado de surgir dos céus para roubar seu brinquedo. — Ontem minha campeã Tormenta se ofereceu para lutar pela prisioneira Quiri em um Escudo da Campeã. Ela agora enfrentará um dragão de minha escolha, e se ela ganhar, Quiri será libertada. Se perder... então acho que terei que escolher um novo campeão.

Ela parou, esperando alguma reação da multidão, mas nada aconteceu. A rainha Rubra franziu o cenho.

— Ah, é verdade — disse ela. — Vocês acham que Tormenta *não pode* perder. Mas, ao que parece, temos um convidado especialíssimo hoje. Um dragão cujas escamas são à prova de fogo. Isso não é... *emocionante*?

Lamur mal teve tempo de entender antes de ser pego pelos guardas.

E à medida em que era arrastado pelo túnel, viu o olhar da rainha Rubra e percebeu que ela sabia exatamente o que estava fazendo.

Ela sabia que ele e Tormenta eram amigos. Ou tinham sido, antes da traição.

A rainha estava forçando Tormenta a escolher entre ele e sua mãe.

E estava forçando Lamur a escolher entre matar Tormenta... ou morrer.

CAPÍTULO VINTE E OITO

A AREIA ESTAVA GRUDENTA com sangue entre as garras de Lamur. O sol acertava seus olhos, brilhante e quente. Ele andou pela arena, pensando. Tinha algum jeito de fugir daquilo?

Não podia contar com Tormenta para poupar sua vida, disso ele tinha certeza. Ela o traíra uma vez. Com certeza o faria de novo, se fosse para salvar sua mãe.

Ele ouviu as escamas dela se arrastando pelo túnel e virou-se enquanto ela entrava na arena.

Tormenta parou, e foi como se todas as emoções do mundo atingissem o rosto dela ao mesmo tempo.

— Eu já deveria saber — disse ela, furiosa, de modo que só Lamur escutasse. — O único dragão aqui que pode me tocar. Dá pra ver por que ela queria que eu me afastasse de você.

— Acho que você deveria ter se afastado — disse Lamur. Tormenta se encolheu.

— Aí está, Tormenta — disse a rainha Rubra. Atrás dela, Tsunami estava sendo arrastada para a sacada, amarrada em correntes e brilhando de ódio. — Esse é o dragão que você tem que matar antes que eu liberte sua mãezinha. Divirta-se!

Tormenta se aproximou de Lamur, ao que ele fugiu para a parede oposta. Ela hesitou, então disparou para persegui-lo. Ele esperou até que ela estivesse a uma batida de coração de distância, então arremessou-se contra ela, atirando-a no chão.

A multidão rugiu de surpresa e satisfação.

Ela permaneceu no chão, tentando respirar enquanto ele levantava e corria para o outro lado da arena de novo. *Ela não está acostumada com oponentes que revidem seus ataques*, ele pensou. Um calor feroz queimou onde seu ombro tocara a dragoa, mas sumiu rapidamente.

Ele virou-se para ficar de costas para a parede e se agachou, esperando ela se levantar. Devagar ela se pôs de pé e correu até ele. Dessa vez, ela parou a uma distância curta.

— Me desculpa — disse ela. — Eu sei que você tá chateado. Eu cometi um erro. Eu só... Eu pensei que você estava tentando fugir de mim.

— Pois agora eu estou — disse Lamur.

— Eu não quero matar você — disse ela, arranhando a areia, frustrada.

— Maaaaaaas você precisa — Lamur terminou por ela.

— Eu tinha um plano — disse Tormenta. — Um plano em que eu salvava você depois de Quiri, e você gostava mais de mim do que de qualquer outra.

— Tormenta, isso é maluquice — disse ele. — Eu não tô nem aí se você me salvar. Eu quero salvar meus amigos. É isso que importa pra mim.

Ela gritou, de repente.

— *Eu* sou sua amiga! Você não precisa deles!

Ela pulou em sua cabeça e ele se jogou para cima, impelindo-a contra a parede, por cima dele. Ele já estava do outro lado de novo quando ela conseguiu se pôr de pé.

— Vou ficar com os amigos que não estão tentando me matar, valeu — disse ele.

— Eu não... bem... — Ela bateu o pé. — Isso não é justo! Os outros podem ter qualquer outro dragão! Eu só quero você!

Ela abriu as asas e subiu, mergulhando na direção dele com as garras apontadas.

Lamur pegou areia com as patas e jogou nos olhos dela. Ela rosnou e se desequilibrou no ar. Ele saltou para segurá-la pelos ombros e a jogou no chão. Ele a rolou, pondo-a de costas, e sentou-se nela, olhando para seu rosto.

— Eu sei que não sei de quase nada — disse ele. — Mas acho que as coisas não têm que ser assim.

— Têm sim — disse Tormenta, com dificuldade para empurrá-lo. Suas patas tentavam acertá-lo, sem sucesso. — Dragões matam uns aos outros o tempo todo. Na guerra, aqui, em qualquer lugar, sem precisar de motivo.

É assim que a gente é. Especialmente eu e você. Somos a mesma coisa. Somos perigosos.

— Isso não é quem eu sou — disse Lamur. — Não importa o que aconteceu quando eu nasci. Eu não sinto esse assassino que deveria estar dentro de mim. Talvez seja essa a profecia. Talvez os dragonetes precisem mostrar pra todo mundo como conviver sem essa matança toda.

Ele percebeu que os dragões mais próximos se inclinavam, tentando escutar. Ele não falava para toda a arena ouvir, mas alguns o faziam.

A rainha Rubra não estava entre eles.

— Andem logo com isso — disse ela, da sacada. — Ela está no lugar certo. Use seu veneno! Aquilo foi emocionante, e eu nem consegui ver da primeira vez!

Lamur e Tormenta se olharam por um momento.

— Ela disse o que eu acho que ela disse? — perguntou Lamur.

— Mas se o veneno não foi dela — disse Tormenta —, então quem…

Lamur virou-se para encarar a sacada no mesmo momento em que Glória se mexeu em uma explosão de dourado-girassol e azul-cobalto. Ela quebrou sua corrente fina e se lançou da árvore de mármore. Sua boca estava escancarada como a de uma cobra. Ela sibilou, e um jato de um líquido preto foi cuspido de suas duas presas frontais.

Flama jogou a rainha Rubra em sua frente e disparou para o céu. O veneno de Glória acertou o lado do rosto de Rubra.

A rainha asacéu começou a gritar.

O estádio explodiu em um pandemônio. Todos os dragões tentaram voar ao mesmo tempo, colidindo uns com os outros e se acertando para fugir de Glória e dos gritos da rainha.

— Espera! — Tormenta segurou Lamur antes que ele se afastasse.

Ela se esticou e tocou as travas em suas asas, que quebraram na mesma hora. Assim, as asas dele puderam se abrir pela primeira vez no Reino dos Céus.

— Valeu — disse Lamur e subiu.

Os guardas na sacada já haviam se espalhado para irem atrás de Flama, então quando Lamur pousou ao lado de Glória, não havia ninguém além dela, ele, Tsunami e a rainha Rubra, que batia em sua própria cabeça com as asas, tropeçando até a beirada.

— Glória! — chamou Lamur. — Você está acordada!

— É claro que eu tô! — disse ela, puxando as correntes de Tsunami. — Vocês não perceberam que eu estava fingindo? Eu só estava esperando o momento certo para fazer alguma coisa. Vocês realmente pensaram que eu estava dormindo esse tempo todo?

— Ah… — disse Lamur.

— Você parecia bem adormecida — disse Tsunami.

— Ah, que ótimo — disse Glória. — Pela primeira vez na vida, eu finjo ser tão preguiçosa quanto todo mundo acha que os asachuva são, e vocês realmente acreditam. Eu sou tão sortuda por ter os amigos que eu tenho.

— Ei, você nunca disse que podia fazer *isso* — disse Lamur, apontando para os dentes cuspidores de veneno.

Para além deles, a rainha Rubra acertava seu trono e gritava ainda mais alto. A cota de ouro começava a derreter em suas escamas.

— Antes, eu não podia — disse Glória. — Você vai me ajudar ou não?

Lamur pegou a árvore de mármore e tentou usá-la para tirar as correntes de Tsunami.

— Então, *como* você fez aquilo? — perguntou ele.

— Ah — disse Glória. — Bem, tem uma explicação científica e, *é sério que você quer ter essa conversa agora?*

— Você assustou Flama, mas ela não vai correr por muito tempo — apontou Tsunami.

Lamur olhou preocupado para o céu.

— Tormenta! — gritou. — Vem cá!

— Não! — exclamou Tsunami. — Ela não! Deixa ela longe de mim!

— A gente precisa da ajuda dela — insistiu Lamur, quando Tormenta pousou perto deles. — As correntes dela e as travas.

Tormenta hesitou.

— Por favor — acrescentou Lamur. — Se formos amigos de verdade.

— Tá bom — disse ela, mirando a rainha Rubra.

Ela tocou as correntes ao redor de Tsunami, e estas se quebraram, caindo com um sonoro baque contra o chão da sacada. Lamur segurou as travas de asas para longe das escamas de suas amigas, e Tormenta as libertou.

— Agora, Sol — disse, voando.

O ar estava cheio de asas batendo, vermelhas e douradas e da cor do deserto, acertando umas nas outras e tirando algumas do equilíbrio. Tormenta disparou à frente, limpando o caminho quando os dragões saíam da frente, assombrados. Lamur viu quando a cauda dela acertou acidentalmente a perna de um asacéu. O outro dragão uivou, segurando a queimadura, e acertou o lado da montanha com fumaça subindo de suas escamas.

Tsunami e Glória estavam perto de Lamur quando invadiram o salão do banquete, acima dos penhascos. Vento se concentrava debaixo de suas asas, e apesar do medo de Flama, ele sentiu aquela alegria feroz proveniente da liberdade de voar. Depois de dias com receio de cair, era empolgante saber que agora não cairia — saber que tinha todo o céu profundamente azul ao alcance das patas.

Tormenta chegou na gaiola de Sol primeiro. Lamur viu Sol espiar pelas barras, tentando entender o que era todo aquele barulho vindo da arena. Então seus olhos verdes pousaram em Lamur, e seu rosto se iluminou com alegria.

— Eu sabia que vocês iam ficar bem! — disse ela quando os três dragonetes colocaram os focinhos por entre as barras, encostando nela. — Eu sabia que não deveria me preocupar. Eu ficava pensando na profecia e como a gente não pode morrer porque temos que parar a guerra.

Tsunami bufou. Tormenta flutuou em frente à gaiola e cortou as barras com as unhas. O metal chiou e soltou fumaça por um momento, então caiu no chão.

Sol voou para fora, diretamente para os braços de Lamur. Ela o acertou com as asas alegremente.

— Espera — disse ela, olhando ao redor. — Cadê Estelar?

— Perdemos ele — disse Glória.

— *O quê?*

— Para com isso — disse Tsunami, acertando Glória com a cauda. — Glória quis dizer que Porvir veio e pegou ele. Ele tá bem. Melhor que a gente, especialmente quando os dragões pararem de dar ataque e começarem a nos procurar. Bora pro rio.

Ela caminhou pelo penhasco, soltando pedaços de areia ensanguentada das asas.

— Mas… ele só foi embora? — perguntou Sol. Ela segurou uma das patas de Lamur e o parou no meio do voo. — Sem a gente?

— Ele não teve escolha, Sol — disse Lamur, enroscando os dedos com ela.

— Lamur, espera — disse Tormenta. Suas asas cor de bronze estremeceram e ela cruzou as garras, como se estivesse a ponto de se dividir em duas. — Minha mãe. Se a rainha Rubra não estiver morta, a primeira coisa que ela vai fazer é matá-la.

— Ela está certa — disse Lamur, quando Tsunami e Glória voltaram para ver o que tinha acontecido. — Tsunami, precisamos soltar a Quiri.

— Por quê? — desafiou Tsunami. — Por que a gente se importa? A Quiri foi horrível conosco.

— A gente se importa mesmo assim — disse Sol, suavemente. — É assim que somos. Você também.

— Eu, não — disse Glória. — Ela ia me matar. Lembra?

Lamur se lembrava. Ele se lembrava de cada palavra cruel, de cada mordida odiosa. Mas ele também se lembrava de Quiri se oferecendo à rainha Rubra no lugar deles. E lembrava das cicatrizes nas palmas, e a expressão em sua face ao ver que Tormenta não estava morta.

— Ela não nos criou para se importar com ela — disse Tsunami. — Quiri só estava nos deixando vivos, e se é o que ela quer, a melhor coisa que podemos fazer é correr agora mesmo.

— Eu gostaria de estar mais do que vivo — disse Lamur, feroz. — Eu quero ser o tipo de dragão que ela não acha que eu sou. O tipo sobre o qual se escrevem profecias. Esse dragão ia salvá-la sem se importar com quão terrível ela é.

Tsunami bateu a cauda, quase acertando Glória. Mesmo que estivesse coberta de sangue, suas escamas azuis brilhavam na luz do sol como safiras enterradas. Ela fitou Tormenta por um longo período.

— Tá — rosnou, finalmente.

— Eu, não — disse Glória. — Façam o que quiserem, mas eu não sou uma bolinha nojenta de perdão que nem você, Lamur.

Ela encarou seus olhos com calma, mas suas escamas pulsavam verdes e pretas, como brasas dentro de nuvens de tempestade.

— Então pegue a Sol, sigam pra caverna no fundo da cachoeira e nos esperem lá — disse Tsunami.

— Eu não posso ajudar? — perguntou Sol. — Eu acho que eu…

— Sim, você ajuda não saindo de lá e não se matando — disse Glória.

Ela encostou as asas em Sol, e saltou pela beira do penhasco. Sol hesitou, então apertou as patas de Lamur e a seguiu.

— Por aqui é mais rápido — disse Tormenta. Ela bateu as asas, subindo a lateral do penhasco que dava para o local dos festejos.

Tsunami fez uma careta para Lamur e a seguiu. Lamur ainda conseguia ouvir os gritos e rugidos vindos da arena. Ele não sabia dizer se a rainha ainda gritava. Dragões preenchiam o ar; nenhum deles parecia já estar procurando pelos dragonetes, mas ele sabia que não ia demorar.

Enquanto voavam, Lamur passou por uma plataforma estreita de pedra com um arbusto estranho preso nela. Para sua surpresa, um sucateiro estava pendurado na face do penhasco, alguns centímetros acima da plataforma. Era uma das presas da festa; de alguma forma, aquilo tinha conseguido subir àquela altura sem ser visto. Ainda lutava com as pedras, tentando respirar e tremendo de exaustão. Lamur viu a distância que ainda precisaria percorrer para alcançar o topo do penhasco, ainda mais para uma criatura tão pequena.

Ele não sabia por que sentia pena da coisa. Sucateiros eram lanchinhos deliciosos, nada mais, de acordo com tudo que aprendera. Mas ele iria por aquele caminho de qualquer forma... e a coisa estava tentando tanto...

Lamur voltou, pegou o sucateiro com as garras e bateu as asas atrás de Tormenta e Tsunami de novo. O sucateiro deu um grito e tentou se livrar das garras de Lamur, mas ele não tinha armas e, até onde Lamur sabia, sucateiros não tinham nenhum tipo de defesas naturais. Aquele era ainda menor do que outros que ele já tinha visto, com um monte de pelo preto na cabeça e uma pele lisa quase tão marrom quanto as escamas de Lamur.

A criaturinha se debateu e acertou suas garras freneticamente pelo tempo que levaram para alcançar o topo do penhasco. De lá de cima a visão era de montanhas para todas as direções. Lamur não sabia qual era o habitat natural dos sucateiros, mas aquilo era o melhor que ele conseguia fazer. Tormenta e Tsunami já tinham sumido em um buraco largo que era o teto aberto do saguão principal do palácio. Lamur deixou gentilmente o sucateiro atrás de uma pedra alta.

— E fique longe de dragões de agora em diante — disse, mesmo sabendo que o sucateiro não conseguiria entendê-lo.

A coisa fixou os olhos nele, abrindo e fechando a boca. *Não tem nem bons instintos*, pensou Lamur. Por que aquela coisa não estava correndo?

Problema de outro dragão. Ele acenou com a garra, virou-se e mergulhou no buraco do teto. Lá no fundo ele pôde ver Tormenta e Tsunami descendo em uma espiral até a grade acima da cabeça de Quiri.

De lá ele também conseguia ouvir o clamor nos túneis. A maioria dos asacéu estava do lado de fora, escondendo-se no céu ao redor dos picos das montanhas. Os baques pesados de pés de dragão e o barulho de garras e dentes ecoaram pelo saguão.

Flama precisava apenas juntar seus soldados — um escudo entre ela e o veneno de Glória — e então viria procurar os dragonetes do destino.

CAPÍTULO VINTE E NOVE

LAMUR POUSOU AO LADO de Tsunami na grade e então pulou para trás quando notou os olhos amarelos de Quiri o observando através das barras.

— O que vocês estão fazendo aqui? — rugiu ela.

— Te salvando — devolveu Tsunami. — Contra minha vontade.

— Para trás — disse Tormenta, aproximando-se da treliça de metal. Ela passou as garras pelas barras grossas, e o cheiro forte de metal derretido preencheu o ar.

Lamur nunca vira Quiri parecer tão insegura antes. Ela observou Tormenta com uma expressão inquieta, aparecendo e sumindo com a língua bifurcada. Tormenta manteve os olhos fixos nas barras. Eram muito mais grossas que a gaiola de pássaros delicada onde Sol estava, e demoraram mais para queimar.

— Eu achei que você tivesse morrido — disse Quiri, por fim.

— Eu achei que *você* tivesse morrido — respondeu Tormenta, sem calor na voz.

— Eu soube que Rubra tinha uma nova campeã letal — disse Quiri. — Eu não sabia que era você.

Tormenta deu de ombros.

— Acho que não precisava de você. Fiquei bem sem.

Lamur e Tsunami trocaram olhares. "Bem" não era exatamente como Lamur descreveria Tormenta.

— A rainha Rubra tomou conta de mim — continuou Tormenta. — Ela encontrou pra mim as pedras negras que eu precisava e me deu um propósito e um lugar pra viver.

— Pedras negras? — perguntou Quiri. — Que pedras negras?

— Ei! — Um par de guardas asacéu entrou pelo túnel mais próximo. — Parem!

Um deles fez o som agudo de fogo e disparou uma bola flamejante em Tsunami. Lamur se moveu e pôs-se no caminho, sentindo os golpes acertarem suas escamas. Uma dor quente o atravessou, e então sumiu. Ele se balançou enquanto o brilho vermelho em suas escamas desaparecia e olhou para a expressão chocada no rosto do guarda.

Tsunami pulou no outro guarda, cortando a lateral de seu corpo e acertando-o com a cauda na cabeça. Ele cambaleou para trás e então se jogou contra ela acertando-a com as asas.

Ao mesmo tempo, a guarda de Lamur o atacou. Eles se atracaram, e ele sentiu as garras dela arranharem a ferida nas costas que ainda cicatrizava. Ele a empurrou com força. Ela cambaleou para a parede no mesmo momento em que a última barra se quebrou, e Quiri levantou-se, enorme e irritada, da sua cela.

Lamur havia esquecido como Quiri era grande. Suas escamas vermelhas estavam feridas nos lugares em que as correntes a prendiam no chão. Suas garras estavam desgastadas, como se ela tivesse tentado escalar as paredes de sua prisão.

— Matem-nos e vamos! — rugiu ela.

Tormenta disparou contra o guarda que tinha imobilizado Tsunami. Ele a soltou, mas já era tarde. As garras de Tormenta o pegaram e ela cortou seu pescoço, deixando marcas de queimado que borbulharam e soltaram fumaça. Ele tentou gritar, mas ela rasgou sua garganta novamente, queimando a pele e as escamas como se fossem papel.

Lamur se sentiu enjoado. Estava grato por não ter comido nada. Ele olhou para a guarda com a qual lutava. Seus olhos laranja assistiam Tormenta com horror. Ela era apenas um soldado, lutando por sua nação e rainha.

— Corra — disse para ela. Ele empurrou a guarda asacéu e a direcionou para o túnel. Ela nem hesitou; em um borrão vermelho e dourado, ela tinha desaparecido.

Ele virou-se e viu o rosto de Tormenta. Ela sabia que ele protegera a guarda — uma desconhecida — dela. Ela sabia agora com certeza como ele se sentia sobre o que fizera.

— Lagartixa estúpida! — silvou Quiri detrás dele. — Ela vai acionar o alarme. A rainha Rubra vai nos pegar a qualquer instante.

— A rainha Rubra provavelmente está morta — disse Tsunami. — E não fale com Lamur desse jeito. Só segue a gente e cala a boca.

Ela se lançou no céu. Lamur encontrou os olhos de Tormenta novamente. Suas garras abriam e fechavam, indo em sua direção, mas ela logo as puxava novamente.

— Vem — ele a chamou, tentando colocar na voz uma compreensão que não sentia.

Eles decolaram logo depois de Tsunami, asas bronze, marrons e vermelhas brilhando à medida que o sol os alcançava. Lamur disparou no ar e se inclinou em direção à cachoeira. Ele podia sentir o calor de Tormenta alcançar sua cauda.

O penhasco rochoso piscou ao lado deles quando desceram até a base da cachoeira. Tsunami os levou até mais perto da água ruidosa, atravessando-a. Lamur fechou os olhos por um momento, virando o rosto na névoa de gotas.

Os sons do palácio desapareceram atrás deles, engolidos pelo rugido da queda d'água, enquanto avançavam cada vez mais fundo. Aquela cachoeira era mais alta do que a que Lamur e Tsunami haviam encontrado na saída da montanha. Ela saltava por sobre afloramentos de rocha, dividindo-se em cascatas menores, derramando-se tal qual longos mantos e então arremessando-se para todos os lados como dragões de água mostrando suas garras.

No fundo, Lamur viu um lago cristalino e brilhante, com o rio Diamantino rastejando pelo outro lado, distante através de colinas inclinadas a leste e a sul, em direção ao mar. Árvores pequenas e arbustos irregulares marrons e verdes margeavam o lago na base da montanha.

Tsunami se inclinou em direção ao buraco escuro na parede perto do fundo da cachoeira. Ao se aproximarem, Lamur viu um brilho dourado enquanto Sol espiava ansiosamente o lado de fora.

Eles chegaram, às margens barrentas do lago, a um bosque cheio de árvores, ao lado de uma pequena caverna escondida pela parede feroz de água. Quando Tormenta pousou, a grama ao redor dela transformou-se em cinzas. Ela olhou para a terra escurecida e enrolou sua cauda para diminuir sua marca tanto quanto pudesse.

— Quiri! — chamou Sol. — Você está bem.

— Não graças a vocês cinco — rosnou Quiri, batendo a cauda. — Vocês queriam tanto estar livres... Agora vocês entendem por que tínhamos que proteger vocês?

Uma de suas asas prendeu um galho de árvore e ela teve de lutar para se soltar, resmungando.

— De nada — retrucou Tsunami. — Poderíamos ter largado você no Reino dos Céus. Eu teria.

Lamur não conseguiu resistir à lama debaixo de suas garras. Ele se jogou no chão e rolou, deixando o calor cobrir suas escamas doloridas, cobertas pela poeira da arena.

— Que horror, Lamur, eca — disse Glória. Ela se aproximou do lago e abriu as asas para pegar a luz do sol.

— Cuidado — disse Tsunami, puxando-a para trás. — Se estiverem nos procurando, com certeza vão ver uma dragoa roxa-brilhante do céu.

Glória eriçou sua crista de penas para Tsunami.

— Eu não sou *roxa-brilhante*. A rainha Rubra chamou isso de violeta-taciturno, com licença.

— Ah, me perdoe — disse Tsunami. — Eu quis dizer que eles com certeza vão ver uma dragoa *violeta-taciturno* do céu.

— Como você é hilária — disse Glória. — De qualquer forma, eu posso cuidar disso.

As escamas de suas asas cintilaram como se estivessem desenhando sob a luz do sol, e então a cor roxa começou a quebrar como água derramada sobre tinta. Logo ela tinha a cor do chão lamacento abaixo dela.

— Feliz? — perguntou para Tsunami.

— Eu quero saber qual é meu poder legal — murmurou Tsunami. — Você tem escamas camufladas e dentes que cospem veneno. Lamur é imune a fogo. Estelar aparentemente tem um exército de dragões gigantes no céu, esperando para salvá-lo sempre que as coisas ficam assustadoras. E eu tenho o quê?

— Lamur é imune a fogo? — perguntou Sol. — Quê? E o que foi que você disse de dentes com veneno?

— É — respondeu Lamur. — Eu acho que a partir de agora você vai ter que ser mais legal com a Glória, Sol.

Sol bateu as asas, ultrajada.

— Eu sempre sou... ah, você só tá me provocando — disse ela se engasgando com a própria risada. Ela jogou uma bola de lama no rosto dele.

Lamur se agachou para fugir e percebeu Tormenta assistindo com as asas caídas e uma expressão triste.

— Tá vendo? Podemos tomar conta de nós mesmos — disse Tsunami para Quiri. — Você nem sabia o que Lamur e Glória conseguiam fazer. Você achava que a gente não prestava pra nada, mas a culpa foi toda sua por nos deixar debaixo da terra e nos tratar como se fôssemos ovos.

— Ah, fizemos tudo errado — disse Quiri, sarcástica. — Vá em frente e nos culpe, mas fizemos exatamente o que os Garras da Paz nos pediram. Vocês provavelmente estariam mortos se não tivéssemos feito.

Tsunami ergueu o queixo.

— Não vamos voltar pros Garras da Paz — disse ela.

— Não? — ganiu Sol. Glória lhe deu um olhar irritado.

— Ah? — disse Quiri. Ela abaixou a cabeça para desviar dos galhos e desafiou Tsunami com o olhar laranja. — E qual é seu plano magnífico, se é que posso saber?

— Vamos encontrar nossas casas — disse Tsunami. — E nossos pais. Vamos ver essa guerra com nossos próprios olhos, em vez de só ler sobre ela em pergaminhos. E aí vamos descobrir sozinhos *se* vamos fazer alguma coisa quanto a isso.

— Mas, Tsunami — sussurrou Sol, puxando a asa dela. — A profecia! A gente precisa!

— Shh — disse Lamur. Ele a puxou para longe do olhar colérico no rosto de Quiri, só para garantir caso acontecesse algo que envolvesse fogo.

Pessoalmente, ele concordava com Sol. Não podiam apenas ignorar a profecia. Alguém precisava fazer alguma coisa quanto à guerra, e todos esperavam que fossem os dragonetes. Ele não parava de pensar nos prisioneiros, cantando a canção dos dragonetes como se fosse salvá-los.

Mas ele também concordava com Tsunami — eles não podiam fazer nada antes de estarem no mundo real, entendendo *o que* poderia ser feito. Do jeito deles, sem os Garras da Paz mantendo-os longe de suas famílias e de tudo que fazia parar a guerra uma prioridade.

Houve uma pausa enquanto Quiri e Tsunami se encaravam. Fumaça era expelida pelo nariz de Quiri, espalhando-se no ar. Lamur mirou Tormenta, mas seus olhos estavam fixos na mãe.

— Certo — Quiri bufou de maneira inesperada. — E por que eu ligo? Já estou por aqui com vocês. Já fiz tudo que me pediram, e tudo o que tenho para apresentar é um grupo de lagartixas ingratas. Vão encontrar suas preciosas famílias. Eu não ligo para o que aconteça com vocês.

— Oh, Quiri — disse Sol, se aproximando e abraçando uma perna de Quiri. — Você não quis dizer isso. Você sabe que apreciamos tudo que você já fez por nós.

Lamur viu Glória e Tsunami revirarem os olhos.

— Vocês estão por conta própria — disse Quiri. Ela tirou Sol da perna e foi em direção ao lago. — E boa sorte. Tormenta, você vem?

Tormenta hesitou.

— Achei que você viria com a gente — disse Lamur. Os olhos de Tormenta brilharam.

— Só por cima do meu cadáver — rosnou Tsunami, batendo em Lamur com uma das asas.

— E por que não? — disse Glória, os olhos em uma borboleta. — Talvez Tormenta seja a dragonete perdida que vocês precisam pra profecia… as "asas do vento".

Lamur piscou os olhos para ela.

— Uau. Você acha?

Pequenas formas avermelhadas de fogo cintilaram ao redor das orelhas de Glória, e ela deu de ombros.

— Oh. Teria como? — Tormenta respirou.

— Não! — disse Quiri.

— *O maior ovo te dará as asas do vento* — citou Glória. — Se você deu à luz gêmeos, seu ovo deve ter sido enorme.

Seus olhos continuaram na borboleta em vez de nos outros dragonetes.

— É verdade! — disse Tormenta. — Talvez eu seja parte do destino de vocês!

Ela olhou com esperança para Lamur.

— Não tem chance — disse Quiri. — Tormenta e o irmão nasceram um ano antes de vocês, seus vermes. A profecia fala de cinco dragonetes nascendo juntos na noite mais brilhante. Aceitem, o asacéu de vocês morreu no ovo. Eu vi a casca quebrada e o dragão morto que o trazia.

Lamur deixou o olhar cair em suas patas enlameadas. Quiri estava certa. Ele não se lembrava das palavras exatas da profecia. Não tinha como Tormenta ser o quinto dragonete.

— Desculpa — disse a ela. As asas cor de bronze caíram. — Mas você pode vir conosco ainda assim.

— Eu não posso — disse ela. — Eu tenho que voltar por causa das pedras negras.

— Me fale sobre essas pedras negras — ordenou Quiri.

— Você deveria saber — disse Tormenta. — Eu preciso comê-las todos os dias pra ficar viva.

Quiri bateu a cauda, desenterrando um arbusto sem perceber.

— Mais mentiras — cuspiu ela. — Mais mentiras de Rubra. Você não precisa de nada disso.

— Mas… eu parei de comê-las e fiquei doente — disse Tormenta.

— Veneno em sua comida — disse Quiri. — Um dos truques favoritos de Rubra.

Tormenta olhou para o palácio na montanha. Fumaça saía de suas escamas bronze e suas garras afundaram no chão.

— Venha comigo — disse Quiri, séria. — Eu não sou muito, mas sou melhor que Rubra.

Ela se aproximou para tocar em Tormenta, mas viu as próprias marcas de queimado nas palmas e recuou. Tormenta abaixou a cabeça e se encolheu em suas asas.

— Aonde você vai, Quiri? — perguntou Sol.

— Não interessa — respondeu Quiri.

Sol sentou-se, parecendo magoada. Quiri deu um passo em direção ao lago e esfregou as garras em uma pedra para afiá-las. Ela olhou de volta para Sol.

— Mas eu acho — disse ela, seca —, que quando vocês perceberem que precisam de mim, podem me mandar uma mensagem através do dragão da Montanha de Jade. Não que eu vá correr pra salvar vocês, saibam disso. Vocês merecem todo e qualquer problema que chegar.

— Antes de você ir — disse Tsunami —, diga o que sabe sobre nossos ovos e de onde eles vieram.

Quiri bufou.

— Bom, sem surpresas pra você. Cascata roubou seu ovo da incubadora da própria rainha asamar.

— Tsunami! — Sol ofegou. — Você é da realeza! Que nem na história!

Tsunami eriçou a cauda, parecendo surpresa e pensativa.

— Porvir trouxe o ovo de Estelar — disse Quiri. — Duna achou o ovo de Sol no deserto, escondido perto da Gruta dos Escorpiões. E nosso grande e forte herói veio de algum lugar perto do Delta do Diamantino, quase no mar, onde os asabarro mais inferiores rastejam.

Lamur virou-se para olhar o rio que fluía do lago. Seu coração bateu forte com a animação. Sua casa — sua família — estavam mais próximos do que ele imaginava.

— E eu? — perguntou Glória.

Quiri mexeu as asas com um dar de ombros.

— Não tenho a menor ideia. Cascata cavou você de algum lugar depois que perdemos o ovo de asacéu. Eu nunca nem perguntei de onde, porque eu sabia que você não era importante.

— Ah, sai daqui! — explodiu Tsunami. — Tudo o que você fala é pra machucar.

— Tudo o que eu falo é verdade — disse Quiri.

— Eu não acho que você vai ser boa pra mim — disse Tormenta, encarando-a. — Eu nunca te imaginei assim.

Quiri encolheu os ombros.

— Eu sou o que a vida me fez. É pegar ou largar. — Ela afastou as asas. — Porque eu estou indo agora, e você pode vir comigo ou não.

— Lembre-se — Lamur disse para Tormenta. — Ela tentou te salvar. Ela não é a dragoa mais gentil, é verdade, mas veja. Ela se preocupou o suficiente para fazer isso.

Ele pegou uma das patas de Quiri e a abriu para Tormenta ver as queimaduras em sua palma. Quiri mostrou os dentes para ele e puxou seu braço de volta.

Tormenta sacudiu a cabeça.

— Eu não tô pronta — disse ela. — Talvez um dia nos encontremos de novo.

A cauda de Quiri chicoteou para frente e para trás, marcando o chão.

— Bom, como queira. — Seus olhos laranja saltaram de um dragonete para outro e pousaram em Lamur. — Escute, asabarro. Por toda sua conversa nobre, você não vai ser útil para ninguém se não puder lutar e matar para defendê-los. Pense nisso.

Suas palavras feriram, como sempre. A esperança de Lamur vacilou um pouco. Ele sentiu Sol cutucá-lo com carinho.

Tsunami deu um passo ameaçador em direção a Quiri, mas antes que pudesse dizer alguma coisa, a dragoa vermelha e enorme abriu as asas e se lançou no céu. Ela atravessou o lago e voou para o oeste sem olhar para trás.

CAPÍTULO TRINTA

LAMUR ENCONTROU OS OLHOS de Tormenta.

— Que reunião — disse ela, observando a terra queimada abaixo.

— Você ainda pode vir com a gente — ofereceu Lamur. — Mesmo que não esteja na profecia.

— Não — disse ela, lentamente. — Eu não acho… eu não acho que eu mereça.

Ele virou a cabeça para ela.

— O que você quer dizer?

— É como você falou — disse ela. — Vocês são o tipo de dragonetes sobre os quais se escrevem profecias. Vocês são heróis e eu… eu sou o oposto disso. Eu sou a vilã.

— Eu não sou herói — disse Lamur. — Você foi quem nos tirou do Reino dos Céus.

— Só por sua causa. — Ela balançou a cabeça. — Eu achei que eu tivesse nascido uma assassina, mas parece que não. A rainha Rubra que me fez assim… ou me deixou virar isso. É como se eu tivesse escolhido sem saber que eu escolhi. Mas *você* nasceu assim.

Lamur se encolheu e sentiu os outros dragonetes com olhos fixos nele.

— Você sabia como você era, e escolheu ser outra coisa. Eu não posso ser uma de vocês a não ser que eu possa fazer isso também.

Ela piscou, seus olhos azul-fogo observando cada um de seus amigos.

— Eu vou voltar pro Reino dos Céus. Lá é o meu lugar, e eu preciso saber se a rainha Rubra está morta.

— Você não quer ir embora? — perguntou Lamur. — Não quer ver o mundo fora do Reino dos Céus?

Tormenta agitou as cinzas debaixo de suas patas.

— Não até eu sentir que o mundo pode estar a salvo de mim — disse ela.

— A gente pode apressar esse adeus meloso? — perguntou Tsunami. — Porque temos companhia.

Ela apontou com a cabeça para o topo do penhasco.

Duas revoadas de dragões estavam decolando em formações em espiral graciosas. Um grupo brilhava em vermelho e dourado; o outro cintilava com um calor esbranquiçado e pálido. A silhueta inconfundível de Flama pairava sobre os dois. Após um momento, eles se separaram, e dragões dispararam em todas as direções. Suas batidas de asas preenchiam o céu. Seus pescoços longos chicoteavam de um lado a outro enquanto procuravam.

A caçada aos dragonetes fugitivos havia começado.

— O que vamos fazer? — perguntou Sol, em uma voz apressada.

— Precisamos chegar até o delta — disse Tsunami. — Podemos achar a família de Lamur lá. Talvez eles ajudem a nos proteger.

— E aí estaremos no mar — disse Sol. — E vamos achar a sua também. E talvez Estelar nos encontre lá? Vocês acham que ele vai procurar por nós?

— Duvido — disse Glória. A expressão de Sol entristeceu-se. — Agora ele está com seus maravilhosos asanoite. E eu odeio ter que lembrar disso, mas tem uns duzentos dragões aqui em cima que estão nos procurando. No momento que sairmos dessas árvores, eles vão cair que nem chuva em cima de nós.

— Então, eu tenho uma ideia — disse Lamur, hesitante. — Mas vocês não vão gostar.

— Ah, que bom — disse Glória. — Meu tipo favorito de plano.

Lamur tentou sorrir para ela, mas ela não o encarava.

E agora, o que é que eu fiz? Lamur apontou para o rio.

— Nós nadamos até o delta.

Glória fez uma careta. Suas garras mudaram de marrom para azul-pálido e voltaram.

— Eu não sei nadar muito bem — disse Sol, ansiosa. — Mas acho que eu posso tentar.

— Eles vão nos ver de cima — disse Tsunami.

— Não a Glória — disse Lamur. — Ela pode se camuflar no rio. E se ela estiver nas suas costas, também não vão ver você.

Glória e Tsunami pareceram não muito felizes com a sugestão.

— Aí nós enchemos Sol de lama e colocamos ela nas minhas costas — continuou Lamur. — Eu vou ficar no raso, e do céu vai parecer que somos parte do leito do rio.

Tormenta se aproximou.

— Vou esperar que vocês tenham ido embora e aí eu voo para outra direção. Talvez eu consiga despistá-los por um tempo. Não é como se eles pudessem me tocar, ou fazer qualquer coisa comigo quando vocês estiverem seguros. — Ela olhou para Lamur e depois para o outro lado.

— Tá bom — disse Tsunami. — É nossa melhor chance. Então bora com isso, e logo.

Ela deslizou para o rio com Glória.

Lamur virou-se para Tormenta.

— Você tem certeza? — perguntou. — E se Flama descontar a raiva em você?

— Como, exatamente, ela faria isso? — perguntou Tormenta. — Só tem uma coisa boa em mim, e é que nenhum dragão pode me machucar. A não ser você, no caso.

As asas dela balançaram.

Lamur tomou a pata dela nas suas, sentindo o calor penetrar por suas escamas.

— Essa não é a única coisa boa em você, Tormenta. — Ele enrolou sua cauda na dela e a envolveu com as asas.

Ela se inclinou em seu ombro.

— Você faz eu querer acreditar nisso.

— Lamur — chamou Tsunami. — Temos que ir.

Lamur se afastou, e Tormenta deu um passo para trás, esfregando as patas no lugar onde ela o havia tocado.

— Fica bem, tá? — disse ele.

Ela meneou a cabeça.

— Quando você acabar com essa guerra, venha me visitar.

Sol deitou-se na lama e se contorceu, deixando Lamur cobrir suas escamas. Seu brilho dourado desapareceu debaixo da grossa camada de marrom. Ele fez questão de submergir sua cauda e encher de lama os espaços entre os espinhos de suas costas. Quando terminou, ela não se parecia tanto com uma asabarro, mas definitivamente não se parecia com Sol.

— Eu tô toda pesada e nojenta — disse ela.

Seu peso mal chegava ao de uma vaca quando ela subiu nas costas de Lamur e se segurou em seus espinhos. Ele a levantou com facilidade e se dirigiu até o lago.

As outras duas já flutuavam na água, esperando. Era estranho ver apenas o contorno borrado de suas amigas. Com suas asas abertas, Glória escondia a maior parte da forma de Tsunami, apesar de alguns pedaços de asas azuis e cauda aparecerem aqui ou ali. Lamur esperava que não fosse o suficiente para serem vistos do céu.

Sol se virou e olhou para Tormenta.

— Obrigada por nos ajudar — disse ela.

— Depois de nos trair — murmurou Tsunami.

Glória enfiou a cabeça debaixo da água.

— Boa sorte — disse Tormenta.

— Você também — disse Lamur. — Tchau, Tormenta.

Enquanto entrava na água, ele sentiu os olhos dela fitando-o. Ele se perguntou se a veria de novo.

Eles remaram com as mãos ao longo das margens do lago, cuidadosamente, tentando não produzir muitas ondas. A água calma, cristalina, fluía ao redor das patas de Lamur, gélida. Ele sentiu a agitação de uma correnteza quando chegaram à foz do rio, e então estavam nadando rio abaixo, seguindo o Diamantino para longe das montanhas.

Lamur sentiu suas escamas serem lavadas da poeira e da dor da arena. Suas asas se abriam, livres, e seus amigos estavam perto novamente. Talvez ainda não estivessem seguros, mas pelo menos tinha a chance de protegê-los.

O Reino dos Céus estava atrás deles.

À frente, os pântanos do Reino de Barro e o Delta do Diamantino, e seus pais, e seu lar, finalmente.

Reino de Gelo

Reino dos Céus

Sob a Montanha

Fortaleza de Flama

Reino de Areia

Gruta dos Escorpiões

Montanha de Jade

PARTE TRÊS

UM OVO DA COR DA CHAMA

Reino de Gelo

Reino dos Céus

Sob a Montanha

Fortaleza de Flama

Reino de Areia

Gruta dos Escorpiões

Montanha de Jade

CAPÍTULO TRINTA E UM

OS DRAGONETES NADARAM E flutuaram, flutuaram e nadaram, o dia inteiro, até as luas aparecerem no céu. Quando estava escuro e já não se via mais jatos de fogo no céu por algum tempo, arrastaram-se até um banco de lama para comer e descansar.

Descobriram que caçar era muito mais difícil em áreas abertas que em cavernas fechadas. Lamur xingou os guardiões várias vezes enquanto dois coelhos e um coiote escapavam de suas garras, mas finalmente pegou e matou um tipo de porco enorme com verrugas e pele dura, que ele arrastou para dividir com os outros.

Sol veio saltitando para ajudá-lo a carregar a carcaça.

— Tsunami também pegou uns peixes — disse ela. — E eu desenterrei umas cenouras selvagens lindas, mas ninguém quer comer.

— Cenouras? — disse Lamur, franzindo o focinho. — Quem comeria isso por vontade própria?

— Eu *gosto* — disse Sol, chateada. — E essas tão cheinhas de terra e são bem crocantes. Eu aposto que você iria gostar se provasse.

— Não — disse Lamur. — Estamos livres agora. Eu só vou comer o que eu quiser daqui em diante.

Contanto que seja lento o suficiente pra eu conseguir provar, pensou ele, tristonho.

Estava muito escuro para conseguirem ver algo da paisagem ao redor além de sombras retorcidas de árvores aqui e ali, mas a luz das luas delineava as montanhas irregulares que se erguiam para o céu. Formas escuras pairavam sobre os picos como morcegos. Flama não desistira de sua busca por eles, e provavelmente não o faria tão cedo, como dizia Tsunami.

— Por que ela quer nos matar? — perguntou Sol. — Não fizemos nada contra ela.

— Ela não confia em profecias — disse Tsunami. — Principalmente na nossa. Ela diz que duas das irmãs vão morrer, "as que vão inflamar, fulgurar e ferver", mas não diz quem. Ela só gostaria se dissesse especificamente que Flama teria uma grande vitória. Agora é muito vago e enigmático para ela. Ela prefere nos tirar do caminho e lutar a guerra nos seus termos.

— Então quando decidirmos quem vai ganhar, definitivamente não vai ser ela — disse Sol, estremecendo.

— Talvez Fulgor — disse Tsunami, mordendo um pedaço de carne. — Estelar diz que ela é burra, mas pelo menos os asareia gostam dela.

— Eu gosto da ideia de ser Fervor — disse Glória. — Não tem nada de errado com uma rainha inteligente. Não que eu tenha que ter alguma opinião quanto a isso.

Lamur lançou um olhar para ela, surpreso, mas Tsunami respondeu antes que pudesse perguntar o que aquilo queria dizer:

— Fervor não é só inteligente, na verdade — disse Tsunami, descansando a cabeça nas patas dianteiras. — Se acreditarmos nos pergaminhos e no que os guardiões nos disseram, ela é ardilosa e manipuladora e não está nem aí pro que precisar fazer para virar rainha. Mesmo que signifique destruir as outras nações e o resto do mundo no caminho.

Os dragonetes ficaram em silêncio. A grandeza do céu acima deles fez Lamur se sentir muito pequeno. Parecia loucura imaginar que eles escolheriam quem seria a próxima rainha asareia, além de acabar com a guerra. Quem os escutaria? Certamente não as rainhas rivais. Como cinco dragonetes fariam algo acontecer?

Sol fitou as luas com esperança. Lamur sabia como ela se sentia — ele queria que Estelar também caísse das estrelas de repente e pousasse ao lado deles novamente. Ele não imaginava que sentiria tanta falta de seu amigo sabichão, mas parecia errado não tê-lo ali.

Especialmente quando ele poderia ter respondido todas aquelas perguntas, como de onde o veneno de Glória viera.

— Você acha que todos os asachuva conseguem fazer isso? — perguntou Lamur, depois que Tsunami e Sol dormiram, enroladas juntas. Glória estava mais distante dos outros, com a cauda por cima do nariz, olhando fixamente para as montanhas.

— Como eu vou saber? — perguntou Glória. — Alguém já me disse alguma coisa sobre os asachuva? Além de que são preguiçosos e, caso eu não tenha mencionado algumas milhares de vezes, que não fazem parte da profecia?

— Você tá chateada comigo? — perguntou Lamur. Parecia que ela não havia conversado direito com ele desde que tinham fugido.

Glória fechou os olhos e não respondeu. Aquilo pareceu um "sim" para Lamur.

Ele não se permitiu dormir muito, apesar de estar exausto. Eles queriam continuar se movendo enquanto ainda estivesse escuro. Quando se forçou a abrir os olhos, duas das luas estavam chegando atrás das montanhas enquanto a terceira brilhava forte, alta no céu. O rio se movia e borbulhava baixinho ali perto, e a lama estava quente debaixo de suas escamas.

E foi quando ele percebeu que Glória havia sumido.

Ficou alarmado. Ele pensou *não, eu não vou perder mais ninguém.*

Lamur balançou as outras.

— Cadê Glória? — sussurrou.

— Sabia — rosnou Tsunami, pulando para ficar em pé. — Eu sabia que ela estava irritada com alguma coisa.

— Com o quê? — perguntou Sol, com um olhar confuso para a escuridão. — Ela não tá feliz que a gente fugiu?

— Talvez ela não estivesse se sentindo bem-vinda — disse Tsunami. — Graças a esse pamonha.

Houve uma pausa, e então ela bateu em Lamur com a cauda.

— É você, abestalhado.

— Ah. — Lamur estivera tentando entender o que era um "pamonha". — O que eu fiz agora?

— Caramba, vamos pensar — disse Tsunami. — Ain, não seria maravilhoso se a psicopatinha da Tormenta fosse nossa "asas do vento"? Talvez ela seja a quinta dragonete que estivemos esperando a vida toda. Vamos jogar Glória fora, que nem Porvir quer que a gente faça, e substituí-la pela primeira asacéu que aparecer.

— Eu nunca quis substituir Glória — disse Lamur, chocado. — Eu só… eu pensei que Tormenta fosse se encaixar com a gente… com *todos* nós! Eu nunca quis que Glória fosse embora. Além do que, pera aí.

Ele levantou a cabeça.

— Foi ideia dela. *Ela* disse que Tormenta poderia ser nossa asacéu.

— Ah, bom, você não deveria ficar tão animadinho com isso — disse Tsunami.

— Quê? — cuspiu Lamur. — Isso não é justo. É como se eu estivesse em apuros por falhar em algum teste secreto que só as dragoas entendem.

— *Eu* não entendi — reclamou Sol.

— Não, você tá em apuros por ter escolhido aquela asacéu maluca em vez da Glória — retrucou Tsunami.

— Eu não fiz isso! — Lamur quase gritou. — Eu nunca faria isso. Ninguém me avisou que era uma ou outra.

— É verdade — interrompeu Sol. — Eu não achava que a ideia era escolher Tormenta em vez de Sol. Eu achei que todos íamos cumprir a profecia juntos.

— Claro que sim — disse Tsunami para ela. — A gente sempre sabe o que você tá pensando.

Os espinhos nas costas de Sol se eriçaram.

— Ah, é? — disse ela em uma voz próxima a um rosnado, que Lamur nunca tinha ouvido.

Tsunami já tinha dado as costas a Lamur.

— Glória provavelmente já está a caminho da floresta tropical agora. Ela deve achar que estamos melhor sem ela.

— Mas isso não é verdade — protestou Lamur. — Ela é uma de nós. A profecia não diz que não podemos nos preocupar com ninguém mais. Ela é a razão pela qual fizemos tudo isso, a razão pela qual fugimos. Ela não sabe disso?

— Minha nossa — disse Tsunami. — Isso deveria fazer ela se sentir melhor? Tudo isso é culpa dela?

— Não é isso — disse Lamur. — Quer dizer, eu faria de novo. Eu faria tudo de novo e mais, e qualquer coisa, pra ter certeza que ela estivesse bem. Eu faria a mesma coisa por qualquer um de vocês.

Ele olhou para baixo, vendo a lama se espremer entre suas garras.

— Precisamos segui-la. Esquece o delta, minha família e todo o resto. A gente vai pra floresta tropical para achá-la, agora.

Sapos coaxavam na escuridão ao redor deles. Sol olhou de Tsunami para Lamur e de novo.

— Eu disse — falou Tsunami.

— Tá, tá — disse a voz de Glória. — Você tava certa. Dessa vez.

Lamur sentiu a ponta das asas dela roçarem as suas, e suas escamas lentamente cintilaram, reaparecendo na luz das luas.

— Obrigada, Lamur. Isso foi fofo.

— Você estava aqui o tempo todo? — disse ele, saltando para trás.

— Eu estava decidindo se deveria ir embora — disse Glória. — Eu achava que você queria que eu fosse, mas Tsunami disse que não. Desculpa, eu só estava... bem chateada.

— Bom, agora *eu* tô chateado — bufou Lamur. — Isso foi cruel.

— Foi ideia da Tsunami! — disse Glória. — Fique chateado com ela.

— Ah, muito obrigada — disse Tsunami.

— Eu tô chateado com vocês duas! — Lamur bateu o pé e foi pro rio. — Vamos, Sol, vamos fazer alguma coisa bem malvada também.

— Lamur — Glória o chamou, mas ela não parecia muito culpada.

Ela sabe que eu sempre vou perdoá-la, Lamur rosnou para si mesmo. *Elas duas sabem que eu não consigo aguentar*. Ainda assim, era um alívio saber que ela não tinha ido embora sem lhe dar uma chance de se explicar, mesmo que tivesse sido daquela forma.

— Deveríamos continuar nadando — ele escutou Tsunami dizer para ela.

Sol se aproximou na margem do rio.

— Aquilo *foi* cruel — disse ela. — Eu não acho que deveríamos nos enganar assim.

— Da próxima vez que a gente parar, vamos jogar lama nela — sugeriu Lamur.

Sol franziu o focinho para ele.

— Eu tô falando sério! Você sempre diz que temos que ficar juntos. Você sempre para a briga de todo mundo. Você deveria dizer a elas que isso também significa que temos que poder confiar uns nos outros. E você deveria dizer para elas serem ouvintes melhores. Sabe? De todo mundo.

— Eu acho que elas sabem disso — disse Lamur, pondo mais uma camada de lama nas escamas dela.

Ele tinha certeza de que Glória e Tsunami ririam dele se ele começasse a palestrar sobre como serem melhores amigas.

Sol suspirou e subiu em suas costas. Eles entraram na água novamente, e ele sentiu as ondulações de Glória e Tsunami fazendo o mesmo bem atrás deles.

O rio pareceu ficar mais quente à medida em que eles nadavam para o sul e para o leste, em direção ao mar. Depois de um tempo, o sol surgiu no horizonte à frente deles, e eles viram o brilho de um oceano vasto à distância. A terra se desdobrava como asas de dragão, por meio de colinas cobertas de arbustos, marrom-pálidas e verde-escuras.

Lamur se esqueceu que deveria se preocupar com dragões hostis no céu; esqueceu de se preocupar com Estelar; esqueceu de estar irritado com Glória. Suas asas batiam no ritmo do coração, mais e mais rápido, levando-o pela água. O Reino de Barro estava tão perto. Seus próprios dragões, o mundo que sempre havia imaginado.

O som de uma cachoeira à frente tampouco o preocupava. Ele se esquivou das pedras despontando fora da água, e disse para Sol se segurar. Quando a correnteza apressada os jogou pelo cume, ele abriu as asas e saltou para o ar.

Por um momento, tudo era alegria, cavalgando o vento. À frente, ele podia ver o rio se abrindo em centenas de riachos enquanto vagava pelos brejos em direção ao mar. E podia ver casas de asabarro — montes altos feitos de lama, do tamanho de vários dragões e outras mais largas, projetando-se dos brejos como grandes dentes marrons.

E então Sol agarrou seu pescoço com um suspiro assombrado, e Lamur olhou para baixo.

No chão, entre o cume e os brejos, havia um campo de batalha preenchido com dragões mortos.

CAPÍTULO TRINTA E DOIS

LAMUR PERMANECEU NO AR, circundando o campo de batalha lentamente. O rio abaixo da cachoeira estava lamacento e escuro com o sangue derramado, e não voltava a ficar limpo, pelo menos não na distância em que ele conseguia ver. Ele não voltaria para aquela água.

O chão tinha sido transformado em lama, mas não a lama convidativa — lá havia sangue e ossos enterrados, com asas quebradas se elevando de montes grandes e encharcados, como galhos de árvore destroçados por uma tempestade. Os corpos dos dragões estavam tão cobertos de lama que todos pareciam ser asabarro; mas, aqui ou ali, Lamur conseguia ver o brilho fraco de escamas de um azul-gelado e de um quase branco de areia desértica. Um asagelo havia sido jogado na base de um penhasco não tão distante da cachoeira, e a água que espirrava formava um pequeno arco-íris acima de suas asas prateadas rasgadas e escamas ensanguentadas.

— Essa batalha deve ter acabado de acontecer — disse Sol. — Nos últimos dias, no caso. Olha, alguns focos de incêndio ainda estão queimando.

Ela se inclinou por cima de seu ombro e apontou para as chamas alaranjadas que pontilhavam o chão lamacento, soltando uma fumaça hedionda e fétida no céu.

Lamur voou mais baixo por sobre os incêndios e viu membros com escamas marrons estirados para fora de destroços em chamas. Ele subiu em uma espiral de volta para o céu, tentando não vomitar. Aqueles eram corpos de asabarro queimando.

Glória e Tsunami chegaram até eles, voando separadas. Glória trocara a cor do rio para um verde-suave, como grama pontilhada de orvalho.

As guelras de Tsunami pareciam inquietas, e seu olhar se espalhava pelo campo de batalha. Elas duas pareciam tão enjoadas quanto Lamur.

— Quem você acha que ganhou? — perguntou Tsunami.

— Quem *ganhou*? — choramingou Sol. — Ninguém. Ninguém poderia olhar pra esse lugar e pensar "eba, ganhamos". Não dá.

Sua voz era abafada, triste e furiosa ao mesmo tempo.

— O exército de Fulgor deve ter atacado os asabarro — disse Glória. — Olha, dragões asagelo e asareia. Essa é a aliança de Fulgor.

— Eu aposto que os asabarro mandaram uma mensagem para a rainha Rubra pedindo por ajuda — rosnou Tsunami. — E ela deve ter deixado eles à própria sorte, pra não interromper a festa de seu dia da incubação.

Lamur ainda conseguia ver evidências dos sopros gelados dos asagelo, mesmo naquele momento, quando a maior parte do gelo já deveria ter derretido. Alguns dos corpos abaixo estavam intactos, mas dobrados em posições horrendas de agonia, as bocas abertas como se tivessem sido congeladas no meio de um grito. Vários pedaços do chão brilhavam com cristais de gelo, onde jatos de ar congelado pareciam ter errado e acertado o solo. E em alguns dos corpos, pedaços haviam sido arrancados em linhas nítidas e limpas, onde metade de pernas tinham sido congeladas e então caído.

— Não vamos encontrar ajuda aqui — disse Lamur.

Sol saiu de suas costas e andou até ficar de frente para ele.

— Por que não?

— Os asabarro não vão confiar em nós quatro, juntos assim — disse ele.

As outras se juntaram ao seu redor, batendo as asas para se manterem no lugar.

— Isso é verdade — disse Glória lentamente. — Ainda mais você, Tsunami. Os asamar estão do lado de Fervor.

— Eu tenho que ir sozinho — disse Lamur. — Se meus pais estiverem vivos…

Ele parou, distraído por um brilho branco vindo do chão. Seu estômago se revirou quando percebeu se tratar de um osso de onde a carne fora queimada, saindo de uma pilha irreconhecível de lama.

— … você vai ter mais chance de encontrá-los sem um monte de inimigos dos asabarro perto de você — terminou Tsunami. — Mas a gente não sabe o que tá te esperando lá. Eles também podem te prender, como a rainha Rubra fez.

— Não é aqui que a rainha asabarro vive — disse Glória. — Ela está mais pro sul, nos pântanos. Estamos nos arredores do Reino de Barro aqui. Não que seja mais seguro, eu acho.

Lamur lembrou de Quiri falando sobre os asabarro "inferiores" vivendo ao redor do delta. Mas ele não ligava que seus pais fossem plebeus, pamonhas ou qualquer uma dessas palavras. Ele não precisava de uma família nobre; ele só queria sua família.

— Se eu não voltar até o nascer do sol — disse ele —, vão me procurar.

— E se você precisar de nós antes? — perguntou Sol, preocupada.

— Eu posso ir com você — disse Glória, de repente. — Se descobrirem que eu sou uma asachuva, ninguém vai ligar. De qualquer forma, não estamos na guerra, mas eu também posso fazer isso.

Ela flutuou por um momento, batendo as asas, e então uma mancha marrom se derramou em suas escamas. Âmbar e ouro brilharam nas rachaduras e por sua barriga, e o sol nascente pareceu derretê-la na cor mais calorosa da terra.

— Eu acho que você ainda tá muito bonita pra ser uma asabarro — disse Lamur, desconfiado.

Ela era muito longa e graciosa, e seus penachos ao redor das orelhas não eram muito asabarro também, mesmo que ela pudesse colocá-los para trás até que fossem difíceis de identificar. E se ela conseguisse manter a cauda reta em vez de enrolada como a de um asachuva...

— Nada a ver — disse Tsunami. — Você é tão bonito quanto a Glória, Lamur.

Sol concordou vigorosamente.

Lamur franziu o focinho.

— Não sei o que achar disso.

— Nem eu — disse Glória. — Vamos logo, antes que os asabarro nos vejam sobrevoar este campo de batalha.

— Vamos esperar na cachoeira. Fiquem bem. — Tsunami se virou. Lamur observou sua forma azul e suave voar para longe, com Sol acompanhando-a.

— Obrigado pela companhia — disse ele para Glória.

Ela deu de ombros, e ele lembrou que deveria estar irritado com ela. Por que ele não conseguia manter essas coisas na cabeça?

Enquanto voavam para os brejos, Lamur se perguntou por que ninguém aparecera para enterrar ou queimar os mortos no campo de batalha. Não conseguia imaginar largar um dragão ao relento assim, nem inimigos.

— Ali — disse Glória baixinho, inclinando as asas.

Lamur viu um círculo pequeno de sete asabarro no chão, perto de uma das torres de lama. Eles pareciam estar praticando alguma formação — virando, chicoteando e defendendo os flancos sem perder a postura.

Ele respirou profundamente. Era chegada a hora de conhecer dragões de sua própria nação.

Um vento com cheiro de mar assoviou ao redor de suas orelhas quando desceram. Juncos se dobraram e fugiram da brisa de seu pouso. Lamur sentiu as patas afundarem em terra molhada e pantanosa, e um arrepio de alegria lhe correu a espinha.

Os asabarro ouviram-nos pousar e se viraram, dentes à mostra. Lamur abriu as asas e levantou as patas frontais, tentando parecer inofensivo.

Todos os sete dragões marrons fitaram ele e Glória por um momento, confusos. Então a maior balançou as asas e fez um som de dispensa com a garganta. De uma vez, todos viraram-se de costas e retornaram à prática de formação.

Lamur piscou para eles quando os dragões inclinaram para a esquerda e dispararam para frente, um de cada vez, arranhando um inimigo imaginário. A maior dragoa rugiu ordens vez ou outra, apesar de soarem mais como sugestões do que como comandos.

— Cuidado com a cauda. Guarde energia pro próximo ataque. Não esqueça dos sinais das asas internas — dizia.

Era como se tivessem esquecido imediatamente que Lamur e Glória estavam lá. Ele lançou um olhar desesperado a Glória.

— Talvez a gente precise achar outro dragão para perguntar — sussurrou.

— AHEM — Glória limpou a garganta com um som alto. — Com licença.

A dragoa maior os fitou, arqueando as sobrancelhas.

— Continuem — disse ela para o resto dos soldados, então serpenteou para encarar Glória.

Seu corpo espesso deslizou suavemente pela lama, dando-lhe uma graça sinuosa, apesar de ser tão sólida quanto Lamur. Ela tinha pedaços de lama e grama grudados em várias feridas recentes em seu flanco e pescoço, e uma das pontas de seus chifres estava quebrada.

— Olha, sinto muito por só terem sobrado vocês dois — a asabarro disse, grave —, mas não estamos procurando colocar mais ninguém. Só perdemos um em três anos, e isso é porque somos focados, treinamos todo nascer do sol, e não aceitamos despares.

— Despares? — repetiu Lamur.

A asabarro o olhou, confusa. Glória pisou em sua pata. *Aja como se soubesse do que estão falando*, Lamur lembrou a si mesmo.

— Só estamos procurando alguém — disse Glória. — Um casal de asabarro que perdeu um ovo seis anos atrás.

— Um casal de asabarro? — perguntou a outra dragoa.

Lamur sentiu pingos de orvalho caindo sobre ele das folhas acima. Remexeu o barro com a cauda e tentou agir como se ficasse em pântanos todos os dias. Ele queria se jogar no chão e rolar como um recém-nascido, mas tinha a impressão de que aquilo seria estranho e deselegante.

— Era um ovo vermelho — tentou Glória. — Foi roubado de algum lugar por aqui.

— Roubado! — silvou a asabarro. — Eu gostaria de ver algum dragão tentar algo assim!

Suas patas se flexionaram, abrindo e fechando de maneira ameaçadora, afundando-se na lama. Glória deu um passo para trás.

— Ou levado, talvez — disse ela. — Talvez por uma dragoa chamada Asha?

As costas da asabarro relaxaram.

— Ah, Asha — disse ela. — É isso mesmo, a irmã dela, Gauta, tinha um ovo vermelho uns seis anos atrás. Mas eu posso garantir que não teve nenhum roubo envolvido. Certeza.

Ela bufou.

O peito de Lamur parecia a ponto de explodir. Gauta! Sua mãe tinha um nome!

— Ela tá bem? — perguntou ele. — Gauta? Ela ainda tá viva?

— Sabe-se lá como — bufou a outra dragoa. — Aquela tropa não tinha disciplina nenhuma. E o asalonga deles não é o mesmo desde que Asha foi embora. Ficaram só quatro.

Era como uma língua diferente. Lamur queria muito saber o que era um asalonga, mas não ousaria.

— Onde podemos encontrá-la? — perguntou Glória.

A asabarro levantou uma garra e apontou para um espaço entre os montes.

— Eles ainda devem estar dormindo, mas aquela tropa normalmente fica no repouso que tem o buraco na lateral, no fim do caminho seco.

— Valeu — disse Lamur quando ela voltou para sua formação. Ela não respondeu, seu foco já estava nos outros soldados.

Havia um caminho elevado de terra passando entre os montes altos de dragões e gramas do pântano. Tufos de juncos balançavam na brisa e árvores retorcidas pontilhavam o brejo. A maioria das árvores estava coberta de trepadeiras, apesar de que, ao olhar de perto, Lamur podia ver que algumas das trepadeiras eram na verdade caudas grossas de cobras vermelhas e verdes. O coaxar profundo de rãs-touro enchia o ar.

Enquanto seguiam o caminho, Lamur olhou para dentro de uma das poças gigantes de lama, tentando achar uma rã-touro particularmente alta. De repente, um par de olhos se abriu no meio da lama. Lamur saltou para trás, quase arremessando Glória para o brejo do outro lado do caminho.

— Cuidado! — reclamou ela.

— Tinha um dragão ali — sussurrou ele.

Ele pôde ver, então, duas orelhas como as dele aparecendo por trás dos olhos, e duas narinas saindo da lama em frente. Os olhos o observaram por um momento e então se fecharam. O dragão afundou na lama novamente.

— Tem um ali também — Glória sussurrou de volta.

Lamur virou-se e notou que o que parecia um tronco submerso era, na verdade, as costas longas de um dragão, descansando logo abaixo da superfície da lama. Seu nariz estava encostado em uma pedra, os olhos estavam fechados e ele roncava baixinho.

— Credo, parece que eles estão confortáveis — disse Lamur.

Glória estremeceu.

— Eu nunca conseguiria dormir no meio da lama. Meus sonhos iam ficar cheios de areia movediça, mosquitos e uma nojeira grudenta que eu nunca conseguiria lavar.

Agora que prestavam atenção, conseguiram ver ainda mais dragões submersos em todas as poças de lama. O sol subia no céu. Enquanto os raios se espalhavam pelo pântano, alguns dragões começavam a levantar da lama, abrindo suas asas e abraçando o calor. Outros emergiram dos montes através de portas baixas escavadas nas bases lamacentas.

Nenhum deles parecia notar Lamur ou Glória, o que o fez se sentir estranho. Aqueles dragões pareciam desinteressados em forasteiros em seu território. Ele percebeu que se mantinham com suas tropas, cada uma formada por de cinco a nove dragões, falando apenas com os outros asabarro de seus grupos. Um grupo de seis saiu do mesmo monte e então formou um círculo ao redor, esticando as asas, pescoços e caudas em uníssono.

Outro grupo de oito dragões borbulhou na parte rasa de um lago lamacento e subiu até o céu, um de cada vez, seguindo o maior em um voo largo pelo pântano. Depois de alguns momentos circundando, o líder mergulhou nos juncos e surgiu novamente com um crocodilo se debatendo em suas garras. Ele pousou em uma ilha de chão seco, e todos os oito dragões começaram a rasgar e comer o crocodilo juntos.

— Os pergaminhos nunca falaram sobre isso. Não tínhamos nenhum pergaminho bom sobre a vida dos asabarro. Mas talvez eles sejam como tropas de exército — supôs Glória. — Você fica com seus soldados. Talvez seja isso que os faça ser lutadores tão fortes, porque eles têm essas pequenas unidades leais dentro da armada.

— Talvez — disse Lamur.

Ele gostava de ver como os dragões de cada grupo eram próximos. Mas estava nervoso com o fato de que ninguém os cumprimentara ou perguntara quem eram nem nada assim. De qualquer forma, assim que sua mãe soubesse quem ele era, certamente seria recebido com asas abertas.

Ele se virou para olhar ao redor da aldeia e finalmente encontrou um par de olhos — os únicos olhando em sua direção. Eram de um tom pálido de âmbar, e pertenciam a um asabarro pequeno com um remendo curativo de lama preso por sobre seu nariz. Seus chifres não estavam totalmente desenvolvidos, mas ele também não era um dragonete tão novo assim. Olhava para Lamur com curiosidade, ousadia. Lamur sorriu e acenou com a asas.

O pequeno asabarro piscou e correu para dentro de seu monte.

O caminho levava para a parte de baixo de uma árvore carregada de cobras e longe do centro da vila, em direção a uma área do pântano onde havia menos montes e mais isolados entre si. Depois de uma curta caminhada, o caminho terminava em um lago cheio de juncos balançando.

Perto do lago havia um monte assimétrico com um buraco em ruínas apontando para o topo, como se um dragão tivesse aberto a lama com um soco enraivecido.

Lamur se viu prendendo a respiração à medida em que se aproximavam. Era ali que seu ovo havia sido posto? Era ali que deveria ter nascido? Era muito mais quente e úmido que a caverna nua e fria sob a montanha, mas havia um cheiro pesado de vegetação podre e nenhum sinal de vida do último monte. Eles pararam do lado de fora, observando a água estagnada e cheia de juncos no lago.

— Isso deve ser o que a dragoa chamou de repouso — disse Glória. — Então eu acho que sua mãe tá aí dentro?

— Gauta — disse Lamur, baixinho, testando a palavra.

Eles sentaram no caminho por um momento.

— Você não vai entrar? — perguntou Glória.

Lamur não gostava muito da ideia de enfiar sua cabeça em uma torre escura de lama cheia de dragões desconhecidos.

— Tenho certeza de que alguém vai sair logo... — ele começou, e então um focinho largo saiu pela entrada. Um par de olhos amarelos o fitou.

— É um par de dragonetes — rosnou o asabarro. — Batendo um papinho que nem um bando de gralhas enquanto a gente tenta dormir.

— Ora, então se livra deles! — rugiu uma voz de dentro do monte.

— De-desculpa — gaguejou Lamur. — Não queríamos falar tão alto. Estamos procurando por Gauta.

Ele esperava que aquele não fosse seu pai.

O dragão o mirou, e então desapareceu dentro do monte. Eles ouviram resmungos e grunhidos e asas batendo, como se os asabarro do lado de dentro estivessem se espremendo para deixar um deles passar por cima dos outros.

Finalmente, uma dragoa magra e marrom saiu. Ela balançou as asas, com padrões manchados de escamas marrons, e franziu a testa para Lamur e Glória.

— Sim? — disse ela. — O que vocês querem?

As patas de Lamur pareceram se enraizar no chão. Ele não conseguia acreditar. Depois de tanto sonhar e se perguntar e esperar, lá estava ele — finalmente encarando sua própria mãe.

CAPÍTULO TRINTA E TRÊS

LAMUR SÓ CONSEGUIA ABRIR e fechar a boca sem falar nada. Glória revirou os olhos e falou antes dele:

— Você é Gauta? Irmã de Asha?

A dragoa manchada deu um pequeno silvo e abaixou a cabeça.

— Sim — disse ela. — Quem são vocês?

Glória cutucou Lamur com força com uma de suas patas.

— Eu sou Lamur. Eu acho que sou seu filho — desabafou.

Gauta o encarou. Seus olhos eram marrons como os dele, mas com um anel amarelo ao redor da fenda preta da pupila. Ele esperou, o coração batendo. Imaginara aquele momento um milhão de vezes. Em *A princesa perdida*, esse era o momento em que começava a alegria e o banquete.

— E daí? — disse Gauta.

Lamur achou que ela não o ouvira direito.

— Eu acho que você é minha mãe — disse ele.

— As coisas parecem ter relação, sim — disse Gauta. — E daí?

— Você não tá entendendo — disse Glória. — Esse é o dragonete que você perdeu seis anos atrás.

As patas de Gauta mexeram lentamente a lama abaixo dela.

— Eu não perdi nenhum dragonete. — Ela não parecia confusa, preocupada ou satisfeita. Na verdade, ela parecia só estar aguentando aquela conversa até que eles fossem embora e a deixassem dormir.

Glória lançou a Lamur um olhar confuso. Ele não tinha ideia do que dizer.

— Olha só — disse Glória. — Talvez a gente tenha entendido isso errado. Lamur nasceu de um ovo cor de chama que foi levado de algum lugar por aqui, seis anos atrás, por uma dragoa chamada Asha. Ele voltou procurando...

— Ah, aquele ovo — disse Gauta com um bocejo. — Asha ficou toda feliz por causa daquilo. Sei lá por que; aparece um ovo vermelho vez ou outra na vila. Mas eu não perdi ele.

— O que aconteceu? — Lamur conseguiu perguntar.

— A gente vendeu pros Garras da Paz — disse Gauta. Ela olhou para eles de forma dura e furtiva. — Quer dizer que eles tão querendo as vacas de volta? Porque não vai rolar. Eu sei que a gente deveria criar elas, mas a gente já comeu, então problema deles.

— Você me *vendeu*? — exclamou Lamur. Ele sentia como se garras longas estivessem cortando seu peito repetidas vezes.

— E por que não? — perguntou Gauta. — Tinham seis ovos na incubadora. Eles não precisavam de você.

Ela puxou uma pena de pato perdida entre suas garras.

— Asha não disse nada? — perguntou ela.

— Asha morreu — disse Glória. — Ela morreu tentando proteger o ovo de Lamur.

— Morreu? — Gauta finalmente parecia irritada. — Eu *disse* a ela para não nos deixar! Nosso asalonga vai ficar muito bravo.

Ela rosnou, com a língua para fora.

— Mas é isso, né? Mereceu. Quem mandou escolher os Garras em vez de nós?

— Ela estava ajudando a cumprir a profecia — retrucou Glória. — Pelo menos os Garras se preocupam com alguma coisa além deles mesmos.

Lamur teria rido se não se sentisse tão destroçado. Aquela era a coisa mais legal que Glória tinha dito sobre os Garras da Paz.

— Esse é bem o estilo de Asha — disse Gauta. — Ela sempre foi uma molengona emotiva e adorava essas coisas de doido. Ela amava aparecer com esses papos dos dragonetes pequenos, contando histórias dessa tal profecia. Ela deixou um montão de dragões com olhinhos obcecados e sonhadores nesta vila, xô falar, viu? Eles não calam a boca sobre destino e paz e não sei mais o quê.

Dragões não choram fácil, e Lamur nunca derramara lágrimas durante sua vida, não importava o quanto Quiri o machucasse com palavras ou garras. Mas agora, de repente, ele teve uma pequena visão sobre como sua vida teria sido se Asha tivesse sobrevivido. Ela teria sido uma dragoa a mais sob a montanha para cuidar deles — mas essa seria doce e carinhosa, idealista e esperançosa. Uma guardiã que lhes daria fé na profecia e neles mesmos. Um equilíbrio para a dureza de Quiri.

Lamur nunca passara muito tempo pensando em Asha, a dragoa que havia trazido seu ovo, mas agora seu peito doía com a tristeza de ela ter morrido e ele nunca ter tido a possibilidade de conhecê-la. Ele se deu conta de como estava perigosamente perto de chorar, e podia imaginar como sua mãe reagiria àquilo.

— E meu pai? — perguntou Lamur, controlando a voz. — Ele não tentou te impedir de me vender?

Gauta jogou a cabeça para trás e riu, um coaxar agudo como o de mil rãs-touro berrando ao mesmo tempo.

— Você realmente não sabe nada sobre os asabarro, né? — disse ela quando conseguiu respirar de novo. — Eu não faço a menor ideia de quem é seu pai. E ele com certeza não tá nem aí. A gente tem uma noite de reprodução por mês e depois todo mundo volta para seus repousos. Não, coisinha linda, sem pai pra você.

— E sem mãe também, aparentemente — disse Glória, fria.

Mas Gauta só meneou a cabeça, despreocupada.

— É isso aí — disse ela. — Boa sorte pra vocês, mas não tem espaço na nossa tropa pra dragonetes apegados.

Sua voz era casual. Lamur podia ver que ela não estava tentando ser cruel; ainda assim, doía como nada que ele já sentira antes — mais que os golpes ou provocações de Quiri, mais que as garras do asagelo em suas costas, mais que ver Sol presa em uma gaiola ou descobrir que Tormenta os traíra. Ele sentiu todos os seus sonhos afundando como pedras no estômago.

Ele sempre acreditou que havia alguém no mundo esperando por ele. Tinha se imaginado encontrando sua mãe e seu pai e como seria igual nas histórias. Nenhum dos pergaminhos que haviam estudado falava sobre as famílias asabarro, mas ele sabia que os asanoite e os asamar tinham mães e pais, então ele sempre imaginou que todas as nações dracônicas funcionavam igual.

Nunca tinha passado por sua cabeça que ninguém nem saberia quem era seu pai. E certamente ele não esperava que sua própria mãe se importasse tão pouco, ou que o mandaria embora no mesmo momento que o conhecesse.

Outra coisa que Asha poderia ter me avisado, ele pensou, amargo. Se ela tivesse sobrevivido, poderia tê-lo avisado como as coisas eram no Reino de Barro e o teria poupado de todos aqueles sonhos inúteis.

— Vamos, Lamur — disse Glória, cutucando sua asa.

Ela o levou de volta pelo caminho, e eles começaram a voltar para a vila de lama. As escamas de Lamur pareciam pesadas como pedregulhos. Sua cauda se arrastava lentamente atrás deles.

— E pode contar pros Garras — gritou Gauta atrás deles — que acordo é acordo! Tô nem aí pro que aconteceu, ninguém vai ver nem o cheiro daquelas vacas de novo!

— Você quer tentar falar com mais alguém? — perguntou Glória, quando chegaram à vila. — Talvez ela esteja errada, e seu pai fosse querer te conhecer.

Lamur balançou a cabeça.

— Não importa — disse ele. — Não tem lugar pra mim aqui.

De repente, Glória parou com um silvo. Ela apontou para a clareira à frente e disparou para baixo das trepadeiras mais próximas. Lamur foi atrás dela.

Um asareia corpulento estava batendo os pés no centro da vila de lama, tentando tirar o barro molhado preso em suas garras. Faltava-lhe uma orelha e alguns dentes, e ele fazia uma careta para os dois asabarro na frente dele.

— Quê? — gritou. — Fala mais alto!

Um dos asabarro elevou a voz.

— Eu disse que não vimos ninguém assim.

— Tem certeza? — perguntou o asareia. — São quatro deles. Um asabarro, uma asachuva, uma asamar e um negócio parecido com uma asareia.

O asabarro franziu o focinho.

— Não — disse ele. — Eu te garanto que teríamos visto uma asamar, uma asachuva ou um… "negócio parecido com uma asareia" passando por nossos repousos.

O asareia bufou, como se duvidasse daquilo.

— Bom — disse ele. — Se você os vir, informe prontamente à rainha Flama.

Os dois asabarro curvaram as cabeças educadamente.

— Com certeza.

Glória e Lamur se esconderam ainda mais quando o asareia afastou as asas e se lançou no céu.

— Temos que sair daqui — sussurrou Glória.

— Eu esqueci que os asabarro estão do lado de Flama — disse Lamur. — Temos sorte que Gauta não soubesse que Flama estava procurando por nós. Ela teria nos entregado sem pensar duas vezes.

Ele não se sentia sortudo, na verdade; se sentia horrível.

— Vamos dar a volta na vila — disse Glória, serpenteando até os juncos que balançavam. Quase de imediato, ela afundou em uma piscina de lama até a barriga. — *Eeeeeeca* — rosnou ela.

Lamur viu um focinho sair do pântano perto deles. O dragão lhes deu uma olhada suspeita.

— Lembra de agir como uma asabarro — sussurrou ele, escorrendo para dentro da lama ao lado de Glória. — Mmmmmmmmmm, lama!

— Ebaaa — disse Glória sem entusiasmo. Ela avançou alguns passos a mais entre os juncos, espalhando lama pelas asas.

Aquela seria uma longa caminhada. Lamur olhou para o céu.

— Certo, não tô vendo mais ele. Podemos voar de volta para elas.

Ele se debateu para sair da lama e ir até uma ilha seca, ajudando Glória a subir. Balançaram as asas para tirar os maiores pedaços, e então subiram, rapidamente abandonando as árvores. Lamur viu o rio se curvando em direção ao penhasco à sua esquerda e se inclinou para aquela direção. Ele estava pronto para deixar o Reino de Barro para trás para sempre.

— Ei! — gritou uma voz atrás deles. — Dragonetes! Parem!

CAPÍTULO TRINTA E QUATRO

LAMUR SENTIU O PÂNICO percorrer suas escamas e aumentou a velocidade, batendo suas asas desesperadamente. Glória subiu ao lado dele.

— Pare! — sussurrou ela. — Se a gente correr, eles vão saber que tem alguma coisa errada.

Lamur sabia que ela estava certa, mas era quase impossível voltar para a vila dos asabarro e para a voz que os haviam chamado.

Cinco dragões estavam pairando no ar, observando-os atentamente. Enquanto se aproximavam, Lamur notou que eram dragonetes, ainda não totalmente crescidos. O maior de todos era um pouco menor que Lamur, com olhos ouro-âmbar calorosos a uma ferida de garra recente na cauda. O menor de todos era o dragão com o remendo no nariz que olhara Lamur na vila.

— Ei — disse Lamur. Ele esperava ter falado de modo casual e nada ameaçador. — Estávamos de saída.

Os dragonetes asabarro trocaram olhares. O maior disse:

— Nós ouvimos você perguntando sobre o ovo vermelho de Gauta.

— Isso aí — disse Glória.

— Você sabe o que aconteceu com ele? — o asabarro menor disparou. — Ele nasceu? Quem foi? Onde tá o dragonete?

Glória cutucou Lamur com a cauda antes que ele pudesse responder.

— Quem quer saber? — perguntou ela.

— Eu sou Talo — disse o maior dragonete. — Esses são Sora, Faisão, Brejo e Fusco.

O menor, Fusco, tinha os olhos fixos em Lamur outra vez. Os outros três olhavam para o céu com expressões ansiosas.

— Eu sou Lamur, e essa é Glória — respondeu Lamur. Faisão inclinou a cabeça em direção a Glória.

— Esse não é um nome comum de asabarro — disse ela.

Ops, pensou Lamur.

— Não fui eu que escolhi — disse Glória, com um dar de ombros que a balançou nas correntes de ar.

— Foi um de vocês que nasceu do ovo vermelho? — perguntou Talo. — Vocês são nosso pare perdido?

— Pare! — disse Lamur, de repente. — Parentes! É disso que todo mundo tá falando!

Ele se lançou à frente e agarrou as patas dianteiras de Talo.

— É isso que você quer dizer? Nós nascemos juntos?

— Eu sabia! — gritou Fusco. — Eu sabia que ele parecia familiar! Eu disse!

Ele esbarrou em Brejo e os dois quase caíram lá embaixo.

— Você é nosso irmão — disse Talo, com um sorriso que aqueceu Lamur até a ponta das garras. — Você deveria ter ficado com a gente todo esse tempo.

— Ele não é só nosso irmão — apontou Faisão. — Olha pra ele. Ele é nosso asalonga.

O sorriso desvaneceu do rosto de Talo enquanto ele estudava Lamur das patas às asas.

— É verdade — disse ele.

Lamur queria trazer aquele sorriso de volta. Não entendia o que havia de errado. Ele apontou para uma ilha vazia nos brejos abaixo.

— Vamos conversar — disse ele.

Seus irmãos e irmãs não conseguiam acreditar em como ele conhecia pouco sobre a vida dos asabarro, mas ficaram felizes de poder explicar tudo para ele, as palavras se atropelando. Os cinco enrolados juntos naturalmente na grama alta, caudas e patas e asas se envolvendo, com Fusco subindo em suas costas e ficando de pé sobre a cabeça dos outros para ser ouvido.

Eles contaram que dragões asabarro punham ovos em ninhos de lama morna protegidos por paredes de pedra quente. Ficavam tão seguros que a mãe nunca precisava voltar para vê-los, e os dragonetes normalmente nasciam quando ela não estava presente. O primeiro era sempre o maior, e sua primeira tarefa era ajudar os outros dragonetes a saírem de seus ovos quebrando as cascas por fora.

Quando chegaram a essa parte da explicação, Glória prendeu a respiração. Ela virou-se para Lamur.

— Então foi isso! — disse ela. — Quando a gente nasceu, os guardiões não sabiam nada sobre os asabarro, então eles acharam que você estava nos atacando. Mas você só estava tentando ajudar. Seu instinto disse que você precisava nos tirar dos ovos. Lamur, você sabe o que isso quer dizer? Você não estava tentando nos matar.

Lamur sentiu como se ele se preenchesse de nuvens calorosas de verão. Quiri estava errada, completamente errada sobre ele, e ela sempre estivera. A força de Lamur não era para a violência; era para proteger seus irmãos e irmãs. Ele não estava destinado a ser um monstro. Não havia uma fera dentro dele.

Ele era um asalonga.

Ele cruzou a cauda por sobre a de Glória e sorriu para ela, feliz demais para conseguir falar.

— E daí em diante, o asalonga cuida dos outros — disse Faisão, cutucando Talo com carinho. — Alguns acabam sendo muito mandões ou muito fracos, mas eu acho que ficamos com um muito bom.

Ela parou, percebendo o que tinha acabado de dizer.

— Quer dizer… você também teria sido incrível, eu tenho certeza…

Talo tirou um pedaço da grama dos brejos e começou a rasgá-la sem olhar para Lamur.

— E aí a gente fica junto — disse ele. — Pra sempre. Aprendemos a caçar e a sobreviver juntos, crescemos juntos, e vivemos juntos pro resto das nossas vidas. E quando estamos em guerra, nós lutamos como um grupo. Cada tropa de asabarro é feita de irmãos. Exceto pelos que perderam muitos, e aí eles tentam encontrar despares pra formar uma nova tropa.

Faisão olhou ao redor, vendo os outros — o inquieto Fusco, a silenciosa Sora, o atribulado Brejo —, como se preferisse morrer a substituí-los por despares que não eram seus irmãos ou irmãs.

— Quantos vocês… quantos nós perdemos? — perguntou Lamur.

— Dois — disse Talo. — Você, e nossa irmã Garça, dois dias atrás, na batalha no penhasco.

Ele apontou com a cabeça na direção da cachoeira. O estômago de Lamur se revirou enquanto percebia que um dos corpos que sobrevoara era o de sua própria irmã.

— Foi nossa primeira batalha — disse Sora, baixinho.

— Foi horrível — acrescentou Fusco.

Talo suspirou alto.

— Eu não fui o asalonga que queria ter sido.

— Foi sim! — todos os outros protestaram.

— Você foi incrível, Talo — disse Faisão, duro.

— *Todos* nós estaríamos mortos se não fosse por você — concordou Brejo.

Todos tinham a mesma expressão ao olhar Talo. Lamur podia ver que era confiança — fé em seu asalonga, que cuidaria de todos eles, não importava o que acontecesse.

— Mas tá tudo bem agora — disse Talo. — Porque você voltou e você vai ser nosso asalonga.

Ele olhou Lamur de soslaio, e em seus olhos cor de âmbar, Lamur pôde ver todas as preocupações que ele mesmo sentia... todo o medo por seus amigos, todas as coisas que fizera e que faria para protegê-los, toda a ferocidade de seu sentimento por eles.

Lamur também se importava com seus irmãos e irmãs de sangue, apesar de ter acabado de conhecê-los. Ele sentia instintivamente que eram como uma extensão de suas próprias garras e asas. Aquela era a família que ele sempre quisera.

E se ficasse, os destruiria.

Ele podia ver em seus olhos — eles o queriam e o temiam ao mesmo tempo. Se ele se tornasse seu asalonga, o que aconteceria com a lealdade a Talo? O que aconteceria com Talo, forçado a segui-lo, mas desesperado para protegê-los à sua maneira?

Lamur não sabia nada sobre a vida dos asabarro, ou formação de tropas, e nem sobre como caçar em um pântano. Como os lideraria para a batalha? Nunca seria como a proximidade que eles já tinham com Talo, não importava o quanto tentassem.

Só havia uma maneira de proteger seus irmãos, ele percebeu. Se realmente era o asalonga deles, ele tinha que deixá-los — e deixar Talo como seu asalonga, do jeito que sempre tinha sido. Ele poderia mantê-los seguros melhor do que Lamur conseguiria, e ninguém seria forçado a escolher entre eles.

Glória também o observava.

Lamur balançou a cabeça.

— Não — disse para seus irmãos e irmãs. — Talo é o asalonga de vocês. Vocês confiam e precisam dele. Eu nunca conseguiria substituí-lo, nem se eu tentasse.

Seu irmão levantou a cabeça, orgulho brigando com descrença no rosto. Os outros dragonetes pareceram aliviados e tristes ao mesmo tempo.

— Além do mais — disse Glória. — Ele não pode ficar com vocês. Ele é *nosso* asalonga.

Ela roçou a asa dele com a sua. Lamur estava feliz de não conseguir mudar de cor como ela, ou achava que ficaria vermelho do nariz à cauda.

— Tem certeza? — Talo perguntou para Lamur. — Você ainda pode ficar com a gente, asalonga ou não. Tem mais luta à frente, e sempre podemos ter outro dragão forte ao nosso lado.

Lamur estava tentado. Ele queria conhecer seus irmãos e irmãs, e seria muito fácil escorregar para essa vida e se tornar um guerreiro, sem profecias para se preocupar e sem rainhas asareia irritadas para caçá-lo. Mas ele se lembrou dos corpos despedaçados no campo de batalha, e pensou em seus amigos e como eles tentariam seguir em frente sem ele.

— Eu tenho um destino — disse Lamur, tristonho. — Vamos tentar parar essa guerra.

Os olhos de Fusco se arregalaram.

— Como na profecia? — Ele prendeu a respiração. — É *você*?

Faisão olhou para Glória com dúvida.

— Somos nós — disse Lamur, tocando a pata de Glória.

— É o que parece — acrescentou Glória.

— A gente vai tentar, ao menos — disse Lamur. — Mas talvez depois disso, assim que a guerra acabar... talvez eu possa voltar?

— Você é um de nós — disse Talo. — Pode voltar sempre que quiser.

— Eu espero que você volte — disse Fusco. Os outros concordaram com a cabeça.

Lamur olhou para cada um deles, perguntando-se quantos sobreviveriam à próxima batalha.

Ele se perguntou se conseguiria parar a guerra a tempo de salvar a todos.

CAPÍTULO TRINTA E CINCO

Tsunami e Sol não pareceram surpresas em ouvir a explicação do ataque lendário de Lamur aos seus ovos.

— É claro — disse Tsunami. Ela caçara enquanto eles estavam fora, e, naquele momento, empurrou um pato selvagem morto na direção de Lamur. — Eu nunca achei que você *realmente* tivesse tentado nos matar.

— Você nunca faria isso! — concordou Sol.

— Bom, *eu* não achava isso — disse Lamur.

Elas haviam encontrado uma pequena gruta no topo do penhasco, longe o suficiente da queda d'água e do campo de batalha para não sentirem o cheiro dos dragões queimados. Ele enfiou as garras no pato, subitamente faminto.

— E agora, asalonga? — perguntou Glória, pegando um faisão para si mesma. — Eu nunca vou cansar de te chamar assim.

— Vamos ser como os asabarro — disse Lamur, orgulhoso. — Ficamos juntos. Não importa o que aconteça. Somos um time, e cuidamos uns dos outros. O que significa que a primeira coisa que precisamos fazer é achar Estelar. Os asanoite não podem simplesmente levá-lo assim. Ele é um de nós e vamos procurá-lo no mundo inteiro até encontrá-lo. É hora de salvar nosso…

Ele parou quando ouviu pisadas fortes tremerem o chão e asas baterem e pararem atrás dele. Os outros dragonetes olhavam por cima de seu ombro.

— É melhor que não seja quem eu tô achando que é — disse Lamur.

— Achei ele! — disse Glória, divertida.

Lamur se virou. Lá estava Estelar, piscando, na grama que se balançava após as árvores. A luz do sol encontrava pontos de roxo e azul-profundo em suas escamas pretas. No céu, a figura pesada de Porvir voava para longe.

— Tchau, viu? — gritou Tsunami na direção dele. — Obrigada por tudo! Você ajudou TANTO!

Sol se jogou em Estelar, chorando de alegria.

— Você nos encontrou! — Ela bateu nas asas dele com as próprias. — Eu esperava que você conseguisse.

Ele devolveu o abraço, sorrindo tímido para ela.

— Oi — disse Lamur. — Você não podia pelo menos ter esperado meu discurso? Um dia ou dois, talvez? Pelo menos pra fingirmos que íamos te procurar?

— Porvir viu vocês saindo dos brejos — disse Estelar. — Ele mandou avisar que outros dragões podem ter visto vocês, e que deveríamos ser mais cuidadosos.

— Ah, bom — disse Tsunami. — Que conselho mais útil. Tô tão feliz que ele tá preocupado, agora que conseguimos nos salvar um milhão de vezes e tal. Outras dicas de sobrevivência? Ou talvez de cumprimento de profecias?

Estelar abaixou a cabeça, parecendo desconfortável.

— Desculpa por ter sido levado — disse ele. — Eu queria que ele me trouxesse de volta na mesma hora, mas ele disse que não ia. Disse que não podia perder nenhum asanoite, nem mesmo... os mais peculiares.

— E o que é que isso quer dizer? — perguntou Lamur.

— Você não é peculiar! — disse Sol. — Eu que sou peculiar e pequenininha.

— Bom, ele é um pouquinho — disse Glória. — Mas a gente não liga.

Tsunami pareceu pensativa.

— Não podia perder nenhum asanoite? — repetiu ela. — Tem alguma coisa errada com eles? Você viu alguma coisa?

— Não. — Estelar olhou para o céu. — Ele não me levou para ver o reino secreto dos asanoite, se é o que vocês estão pensando. Eu nem conheci os dragões que estavam com ele. Só ficamos no pico da montanha, esperando. Eu acho que ele queria ver o que aconteceria com vocês.

— Não que ele fosse ajudar — murmurou Glória.

— Então ele não liga pro que vamos fazer? — perguntou Lamur. — Ele não vai nos forçar a voltar pros Garras da Paz?

— Eu acho que ele mesmo não está muito feliz com os Garras da Paz — disse Estelar.

— Então a gente pode fazer o que quiser — disse Lamur. — Eu digo pra visitarmos a mãe de Tsunami que, cabe destacar...

Ele virou-se para Estelar.

— ... é a rainha dos asamar, de acordo com Quiri.

— Sério? — perguntou Estelar, fitando Tsunami. — Como no pergaminho? Supostamente, Coral é uma grande rainha. Não doida como Rubra.

Tsunami pareceu surpreendentemente nervosa.

— Vocês acham que ela vai ficar feliz em me conhecer? E se ela for que nem a mãe do Lamur... sem ofensa.

— Eu *sei* que ela vai ficar feliz em te ver — disse Estelar. — Você não lembra o que dizia em *A linhagem real dos asamar, da Queimada ao presente*?

Os quatro dragonetes gemeram.

— Me lembrem: por que queríamos ele de volta, mesmo? — Glória perguntou a Lamur.

— Isso é importante e fascinante! — disse Estelar, batendo os pés. — Escutem! A rainha Coral não tem uma herdeira. Nenhuma de suas filhas viveu até a idade adulta. Há um rumor de que há uma maldição em suas ninhadas. *Por isso* ela vai ficar feliz em conhecer Tsunami. Você é a herdeira perdida do Reino dos Mares.

Tsunami inflou o peito.

— Eu? Sério?

— Caraca! Tsunami! Você poderia ser a rainha dos asamar um dia! — gritou Sol.

Tsunami sorriu.

— Isso não seria maravilhoso? Eu sempre achei que seria uma boa rainha.

— Poxa, não sei — disse Glória. — Quer dizer, se você quiser ser rainha um dia, você vai ter que ser mandona, controladora, cheia de si... ah, não, pera.

Tsunami bateu nela de leve com a cauda.

— Comporte-se, ou sua cabeça será removida — disse a asamar, empinando o focinho.

— Então vamos achar os asamar — disse Lamur. — Eles não estão do lado de Flama, estão?

Estelar deu um de seus longos suspiros sofridos.

— Não, Lamur. Eles são aliados de Fervor, a irmã do meio, de quem os pergaminhos…

Glória, Tsunami e Lamur o atacaram ao mesmo tempo. Sol tentou ir a seu resgate e os cinco dragonetes terminaram rolando na grama, rindo.

Lamur teve um vislumbre do céu, azul, dourado e sem dragões no momento. Ele ainda não sabia como iam cumprir a profecia e acabar com a guerra. Não sabia como as outras famílias dos dragonetes reagiriam a eles. Por outro lado, sabia que Flama os perseguia, e que provavelmente outros dragões perigosos também perseguiriam.

Mas ele sabia o que estava ali para fazer, e que era proteger seus amigos, não importava o que acontecesse. Ele sabia desde o nascimento, mesmo que não entendesse. Ele não precisava se preocupar em achar sua fera ou em ser algo que não era mais. Ele teria que ser o suficiente para a profecia do jeito que era.

Destinão Heroico, pensou, *aí vou eu.*

EPÍLOGO

O VENTO UIVOU AO redor da pequena ilha rochosa com a força de centenas de gritos de dragões. Acertava os três no penhasco como se tentasse arrancar suas asas.

Um dragão era preto como a noite; uma, vermelha como o fogo; e uma pálida como a areia do deserto.

— Por que você me trouxe aqui? — gritou Quiri, enfiando as garras em vãos na pedra. O vento agarrava sua voz e a jogava para longe.

Porvir a ignorou. Ele se aproximou da asareia, cabeças protegidas por suas asas, para que pudessem se escutar.

— Confie em mim, você é a escolhida — disse ele. — Flama e Fulgor são as que vão perecer. Escolhemos você para ser a rainha asareia.

A rebentação rugiu na base do penhasco abaixo deles.

Fervor o encarou com olhos negros brilhantes. Ela era menor que Flama, com um rosto astuto e longo e um padrão de diamantes negros descendo pela espinha. Ela tinha uma quietude estarrecedora, como uma cobra venenosa a ponto de dar o bote. Diferente de suas irmãs, ela não tinha cicatrizes. Era esperta demais para lutar com as próprias garras.

— E os dragonetes farão acontecer — disse ela. — Os mesmos dragonetes que estão vagando soltos pelos campos.

— Estaremos de olho neles — prometeu Porvir. — É melhor assim. Quando a notícia sair, todos estarão de olho neles… esperando que a profecia seja cumprida finalmente.

— E se eles tiverem ideias próprias de quem deve ser a rainha? — perguntou Fervor.

— Não terão. Além do mais — Porvir abriu as asas para que as escamas estelares refletissem a luz da lua —, o dragonete asanoite agora tem suas próprias ordens. Ele sabe o que deve fazer.

— O quê? — gritou Quiri. — Do que você está falando?

Ela tentou se aproximar, mas os outros dragões falavam como se ela não estivesse ali.

— Eu gosto disso — observou Fervor. — Um traidor no meio deles. Rasgá-los por dentro. Meu tipo de plano.

— Somos bons nisso — disse Porvir. Uma rajada de vento jogou o mar contra as rochas e moveu as caudas dos dragões. Trovões rosnavam atrás das nuvens espessas ao longe. — Mas esperamos o que nos prometeram.

— Não será um problema — disse ela, correndo os dentes com a língua bifurcada. — Diga-me, sua visão mágica sabe para onde os dragonetes vão em seguida?

Porvir a observou, amargo.

— Não é assim que funciona — disse ele.

Fervor parecia se divertir.

— Bem, então esperamos que seja para os asamar — disse ela. — E é esse o problema?

Ela jogou a cabeça em direção a Quiri.

A dragoa vermelha entendeu a última pergunta.

— Sim — rugiu ela. — Por que eu estou aqui? Porvir, você disse que os dragonetes estavam em perigo.

— E você veio correndo — disse ele. — Bem, é claro que eles estão em perigo: um perigo maior do que imaginam. Mas você está aqui porque falhou comigo.

Quiri piscou seus olhos amarelos e deu um passo para trás, fitando-o.

— Eu falhei com *você*? — rosnou ela. — Eu trabalho para os Garras da Paz, não para os asanoite. Eles podem falar comigo se tiverem alguma reclamação. Eu mantive esses ratos vivos, como eu deveria.

— Mas eles não precisam mais de você — disse Porvir. — E nós também não.

As garras de Fervor rasgaram a garganta de Quiri antes que ela pudesse gritar. Quiri segurou a ferida que sangrava e cambaleou para trás, empurrada pelo vento. Fervor deu outro passo e furou o coração da asacéu com sua cauda venenosa.

Quiri caiu nas pedras, debatendo-se em agonia. Sua boca abriu para cuspir maldições ou fogo contra seus assassinos, mas apenas sangue escuro saiu dela.

Porvir a observou de cima e então empurrou seu corpo pela beirada do penhasco com uma garra. O vento acertou suas asas e a jogou contra as pedras até se entediar e deixá-la cair no oceano. O som da água sendo espalhada não chegou até o topo do penhasco, onde os dois dragões continuaram como se nada tivesse acontecido.

— Tem mais um — disse Porvir. — O asamar chamado Cascata. Ele fugiu da montanha e também vai atrás deles. Precisamos nos livrar dele antes que o resto do plano possa continuar.

— Sem problemas — disse Fervor novamente. Ela observou o mar revolto abaixo deles. — O que é mais um dragão morto no meu caminho para o trono.

Porvir sorriu.

— Então nos entendemos.

— Me entregue os dragonetes — disse ela — e nós dois teremos tudo o que desejamos.

A AVENTURA CONTINUA NO
LIVRO DOIS:

A HERDEIRA DESAPARECIDA